KB065446

좋은 책은 혼자 읽지 않는다

일과 육아로 고군분투하는
엄마, 책에서 길을 찾다

좋은 책은
혼자 읽지
않 는 다

이경희 지음

이랑
BOOKS

차례

1장_ 어쩌다 엄마가 되었다

2장_ 나와는 다른 사람 이해하기

3장_ 아이와 함께하는
세상 읽기

—

엄마는 무죄라는 증거를 찾아서

2017년 5월 첫 주는 고비였다. 직장은 퐁당퐁당 쉬는데 학교와 유치원은 재량 휴업으로 일주일 내내 쉬었다. 휴업일에 두 딸을 맞벌이 자녀를 위한 돌봄 교실에 보내 놓고 마음이 마냥 편치만은 않았다. 막내는 손가락을 부러뜨려 깁스를 한 상태였고 미세먼지에 건조한 날씨 탓인지 매일 코피를 쏟고 있었다.

부처님오신날이던 3일에 철야를 해 다음날은 쉬는 날이었다. 막내의 코피 때문에 아침 일찍 깬 김에 "오늘은 학교랑 유치원 가지 말고 엄마랑 같이 놀래?"라고 제안했다. 그러자 친정엄마가 "학교를 빠져 버릇하면 안 된다"며 정색하셨다. 초중고 12년을 개근한 나는, 어린이집부터 유치원·초등학교까지 만 1세도 되기 전부터 지금까지 거의 평생 개근한 딸들의 인생이 갑자기 가여워졌다.

"다른 애들은 일주일 내내 쉬는데 하루 빠지는 게 뭐 어때서. 이렇게 살면 나처럼 돼……." 내 한마디에 엄마의 거센 반격이 돌아왔다. "너처럼 사는 게 뭐 어때서! 나처럼 살지 말라고 널 이렇게 키웠는데!"

때 아닌 분란에 눈치를 보던 큰아이는 잽싸게 학교에 가 버렸다. 철없는 막내는 느긋하게 놀며 쉬며 아침밥을 먹더니 "이제 유치원 갈래"라고 말했다. 재차 물었지만 답은 같았다. 엄마 말고 유치원을 택한 딸에게 약간 배신감을 느꼈지만 유치원이 즐거운 모양이구나 싶어 안심이 되었다.

아이를 등원시키고 이불 속으로 기어 들어갔다 눈을 뜨니 무려 오후 세 시였다. 수면 빚을 갚고 나니 기분이 한결 나아졌다. 유치원에 제 발로 간 딸이 과연 효녀였다. 아이 입장에서도 피곤한 엄마보다는 유치원이 훨씬 합리적인 선택이었을 것이다. 사실 손가락이 부러진 것도 내가 아이를 보던 중 일어난 사고였다. 인정하기 싫지만 모든 엄마가 육아 전문가는 아니니까.

밥 먹고 한숨 돌리니 아이를 데리러 갈 시간. 피 같은 휴가는 눈 깜짝할 새 지나갔다. 딸은 자신처럼 살지 말라고, 돌봄 노동을 떠안은 친정엄마의 하루하루는 더 허무하게 지나갈 것이다. 세상 모든 엄마는 딸에게 '엄마처럼 살지 말라'고 하는 법이다. 나도 어릴 때는 엄마처럼 살지 않으리라 야무지게 다짐했다. 하지만 엄마 덕에 경력을 이어 온 나는 이제 묻는다. 우리 딸들이 엄마가 됐을 때, 나는 엄마처럼 살 수 있을까.

그 즈음 어느 온라인 커뮤니티에 3040 남녀의 실시간 검색어 순위를 비교한 게시물이 올라왔다. 북한이 미사일 도발을 한 뒤였다. 남자들은 트럼프·김정은·미사일 등을 검색했지만, 여자들의 검색어 1위는 '날씨'였다. 여자들은 나라가 어떻게 돌아가는지 관심도 없고 한가하게 날씨나 보고 있다는 비난 댓글이 줄을 잇는 가운데 강렬한 반박 댓글이 달렸다. '미사일 쏜다고 애 학교 안 보내나'가 요지였다. 출근 준비에 아이 등교 준비로 동동거리는 엄마들에게는 뉴스나 검색하고 있는 남자들이 오히려 한가해 보인다는 것이다.

엄마가 되는 것은 죄책감의 감옥에 갇히는 일이다. 하교 때 비가 내리는데 우산을 안 들려 보낸 것도 엄마 탓, 미세먼지 농도가 짙은데 마스크를 안 씌운 것도 엄마 탓이다. 살충제 계란을 모르고 가족에게 먹인 것도 엄마 탓, 초경을 시작한 딸에게 독성 생리대를 사준 것도 엄마 탓이다.

그해, 백인 우월주의자들이 유혈 충돌을 일으킨 미국 샬러츠빌 사태가 전 세계에 충격을 던졌다. 문제의 집회에 참가한 어느 백인 우월주의자의 엄마가 "나는 아이를 그렇게 안 키웠다"고 호소하는 인터뷰가 외신에 실린 적이 있다. 가정에서는 아무리 다양성을 존중하도록 가르쳐도 인터넷 때문에 손쉽게 인종주의에 빠질 수 있는 환경이라는 항변이었다. 그 기사에도 '그건 변명'이라며 엄마 탓을 하는 댓글이 달렸다.

세상을 뒤숭숭하게 만들었던 2017년 인천 초등학생 살인사건 가해자는 휴대전화를 빌려주겠다며 아이를 집으로 유괴했다. 피해자의 엄마는 아마 여덟 살 아이에게 휴대전화를 사주지 않은 자신을 탓하며 죄책감에 시달릴 것이다. 초등학교 6학년 남학생을 강간한 경남의 여교사는 휴대전화로 자신의 반나체 사진을 보내고 만나자며 제자를 꾀어냈다. 그 피해자의 엄마는 반대로 아이에게 휴대전화를 사주지 말았어야 한다는 죄책감에 시달릴지 모른다. 이래도 엄마 탓, 저래도 엄마 탓이니 말이다.

내가 선택해서 결혼을 하고 엄마가 되었다. 각오하고 덤빈 일이지만 늘 무엇을 상상하든 그 이상을 보여 주는 것이 엄마라는 역할이었다. 나는 책 속에서 '엄마 무죄'의 증거를 찾아 헤맸다. 그런데 내가 펼쳐든 책이 모두 기대에 부응하는 것은 아니었다. 어떤 책은 '엄마 원죄'를 도리어 강화했다. 어느 후배는 유명한 베스트셀러 작가가 낸 엄마 교육서를 읽더니 그 책은 '발암물질'이라며 화를 냈다. 아이가 잘못되면 모든 게 엄마 탓이고, 엄마는 아이와 가정에 헌신해야 하고, 어린 아이를 두고 일을 하는 것도 이기적인 일이라는 식의 이야기가 '옳은 말씀'으로 포장되어 있어서였다. 엄마들의 죄책감을 강화하고 가부장제를 더욱 공고히 하는 '독박 육아 종용서'에 엄마들이 지갑을 여는 것은 일종의 스톡홀름 증후군 아닐까 싶다.

엄마 탓이 아니어도 엄마들은 자책하도록 설계가 되어 있다. 육아에 관한 한 책임이건 비난이건 엄마가 독박을 쓰는 시스템이니까.

아동수당 10만원, 출산수당 1억 원 같은 '돈'으로 엄마들의 죄책감을 씻어줄 수 있을까. 그렇게 늘어간 나랏빚은 다 내 아이들이 자랐을 때 노인 세대를 부양하느라 몇 배로 갚아야 할 텐데, 그 역시 그런 세상에 아이를 태어나게 한 엄마 탓으로 돌아오지 않을까. 따지고 보면 북한이 미사일을 쏜 것 정도나 엄마 탓에서 면책될 것 같다. 그러니 날씨 검색은 무죄, 엄마도 무죄이다. 설사 죄가 있다면, 서툰 죄 뿐이다. 태어나면서부터 엄마인 사람은 없으니까.

엄마는 아이를 키운다. 하지만 아이를 키우는 과정에서 엄마도 함께 성장한다. 그 곁에 책이 있다면 더 깊어질 것이다. 죄책감을 씻어내는 데에도 확실히 도움이 된다. 책을 잘 고르기만 한다면.

내 아이나 내 가족만 바라보지 않고, 세상을 좀 더 넓게 보고 싶어 하는 동지들을 이 책을 통해 만나고 싶다.

1

어쩌다
엄마가 되었다

아이를 낳고 나서 알게 된
출산의 윤리

우리는 왜 아이를 갖는가

지은이는 아이를 갖기로 하는 것이 윤리적인 문제라고 전제한다. 그는 아이를 갖지

않기로 하는 이들이 굳이 그 이유를 댈 필요는 없다고 생각한다. 오히려 아이를 갖기

로 한 쪽이 자신들이 왜 아이를 갖기로 했는지 입증하고 논리를 댈 책임이 있다는 것

이다. 왜냐, 자칫 잘못했다가는 세상에 태어날 연약한 인간 존재의 미래가 위험에 처

할 수 있기 때문이란다. 또한 다른 가족 구성원들, 나아가 공동체에까지 영향을 미치

기 때문이기도 하다.

결혼을 할까 말까

서른 즈음에 나는 결혼이라는 것을 해야겠다고 결심했다. 옛 어른들은 결혼해 아이를 낳아 기르는 것은 당연한 일이라 생각했다. 하지만 나는 그런 공식에서 자유로운 세대였다.

"네가 어른이 되면 여자라도 못할 게 없을 것이다." "여자도 능력 있으면 혼자 살아도 된다."

엄마 세대의 그런 말씀은 어린 내가 '지금은 여자라서 못하는 게 많은 모양이구나'라고 판단하게 만드는 부작용이 있긴 했다. 더불어 결혼을 필수가 아닌 선택으로 돌려놓는 방향타가 되었다. 앞 세대들이 결혼을 누구와 할 것인가부터 고민했다면, 우리 세대는 결혼을 할까 말까부터 고민하기 시작한 것이다.

적어도 여전히 한국 사회에서 결혼 제도가 여자에게 불리한 것은 확실하다. 한국보건사회연구원 박종서 연구원이 15~64세 전국 1만 8000가구 기혼 남녀 1만 515명을 조사해 「가족의 역할 및 관계 실태」 논문을 2013년 발표했다. 그에 따르면 결혼 생활의 만족도는 아내 59.8%, 남편 70.9%로 나타났다. 10% 정도 차이가 나는 셈이다.

궁금해서 과거 자료를 찾아봤다. 같은 기관에서 1997년 서문희 책임연구원이 발표한 「결혼의 질과 행복감의 남녀 및 가족생활주기 차이」 논문에서도 비슷한 데이터가 나왔다. 16년 전이나 지금이나 크게 달라진 게 없다는 뜻이다.

그럼에도 불구하고 '독신' 대 '결혼'에서 결혼의 손을 들어준 이유는 다름 아닌 아이였다. 20대의 나는 어린이들만 보면 예뻐 죽는 류의 사람은 아니었다. 하지만 서른을 향해 달려갈수록 아이는 하나라도 낳아 기르고 싶다는 마음이 커져 갔다.

아이는 낳고 싶다. 하지만 결혼하면 손해 보는 느낌이라 망설여진다. 그렇다고 영화 〈안토니아스 라인〉의 다니엘처럼 우월한 유전자를 지닌 건장한 남성의 '씨'만 받아 미혼모로 살며 온갖 시선을 감내할 만한 배짱은 내게 없다는 게 당시의 판단이었다. 게다가 혼자 힘으로 일도 하고 아이도 키우는 것은 얼마나 고통스럽겠는가. 또, 아이에게 허락도 받지 않고 내 마음대로 아빠라는 존재를 삭제해 버리는 것은 가혹한 처사이니 아이를 낳으려면 결혼은 해야 한다는 결론이었다. 물론 여자 친구들과 이런 화제로 이야기하다 "각자 낳아 와서 같이 키우자"는 구상까지 나누기도 했지만, 농담 수준에서 벗어나지 못했다. 싱글 라이프를 멋지게 즐기는 듯 보이는 여성들에게서도 결혼을 하고 싶지는 않지만 아이는 하나 낳고 싶다는 말을 듣는 것은 어렵지 않다. 그런데 나나 그녀들은 왜 아이를 낳고 싶은 것일까. 그저 인간의 당연한 본능인가. 그렇다면 결혼을 하고서도 부부의 삶을 오롯이 즐기려 하는 딩크(Dink)족은 돌연변이라는 말인가.

아이를 낳는다고 저절로 부모가 되는 것은 아니다

20대 중반이던 신문기자 2년차 때 '키즈'라는 지면을 맡아 2년 간 혼자 만들었다. 임신, 출산, 육아부터 사교육까지 여러 가지 분야를 취재했다. 그때는 결혼 근처에도 안 간 미혼이었다. 육아와 관련된 주제는 많고도 많았다. 매주 2개 면을 펼친 지면이었음에도 2년여 동안 단 한 번도 중복된 내용을 다루지 않았다. 그만큼 육아는 끝이 없는 질문이었다.

육아 지식을 하나씩 알아 가는 것은 흥미로운 일이었다. 처음에는 '아, 그렇구나. 그렇게 키워야 하는구나' 하며 고개를 끄덕였지만 점점 공포가 커지기 시작했다.

각 분야 전문가들을 취재하면서 그냥 부모가 되어서는 안 되겠다고 자각했다. 아무 생각 없이 부모가 되었다가 자녀를 잘못 키우거나 상처를 주는 사례는 부지기수임을 절감했다. 부모 자격증 제도라도 있어야 하는 게 아닌가 하는 생각도 들었다.

"아이는 무조건 생후 3년간은 엄마가 키워야 해요. 인생에서 가장 중요한 순간이에요. 그건 정말 중요합니다."

지금은 거의 기각된 가설이지만 한때는 진리처럼 통했던 '3년 애착론'을 주장하는 전문가를 만나면 마음이 괴로워졌다. 직업을 포기하지 않고서는 불가능한 일이었으니까. 어떻게 해도 '인생에서 가장 중요한 3년'을 같이 있어 주지 못하는 나는 좋은 부모가 될 수 없지 않겠나. 그런 정답지를 앞에 놓고서는 엄마 되기에 감히 도전할 수 없었다.

그러던 어느 날, 어떤 영재 교육 전문가를 만나 인터뷰를 하게 되었다. 자녀에게 폭력을 써서는 안 되며 자율성을 길러 주어야 한다는 요지의 이야기를 하던 그에게 "선생님은 자녀에게 폭력을 쓰신 적이 없으신가요?" 하고 물었다. 그랬더니 그는 이런 이야기를 털어놓았다.

"있죠. 자율성을 강조하며 키웠는데, 어느 날 수영 강습 선생님이 전화를 걸어왔어요. 아이가 기분 내키는 대로 자기가 하고 싶을 때만 하려 들고 태도가 워낙 안 좋아 다른 아이들에게까지 나쁜 영향을 끼친다, 너무 힘들다는 이야기였어요. 너 하고픈 대로 하라고 키웠더니 밖에서까지 자기 마음대로 한 거죠. 화가 머리끝까지 나서 아이를 손으로 발로 가리지 않고 닥치는 대로 때렸어요. 그때는 이성을 잃었던 것 같아요."

그래서 그 아이는 어떻게 되었을까.

"그런데 그 뒤로 우리 애 태도가 180도 달라졌죠. 결국 수영 강사 자격증까지 땄어요. 지금은 물개예요, 물개."

어차피 전문가도 이론에 따라 완벽하게 키우지는 않았다. 그리고 완전한 육아가 아이를 완전하게 키워 주는 것도 아닌 듯했다.

결국 2년여 키즈면을 만들면서 내린 결론은 이렇다.

'아이를 낳는다고 해서 저절로 부모가 되는 것은 아니다. 좋은 부모가 되기 위해서는 아이를 낳기 전부터 미리 공부하고 준비할 필요가 있다. 하지만 아무리 마음의 준비를 한다 해도 완벽한 부모가 되는 것은 불가능하고, 그럴 필요도 없는 일이다. 자식은 부모의 뜻대로만 자라주지는 않는다. 부모가 좀 모자라도 오히려 그런 점 때문에 돌파구를 찾으며 아이는 또 하나의 독립적이며 특별한 존재로 성장해나가는 것이다.'

그렇다고 엄마가 될 자신이 생기지는 않았다. 20대의 나는 누군가의 아내, 누군가의 엄마가 될 자신이 없었다. 하지만 서른 즈음의 나는 왜 아이를 낳고 싶으냐는 주변의 질문에 진담이 반쯤 섞인 농담으로 응수했다.

"제 유전자가 좀 아까워서요. 저 닮은 아이 하나 낳는 것, 괜찮다는 결론을 내렸어요. 적어도 사회에 해악을 끼치지는 않을 것 같아요. 보탬이야 얼마나 될는지 모르겠지만."

이대로 죽기에는 내 유전자가 아깝다

돌이켜 보면 '나 정도면 괜찮은 사람이야'라는 자신에 대한 인정, 아이를 낳는다면 적어도 사회에 해는 끼치지 않도록 키워 낼 수 있으리라는 자신감이 서른 즈음에 형성된 것이었다.

결과적으로 30대 초반에 결혼해 첫아이를 낳았고, 4년 터울의 둘째까지 두었다. 하지만 아이를 둘이나 낳은 뒤에도 '왜 나는 아이를 낳았을까'라는 질문에 답을 하려니 여러모로 궁색해졌다. 나를 포함한 많은 사람들은 왜 아이를 낳는 것일까. 이런 화두를 붙들고 자료를 뒤지다 보니 신기하게도 『우리는 왜 아이를 갖는가?』(크리스틴 오버롤 지음, 정명진 옮김, 부글북스)라는 책이 있는 것이 아닌가.

지은이는 캐나다 퀸스 대학교 철학 교수이다. 아이 둘을 낳은 엄마인 지은이는 이 책에서 출산에 관한 거의 모든 윤리적 이슈를 다룬다. 가령 이런 질문들이다.

여자는 아기를 원하는데 남자는 원치 않는 경우, 혹은 그 반대의 경우 어떤 선택을 하는 게 윤리적인가? 큰아이의 병을 치료하기 위해 유전자가 일치하는 '구세주 아이'를 낳는 것이 윤리적일 수 있는가? 국가에 대한 의무, 혹은 신에 대한 의무로서 출산해야 한다는 주장은 아이를 갖는 적절한 이유가 되는가? 손상을 가진 태아를 선별해 낳지 않는 것은 윤리적으로 올바른가? 심지어 '체외발생', 즉 태아를 엄마의 체내가 아닌 인공 자궁에서 키우는 경우에도 출산에 관한 남녀의 생물학적 기여가 동일한가와 같은 문제까지 짚는다. '체외발생'의 경우는 현실에서는 아직 이루어지지 않은 상황이지만 논의를 위해 가져온 가정이다.

기본적으로 지은이는 아이를 갖기로 하는 것이 윤리적인 문제라고 전제한다. 그는 아이를 갖지 않기로 하는 이들이 굳이 그 이유를 댈 필요는 없다고 생각한다. 오히려 아이를 갖기로 한 쪽이 자신들이 왜 아이를 갖기로 했는지 입증하고 논리를 댈 책임이 있다는 것이다. 왜냐, 자칫 잘못했다가는 세상에 태어날 연약한 인간 존재의 미래가 위험에 처할 수 있기 때문이란다. 또한 다른 가족 구성원들, 나아가 공동체에까지 영향을 미치기 때문이기도 하다.

흔히 아이를 갖지 않기로 결정한 쪽이 주변 사람들에게 "왜?"라는 질문을 받고, 아이를 낳은 부부는 '정상'으로 간주되는 현실과는 배치되는 이야기이다.

그는 보통의 사람들이 아이를 갖는 이유랍시고 대는 목록들을 논리로써 무찌른다. 가령 내가 서른 즈음에 생각했던 '내 유전자가 아까워서'라는 주장에 대해서는 이렇게 말한다.

나는 아이를 가질 이유로 유전적 연결을 내세우는 것에 대해 회의적이다. 도대체 어떤 사람의 생물학적 구성이 영구화되어야 할 정도로 소중하단 말인가?(113쪽)

그는 캐나다와 미국에서 원주민과 가난한 사람, 유색인종, 장애인 등에게 강제적으로 단종 수술을 시킨 사례를 들며 '가치 있는 유전자'를 남겨야 한다는 인식이 부정적인 우생 정책으로 연결된 슬픈 역사가 있음을 상기시킨다. 그러니 비슷한 맥락에서 저출산이 국가 경쟁력을 저하시킨다는 주장도 마찬가지로 비윤리적일 수밖에 없다.

지은이는 나아가 선진국민이 아이를 많이 낳는 것은 도덕적이지 못하다는 주장까지 펼친다. 왜냐하면 그 아이들이 자라면서 개발도상국, 혹은 후진국의 아이보다 평생 더 많은 지구의 자원을 낭비할 것이 분명하기 때문이다. 이 대목에서는 망치로 한 대 맞은 듯 명해지기까지 했다. 아이를 둘 낳는 과정에서 전혀, 절대로 고려해 보지 못한 부분이라서였다.

책에서는 설명하지 않지만 '생태 발자국'이라는 개념을 돌아볼 필요가 있다. 인간이 지구에서의 삶을 영위하려면 의식주를 해결해야 한다, 그 자원을 생산하고 폐기하는 데 드는 비용을 토지의 면적으로 환산한 지수가 생태 발자국이다. 지구가 감내할 수 있는 면적은 1인당 1.8헥타르지만 한국은 1995년부터 기준을 넘기기 시작해 지금 같은 소비 생활을 영위하려면 지구가 두 개 이상 필요하다고 한다. 당장 수십 년 전, 인구의 대부분이 농사를 지으며 인간과 가축의 똥오줌까지 거름으로 알뜰히 썼던 때와 비교해 보면 선진국에서 아이를 낳는 것은 지구 차원에서는 비윤리라는 주장이 충분히 설득력 있어 보인다.

지은이는 나아가 인류의 종속을 위해 아이를 낳아야 한다는 주장에 대해서도 코웃음 친다. 인간도 다른 종과 마찬가지로 자연의 한 부분일 뿐, 더 중요하다는 주장의 근거는 없다는 것이다. 차라리 인간이 없는 게 다른 생물들에게는 더 살기 좋은 지구가 되리라는 사실은 당혹스럽지만 자명하다. 인간만의 유산인 '문화'는 지은이 역시 아깝다고 생각한다. 하지만 어떤 생물이든 언젠가는 멸종하며, 혹시나 운이 좋으면 새로운 진화의 결과로 인간만큼 지능이 발달한 어느 종이 나타나 인간이 일군 문화를 다시금 발굴해 보존할 수도 있지 않겠느냐고 한다.

지은이는 국가나 민족, 집단의 차원에서가 아닌 가족, 가문의 차원에서 유전적 연결을 이유로 드는 시각 역시 회의적으로 본다. 세상에 존재하는 것 자체만으로도 충분히 압박 받는 아이들에게 붕어빵 같은 귀여운 '복제'가 되어 달라는 부모의 기대는 더 이상 필요치 않다는 주장이다.

아이를 통해 새로운 관계를 창조한다

우리는 흔히 '아이가 왜 필요한가'라는 관점에서 아이를 가질지 말지를 결정한다. 하지만 지은이는 자신이 의도치 않았음에도 부모의 결정에 의해 세상에 존재하게 된 아이의 입장에서 윤리와 도덕을 따진다. 또한 페미니스트적인 관점에서 출산의 윤리를 논한다. 극단적으로 인공 자궁에서 배아를 기르는 경우라도 단순히 정자를 제공하는 남자보다는 난자 채취가 까다로운 여자가 훨씬 더 큰 위험과 수고를 감내해야 하기 때문이다.

아무튼 결론적으로 지은이는 성인 1인당 한 명, 즉 한 커플 기준 최대 두 명의 자녀를 두는 것이 윤리적 적정선이라는 계산을 내놓는다. 부부든 싱글맘이든 동성 커플이든 간에 말이다.

하지만 아이 낳는 일에 이렇게 까다롭게 구는 지은이도 누군가가 아이를 낳을까 말까를 고민하면 "절대 놓치지 마!"라고 말해 준다고 한다. 아이를 낳은 것을 후회하지 않는다는 뜻이다.

이 철학자는 신선하지만 때로는 지루하고 '이렇게까지 따져야 하나' 싶은 논의를 거친 끝에 아이를 갖는 최고의 이유는 '새로운 관계의 창조'라고 결론짓는다.

_____ 아이를 갖는 것은 경험을 성장시키고 지식을 확장하고 아마도 겸손을 키울 수 있는 기회를 제공할 것이다. 또한 아이를 갖는 사람은 자신의 한계를 알게 되어 그 한계를 더욱 넓히게 될 것이다. 비록 아이가 태어나기 전까지는 부모가 된다는 것이 무슨 의미인지 진정으로 모른다 하더라도, 아이를 갖는 것은 부모 자신을 변화시킬 기회이다. 아마 이것이 거의 알려지지 않은, 부모가 되는 것의 본질이지 않을까 싶다. 이렇듯 아이를 갖는 것은 아이를 갖는 사람을 변화시킬 힘을 지니고 있다.(360쪽)

이 결론을 만나면 아이로 인해 부모 자신이 변화한다는 이야기를 쉽고 감동적으로 풀어낸 글이 하나 자연스레 떠오른다. 소설가 박완서의 『아가마중』(박완서 지음, 한울림)이다. 아기를 가진 엄마와 아빠, 할머니의 기다림을 잔잔히 그려낸 짧은 글이다. 엄마는 뱃속 아기를 위해 넉넉한 마음을 갖고 보니 눈앞에 펼쳐지는 세상까지도 넉넉하게 보게 된다. 아기를 맞이하기 위해 침대도 고치고 방안 벽지도 환한 색으로 바꾸던 아빠의 눈에는 담장 밖 위험하고 더러운 것들도 들어온다. 그래서 남의 집 앞까지 청소하고, 놀이터의 그네도 고치게 된다. 작가는 아기를 맞이하는 일을 지극히 개인적인 차원에서 시작해 사회적인 차원으로, 점점 더 크고 아름답고 소중한 일임을 점층적으로 서술한다.

맨 처음 이 글을 접한 것은 산문집 『세 가지 소원』(박완서 지음, 마음산책)에 실린 「참으로 놀랍고 아름다운 일」 꼭지에서였다. 첫아이가 돌이 조금 지났을 무렵이어서였는지, 글을 읽으며 뜨거운 것이 울컥 올라오고 눈물도 주르륵 흘렀다. 선생이 세상을 등진 뒤 그 글만 따로 떼고 김재홍의 그림을 더해 유고 그림책 『아가마중』이 나왔다. 역시나 아름다운 책이다.

'1만 시간의 법칙'
비틀어 읽기

아웃라이어

이 책은 일반적으로 알려진 성공 신화의 아성을 허물어 버리기에 화제가 되었다. 바로 역경과 고난을 딛고 일어서서 길을 개척하고 영웅이 되었다는 자수성가 신화에 돌을 던진다. 지은이는 성공의 기회에 대한 이야기와 선조로부터 받은 유산과 성공의 상관관계를 9장으로 나눠 다룬다. 그중 아이를 가지려는 엄마 입장에서 가장 눈여겨봐야 할 부분은 제 1장에서 설명한 '마태복음 효과'이다.

아이를 잘 낳고 키우려면

여러 관문을 거쳐 아이를 갖기로 결심했다면, 잘 낳고 잘 키우는 법을 알아보는 것이 다음 순서이다. 기껏 낳아서 기른 아이가 대충 살다 생을 마감하기를 바라는 부모라면 아마 이 책을 집어들 생각조차 하지 않았을 것이다. 이 대목에서 성공에 대한 책을 한 권 소개하려 한다.

『아웃라이어』(말콤 글래드웰 지음, 노정태 옮김, 최인철 감수, 김영사)의 부제는 '성공의 기회를 발견한 사람들'이다. 지은이 말콤 글래드웰은 『티핑포인트』『블링크 – 첫 2초의 힘』 등 이슈가 되는 책을 잇달아 써냈다. 『아웃라이어』도 마찬가지이다. 이 책은 일반적으로 알려진 성공 신화의 아성을 허물어 버리기에 화제가 되었다. 바로 역경과 고난을 딛고 일어서서 길을 개척하고 영웅이 되었다는 자수성가 신화에 돌을 던진다.

지은이는 성공의 기회에 대한 이야기와 선조로부터 받은 유산과 성공의 상관관계를 9장으로 나눠 다룬다. 그중 아이를 가지려는 엄마 입장에서 가장 눈여겨봐야 할 부분은 제1장에서 설명한 '무릇 있는 자는 받아 풍족하게 되고 없는 자는 그 있는 것까지 빼앗기리라'라는 '마태복음(마태복음 25장 29절) 효과'이다.

1980년대 중반, 캐나다의 심리학자 로저 반슬리는 메이저 주니어 A리그 하키 경기를 보다가 그의 아내 덕에 선수 명단에서 이상한 점을 발견한다. 바로 1월에 태어난 선수들이 가장 많다는 점이다. 그

좋은 책은 혼자 읽지 않는다 25

다음은 2월 생, 그 다음은 3월 생의 순이었다. 어떤 엘리트 하키 선수 팀을 선택해도 1~3월 생이 40%, 4~6월 생은 30%, 7~9월 생은 20%, 10~12월 생은 10%를 차지했다. 1~3월 생은 하키를 잘하도록 별자리나 사주팔자에 써 있어서일까.

이유는 간단했다. 바로 캐나다에서는 1월 1일을 기준으로 나이를 세고 그에 맞춰 하키 클래스를 짜기 때문이다. 캐나다의 코치들은 9~10세 무렵의 소년들 중 후보군을 찾는데, 몇 달간 더 숙달될 기회를 누린 소년들이 신체 조건도 좋고 재능도 있어 보인다는 것이다. 일단 선발된 아이들은 훌륭한 코치, 뛰어난 동료와 함께 한 시즌에 75경기를 소화하며 남들보다 두세 배 연습하게 된다.

역시나 연령 기준일이 1월 1일인 국제 청소년 축구도 마찬가지이다. 2007년 청소년 월드컵 결승에 진출한 체코슬로바키아 국가대표팀 21명 중 1월 생이 6명, 2월 생이 6명, 3월 생이 4명이고 10~12월 생은 단 한 명도 없었다.

미국의 야구도 마찬가지이다. 미국은 7월 31일을 기준으로 선수의 연령을 구분하고 일찍부터 야구 꿈나무를 뽑는다. 메이저리그에 출전한 선수는 유난히 8월 생이 많다. 가령 2005년 메이저리그에 출전한 미국계 선수 중 8월 생은 505명, 7월 생은 313명이었다.

체육이 아닌 학업 분야도 그렇다. 경제학자인 켈리 베다드와 엘리자베스 듀이는 국제수학과학 연구경향 성적과 아이들이 태어난 생월의 상관관계를 분석했다. 그 결과 4학년을 기준으로 일찍 태어난 아이들의 점수가 늦게 태어난 아이들에 비해 4~12%p 높은 것으로 나타났다. 이 격차는 대학에 가서도 사라지지 않는 것으로 나타났다. 같은 학번이라도 나중에 태어난 학생들의 성적이 약 11.6% 떨어지는 것으로 조사되었다.

또래 중 가장 큰 아이, 가장 발달이 빠른 아이라 특별히 선발되어 더 많은 기회를 누리는 것은 그 아이가 특출해서가 아닐 확률이 높다. 또래보다 더 일찍 태어난 아이이기 때문에 더 크고 더 빨라 보이는 것뿐인 것이다. 하지만 따로 '뽑힌' 아이들은 더 좋은 교육과 훈련의 기회를 누리게 되고, 그것이 쌓이고 쌓여 대학생이 되더라도 해소되지 않을 만큼 격차는 벌어진다는 뜻이다. 특히나 선택 받은 몇 명만 성공하는 스포츠 분야에서는 프로 선수와 단순 관람자만큼의 거리가 생기는 것이다.

책의 1장을 읽고 나서 내 어린 시절을 돌이켜 보았다. 초등학교 6학년 때 방과 후에 교실에 남아 벽신문을 만든다거나 하는 등의 잡일을 하면서 선생님의 교사수첩을 몰래 펼쳐보곤 했다. 거기에는 우리 반 전체 아이들의 시험 점수, 지능지수까지 적혀 있었다. 특히 IQ가 높고 반에서 빼어나게 공부를 잘하던 아이들 중 3월 생이 유독 많다며 신기해했던 기억이 남아 있다.

우리가 어릴 때 유행했던 조기 입학은 요즘의 대세는 아니다. 12월 생 자녀를 둔 엄마들은 오히려 입학 유예를 고려한다. 다른 아이들에게 뒤처지는 문제, 왕따 염려 등이 뒤섞인 결과이다. 똑똑한 요즘 엄마들은 『아웃라이어』를 읽기 전에 이미 '마태복음 효과'를 염려한 듯싶다.

자, 그럼 이제 아이를 낳기 전에 무엇을 결정해야 할지 보이는가. 바로 아이의 생월을 결정하는 일이다. 안타깝게도 나는 이 책을 읽기 전에 출산을 완료했다. '마태복음 효과'를 의식하지 못한 상태로 태어난 큰아이와 둘째아이 모두 3월 생이다.

우리나라는 얼마 전까지는 3월 1일을 기준으로 학년을 구분했다. 하지만 나이와 학년이 일치하지 않는 문제점 등을 해결하겠다는 이유로 1월 1일을 기준선으로 삼기 시작했다. 어느 분야에서든 아웃라이어가 될 확률이 1월 생에 비해서는 다소 낮지만 그래도 3월 생이면 양호한 듯하다.

임신 40주(임신 기간은 마지막 생리 시작 일부터 포함해 헤아린다. 출산 경험이 없다면 인터넷에서 출산 예정일 계산기부터 찾아보길 바란다)를 꽉 채운다고 치면 5~6월쯤 합궁 일을 택해야 1~2월 생을 낳을 수 있다. 하지만 예정일보다 2~4주쯤 빨리 아기가 나오는 일은 허다하니 6~7월에 사랑을 나누는 게 안전할 것 같다. 혹시 아이가 늦게 나오면 어떻게 하나 걱정할 필요는 없다. 우리나라 산부인과에서 예정일보다 2주가 지나도록 내버려두는 일은 거의 없으니 말이다. 물론 이것은 계획 임신이 가능한 선택된 부부에게 한정된 배부른 이야기일 수 있다. 아이는 마음대로 가질 수 있는 게 아니니까.

만약 모두들 최선을 다해서 1~3월 생을 낳으면 '마태복음 효과'

가 초래하는 불균형과 불평등이 무력화될까. 지은이는 지나치게 일찍 '엘리트'를 선발하지 않는 것, 비슷한 생월 단위로 끊어서 학급을 운영하는 것 등 사회적 시스템의 변화를 촉구한다. 하지만 우리는 이미 알고 있지 않은가. 세상이 변하길 기다리느니 거사 날짜를 잘 맞추는 게 더 빠르고 효율적이라는 사실 말이다.

1만 시간을 채우지 않은 천재는 없다

이제는 상식처럼 되어 버린 '1만 시간의 법칙'은 짚고 넘어가야 한다. 빌 게이츠건 비틀스건 자신의 분야에서 1만 시간을 연습한 끝에 다가온 기회에 올라 타 승승장구할 수 있었다는 것이 지은이의 주된 논지이다.

심리학자 K. 안데르스 에릭손은 1990년대 초 「재능 논쟁의 사례 A」라는 연구 결과를 내놨다. 베를린 음악 아카데미 학생 중 바이올리니스트를 엘리트 그룹, '잘한다'는 평가를 받는 그룹, 프로급 연주를 해본 적 없고 공립학교 음악 교사가 꿈인 그룹 등 3개로 나눠 처음으로 바이올린을 집어든 이후 몇 시간이나 연습했는지를 조사했다.

모두 다섯 살 전후에 연주를 시작하고, 초창기 몇 년 간은 일주일에 두세 시간씩 연습한 것은 세 그룹 모두 같았다. 하지만 여덟 살 무렵부터 변화가 생긴다. 엘리트 그룹의 아이들은 연습시간이 점점 더 길어져 결과적으로 스무 살이 되면 1만 시간을 채우게 된다. 그냥 잘

하는 아이들은 8000시간, 3번째 그룹은 4000시간에 그친다. 1만 시간을 채우지 않은 '천재'는 없었다.

지은이는 다시 개인의 '노력'의 손을 들어주는 것인가. 그건 아니다. 그 1만 시간을 채우는 것은 '마태복음 효과' 없이는 불가능하기 때문이다. 가령 하키 대표팀에 뽑히지 않고 혼자서 1만 시간을 채울 방법이 있겠는가.

빌 게이츠는 시애틀의 명문 사립 고등학교 재학 시절 매일 하루 8시간씩 ISI메인프레임 컴퓨터에 접속해 프로그래밍을 익힐 수 있었다. 대학에조차 컴퓨터 클럽을 찾아보기 드물었던 1968년의 일이었다. 그 이후에도 여러 행운이 찾아와 빌 게이츠는 하버드를 중퇴할 때까지 7년 간 쉼 없이 프로그래밍을 할 수 있었다.

또 하나의 중요한 요소가 있다. 빌 게이츠가 하버드를 중퇴하던 무렵은 퍼스널 컴퓨터의 혁명이 막 시작되려던 여명기였다. 빌 게이츠와 스티브 잡스는 동갑(1955년 생)이다. 그 밖에도 컴퓨터 업계의 제왕들은 대부분 그 또래들이다.

빌 게이츠가 사립 고등학교에서 돈 쓸 곳을 찾던 어머니회 덕분에 공짜로 훌륭한 컴퓨터 시스템을 다룰 기회가 있었다는 부분을 읽으면서 마음이 무거워졌다. 역시 부모를 잘 만나야 하는 것인가. 하지만 우리 자녀들이 어른이 될 즈음에는 어떤 분야에서 기회가 찾아올 것인지를 예측하는 게 부모 세대의 사고 틀에서 가능한 일인지는 모르겠다.

IQ보다는 실용지능을 길러라

미국의 심리학자 루이스 터먼은 1921년 영연방재단의 지원을 받아 캘리포니아의 초·중등학생 25만 명 중 IQ가 140~200에 달하는 1470명을 추려 냈다. 그리고 이들 천재 집단의 일생을 추적하는 엄청난 연구를 진행했다. 터먼은 개인의 성공에 지능만큼 중요한 요소는 없다고 철석같이 믿었다.

하지만 성인이 된 천재 집단 중 대법관이 두 명, 지방법원 판사가 두 명, 캘리포니아주 의원이 한 명 나왔다. 전국적으로 이름을 떨친 사람은 극소수에 불과했다. 다수가 평범한 직업에 종사했고 놀랄 만큼 많은 이가 터먼이 보기에는 '실패'인 수준에서 경력을 마무리했다. 노벨상 수상자는 한 명도 배출하지 못했다. 오히려 IQ가 낮아 터먼에게 선택받지 못한 아이들 중 두 명이 나중에 노벨상을 받았다. 터먼은 지능과 성취도 사이에서는 어떤 상관관계도 없다는 쓸쓸한 결론을 내리며 필생의 연구를 마무리해야 했다.

터먼이 헛다리를 짚은 이후에는 IQ에 대한 다른 방향의 연구들이 나왔다. 이들에 따르면 IQ는 절대 수치가 중요한 게 아니라 어느 '범위'에 들었느냐만 유효하다.

가령 IQ가 50이 넘으면 정상적인 학교에 들어갈 수 있고, 75가 넘으면 초등 교육과정을 이수할 수 있으며, 105가 넘으면 고등 정규과정을 성공적으로 습득할 수 있고, 115가 넘으면 4년제 대학에 들어가 대학원 수준의 공부를 하거나 전문적 지식을 익힐 수 있다는 것이다. 즉 어느 정도 이상의 지능만 충족한다면 성취도에서는 크게 차이가 나지 않는다. IQ가 130인 과학자나 180인 과학자나 노벨상을 받을 확률은 비슷한 것이다.

천재적인 지능을 갖고도 어머니가 장학금 갱신 신청을 하지 않아 대학을 그만 둘 수밖에 없었던 크리스 랭건이라는 사내가 있었다. 반대로 대학 실험실에서 지도교수를 독살하려다 실패하고도 대학 측과 협상을 잘해 겨우 정학 및 심리상담 처분을 받은 행운아도 있었다. 바로 핵무기를 개발한 물리학자 로버트 오펜하이머이다.

오펜하이머에게 있었으나 랭건에게 결핍된 것이 바로 실용지능, 즉 무언가를 누구에게, 언제, 어떻게 말해야 최대의 효과를 거둘 수 있을지 등을 아는 능력이다. 실용지능은 대부분 가족에게서 배워 습득하는 후천적인 지능이다.

그리고 그 차이를 결정짓는 요인은 부유한 부모와 가난한 부모, 즉 계층에 따른 양육 태도의 차이이다. 중산층 부모는 아이의 재능과 기술을 길러 주고 후원하며 '집중 양육'을 하는 반면 가난한 부모는 '저절로 크는 것'을 택한다. 중산층 아이는 어른의 관심과 흥미를 끄는 특별한 존재로 존중받으며 자라면서 현대 사회에 적합한 태도와 자세를 익힌다. 하지만 가난한 집 아이에게는 그런 기회가 없다. 앞서 세 번째 법칙에서 터먼이 천재 집단을 추적 조사 했을 때 성공한 그룹과 성공하지 못한 하위 그룹을 구분 짓는 결정적인 변인은 가정환경이었다.

성공의 첫 관문, 언제 태어났는가

『아웃라이어』는 성공의 법칙에 대한 틀을 깨부수는 책이라지만, 책장이 넘어갈수록 오히려 성공의 법칙을 강화하는 느낌을 준다. '아웃라이어', 즉 특출 난 인물들에게 주어진 영웅의 탄생 신화는 이 책으로 인해 깨질 수 있다. 하지만 사람들이 생각하는 일반적인 성공, 즉 부와 학력과 좋은 직업을 얻는 일 등은 가정환경과 부모의 지원에 좌우된다는 법칙은 슬프게도 공고해지는 셈이다.

언제 태어나느냐도 운명을 좌우한다. 1915년 생이라면 1930년대의 대공황이 지난 뒤 졸업반이 되니 얼마든 취업 전선에 나설 수 있었다. 하지만 1911년 직전에 태어난 이는 대공황이 최고조에 이르렀을 때 대학을 졸업했고 취업 기회도 극도로 제한되었다. 게다가 안정을 찾을 시기인 30대 후반에 제2차 세계대전이 벌어진 불운한 세대이다.

대공황기에 태어난 저출산 세대는 학급당 교사 수도 많고, 대학도 골라 갈 수 있는 데다 직업 전선에 뛰어들기도 여유로웠다. 게다가 그 뒤에 그들이 만든 상품과 서비스를 구매해 줄 베이비붐 세대가 잔뜩 대기하고 있었으니까.

그렇다면 저출산을 염려하는 오늘날의 한국에서 아이를 낳는다는 것은 아이에게 더 많은 기회를 주는 선택일지도 모른다. 다만 출산율이 계속 내리막길을 걷는다면 뒷받침해 줄 세대가 없어 역사상 가장 무거운 짐을 어깨에 진 세대로 평가될 수도 있다.

개인이나 가정환경의 차원을 넘어선 문화적 유산의 영향력은 어떨까. 서양의 밀농사에 비해 기절할 만큼 손이 많이 가는 쌀 농업 문화권에서 태어난 아시아인들에게는 성실, 근면이라는 문화적 유산이 유전자에 새겨져 있어 현대 사회에서도 이런 기질이 발현된다. 영어에 비해 숫자를 읽는 방식이 명료한 덕분에 아시아인이 수학을 잘한다는 것도 지은이의 분석이다. 하지만 수직적이고 권위적인 문화 탓에 부기장이 기장의 잘못을 직설적으로 지적하지 못해 대형 참사를 불러일으킨 한국의 비행기 조종사들의 사례도 들어 있다. 복잡한 존대어를 써야 하는 한국어 대신 영어로 대화하게 하는 것만으로도 그런 수직적 권위주의의 틀에서 벗어나게 만드는 효과가 있었다고 한다. 이렇게 지은이는 문화 유산은 우리의 현재를 규정하고 성공의 기회를 주는 데 있어 중요한 요소라 피력한다.

　자, 당신은 지금 아이를 갖기로 결심했다. 어느 문화권에서 어떤 시대에 태어날 것인가는 당신이 결정할 수 있는 문제가 아니다. 당신이 낳을 아이도 마찬가지이다. 한국의 문화권이 마음에 들지 않는다면 무슨 수를 써서라도 국제결혼을 했어야 한다. 그것이 아이에게 어떤 기회로 작동할지는 미지수이지만 모험을 걸어볼 가치는 있다. 하지만 이미 그런 것이 모두 세팅된 상태라면 미래의 엄마가 결정할 수 있는 것은 딱 한 가지뿐이다. 바로 태어날 생월이나마 최대한 맞추는 것. 시대의 거센 파도에 맞선 미미한 개인에게는 맨 처음 설명한 '마태복음 효과'가 가장 중요한 까닭이다.

남편과 공유하면 좋을
지적인 포르노그래피

침대 위의 신

종교가 지배한 중세의 세계관이 현대의 침실에까지 그림자를 드리우는 것은 그 정도의 차이는 있어도 어느 문화권이든 마찬가지일 듯싶다. 결국 책을 관통하는 메시지는 하나이다. 침대에서 신을 내보내고 자연스러운 성생활을 즐기라는 것. 지은이는 성생활은 어떤 모습이든 모두 '정상'이라고 강조한다.

여성과 남성의 성 담론은 왜 다른가

어느 날 대학 동기 모임에 다녀온 남편이 실실 웃으며 들려준 이야기 한 토막.

"오늘 안 온 친구가 결혼을 한다는 거야. 그런데 한 놈이 그러더라고. '서기는 선대?' 그러니까 다른 놈이 이렇게 대꾸하더라고. '까딱까딱은 하나 봐.'"

40대에 진입한 남자들이 삼삼오오 모여 떨어진 정력에 대한 이야기를 도란도란 나누는 풍경을 상상하니 우습고도 애잔하다. 아마 이들이 50대에 접어들면 "마누라가 샤워하면 무서워" 같은 이야기를 나누지 않을까.

그로부터 얼마 뒤, 나도 내 대학 여자 동기 모임에 다녀오게 되었다. 모두 일하는 친구들이라 주로 일에 대한 이야기를 나누었지만, 그보다 더 많은 비율을 차지한 화제는 각자 앓고 있는 질환이었다. 술을 마시고 계단에서 굴러 떨어져 입술을 꿰맨 무용담부터 암 투병 이야기까지 다양한 스펙트럼이 펼쳐졌다. 하지만 여자 동기끼리 나눈 이야기 중 성과 관련된 것은 한 건도 없었다. 단순히 미혼 여성이 많아서일까. 만약 모두 아줌마가 되었다면 좀 달랐을까.

임상수 감독의 영화 〈처녀들의 저녁식사〉(1998년)가 나왔을 때 크게 화제가 되었다. 성격이 다른 29세 동갑내기 세 명의 미혼 여성이 성 담론을 거침없이 나누는 영화라는 이유에서였다. 세 명이 각자 다른 성생활을 하는 것까지는 '사실적'이라고 할 수 있겠지만, 영화

후반부에서 남녀가 섞여 성에 대한 이야기를 서로 거침없이 주고받는 부분은 비현실적으로 느껴졌다. 여자는 성에 대한 이야기를 잘하지 않는다는 게 적어도 내가 경험한 불문율이었다.

침대에서 신을 내보내라

성적 수치심과 죄책감이 조성된 원리에 대해 파격적이고 직설적인 논리로 짚은 책이 『침대 위의 신』(대럴 W. 레이 지음, 김승욱 옮김, 어마마마)이다. 출간되자마자 출판 담당 기자가 신문 서평을 맡기는 바람에 읽게 되었다. 아마 '아줌마'라는 이유로 내게 떨어진 게 아니었나 싶은 이 책은 시골의사 박경철의 표현을 빌리자면 '대뇌 주름을 깊어지게 만드는' 물건이었다. 워낙 흥미로워 단순히 서평만 쓰는 데 그치지 않고 얼마 뒤 회사 후배 기자와 같이 시험 삼아 '팥 없는 팟캐스트'라는 1회성 팟캐스트를 만들면서 이 책을 주제로 이야기를 나누었다.

한글 제목은 에로 비디오 제목으로 오인할 만큼 도발적이다. 원제는 『Sex & God(섹스와 신)』이다. 부제는 '종교는 어떻게 인간의 성을 왜곡하는가'. 목차만 읽어도 아슬아슬한 느낌이 든다.

하나만 예를 들면 '예수는 자위를 했을까'라는 질문을 받고 머리가 멍해지는 당신은, 지은이의 표현을 빌리자면 '종교에 감염'된 사람이다. 심리학자 겸 종교·사회연구가인 지은이의 전작은 『신들의 생존법 – 종교는 우리의 삶과 문화를 어떻게 감염시키는가』(대럴 W. 레이 지음, 권혁 옮김, 돋을새김), 원제는 『God Virus(신 바이러스)』이다. 전작에서 그는 사람들이 종교에 맹목적으로 헌신하게 되는 기제를 바이러스의 전파 혹은 기생충에 감염된 숙주의 양상과 비교하며 분석했다. 이번에는 인간의 가장 내밀한 '성(性)'이 종교에 감염되어 왜곡되고 있다는 주장을 펼친다.

일반적으로 종교는 금욕을 강조하고 섹스에 부정적이다. '최초의 섹스'라고 할 수 있는 자위는 '한 손으로 짓는 죄'요, 혼전 성관계도 죄요, 평생 한 명의 배우자만 두지 않는 것도, 동성애도 죄이다. 보수적 종파에서는 피임 도구를 사용하는 것도, 포르노를 보는 것도 반대한다. 심지어 머릿속에서 욕망을 품는 것만으로도 간음을 저지르는 것이다. 결국 신이 맺어준 부부가 출산을 목적으로 하는 섹스 말고는 죄 아닌 것이 없다.

성적 억압은 종교의 생존법

'예수는 자위를 했을까'라는 질문이 왜 충격적이라 느껴지는 것일까. 예수도 본래 인간이었는데 말이다. 그리스 로마의 신들은 사랑을 나누는 것은 물론이요 심지어 강간까지 저지르지 않았던가.

지은이는 다신교에서 일신교로 넘어가는 과정에서 이유를 찾는다. 혼외정사도 서슴지 않던 고대 그리스 로마의 신과 달리 유일신은 기본적으로 무성적인 존재이다. 다신교에서야 남자도 있고 여자도 있지만 신이 단 하나라면 성적인 요소를 제거할 수밖에 없다.

하나뿐인 신에게 어떻게 섹스 파트너가 있겠는가. 그러니 하느님의 아들인 예수도 '동정녀' 마리아가 홀로 잉태할 수밖에 없었던 것이다. 요셉은 그저 마리아가 혼자 몸으로 아이를 낳으면 수치스러우니 그 흠을 가려주기 위한 형식적인 남편일 뿐이고 말이다.

사실 예수와 자위를 연결시키는 것은 이 책을 만나기 전에는 생각도 못한 조합이지만, 처녀가 아이를 잉태했다는 이야기에는 어릴 적부터 상식적인 의문을 품어왔던 차였다. 그에 대한 답은 사실 이 책을 만나기에 앞서 리처드 도킨스의 『이기적인 유전자』(리처드 도킨스 지음, 홍영남·이상임 옮김, 을유문화사)에서 먼저 만났다.

도킨스에 의하면 구약성서 그리스어 판본을 만든 학자들이 '젊은 여성'이라는 히브리어를 '처녀'라는 그리스어로 오역한 데에서 모든 게 꼬이기 시작했다는 이야기였다. 초판에 담긴 이 이야기 때문에 항의를 받았던 모양이다. 리처드 도킨스는 이 부분 때문에 '난감한 편지'를 몇 통 받았다면서 『이기적인 유전자』 30주년 기념판에 상세한 주석을 달아놓기도 했다. 그는 '동정녀'가 잘못된 번역에서 비롯되었거나, 혹은 잘못 번역된 예언이 이루어진 것처럼 보이기 위해 후세에 삽입된 것일 수 있다는 견해는 기독교 학자들 사이에서 이미 널리 받아들여지고 있다고 부연한다.

반면 대럴 W.레이는 젊은 여자가 '처녀'라 바뀐 것이 '번역 오류'

라기 보다는 의도가 개입된 조작이라고 보는 듯하다. 지은이는 예수를 무성적인 존재로 만들기 위해 그에게 형제자매가 있다는 사실도 종교사를 수없이 고쳐 쓰는 과정에서 누락되고 무시되었다고 주장한다. 종교에서 성을 배제하는 것은 곧 성적인 것을 죄악시하는 관습으로 이어진다. 신적인 존재와 달리 죄를 짓는 인간으로 태어났기에 회개하고 또 회개해야 한다고 교회는 가르친다.

지은이는 죄의식보다 수치심이 더 강력한 도구라고 주장한다. 죄를 짓는다는 것은 누군가 상대할 사람이 있는 일이다. 내가 잘못한 대상이 나를 용서해 준다면 죄를 씻을 방법이 생긴다. 하지만 수치심은 스스로에게 짓는 일이다. 누가 용서해 주고 말고 할 것이 아닌, 씻을 수 없는 강력한 죄가 되어 버린다. 지은이는 성적 억압은 종교의 가장 효과적인 생존법이라고 주장한다. 성적 금기를 깨뜨린 이는 강한 수치심을 느끼고, 그것이 죄임을 알려준 종교로 돌아가 신에게 용서를 구하거나 성적 에너지를 종교 생활에 돌리며 더욱 신에게 의지하게 된다는 것이다.

거기에 농경 사회의 정착과 함께 자리잡은 가부장적인 문화가 덧붙었다. 정착된 땅에서는 재산 분배 때문에라도 누가 누구의 자식인지가 중요해졌고, 성은 통제 대상이 되었다는 것이 지은이의 해석이다. 특히 여성에게 성적 수치심이 강조되었다. 조선 시대에 세워진 수많은 열녀문이 자발적인 수절보다 강요된 수절의 결과라는 주장은 『조선의 가족, 천개의 표정』(이순구 지음, 너머북스)이라는 책에서도

만날 수 있다. 한국 사회의 보수적인 성 관념은 아무래도 가부장제
가 더 잘 설명해 주는 게 아닌가 싶다.

가부장적인 중세의 분위기에 맞물려 여성은 종교에서 배제되고
'제2시민' 취급을 받게 되었다. 인도, 중동 등 종교의 힘이 강한 지역
일수록 강간이 빈발하고, 여성 인권이 취약하다는 점을 지은이는 집
중 공략한다.

성 관념을 제대로 가르쳐야

공교롭게도 여러 연구에 따르면 종교 세력이 강한 지역에서 이혼
율이 높고 포르노 사용 빈도도 높으며, 10대 청소년 임신 역시 독실
한 종교인 집단일수록 높게 나타났다고 한다. 지은이가 미국인 1만
4560명을 대상으로 조사한 결과 근본주의 교파일수록 성적 죄책감
의 정도가 높았다.

하지만 종교적이건 비종교적이건 15세가 되면 열에 여덟 이상이
자위행위를 경험하고 21세가 되면 열에 아홉은 성 경험을 했다. 종
교가 아무리 금욕을 가르쳐봐야 실질적인 성 행동에는 거의 영향을
미치지 못한다는 것이다. 그것이 생물학적으로 자연스러운 발달과
정이니까.

지은이 역시 리처드 도킨스 못잖게 집요한 필자이다. 그는 진화심
리학과 생물학까지 가져와 인간의 성생활이 왜 자연스러운 것인지

강변한다. 번식기에만 성생활을 하는 여느 동물들과 달리, 배란기를 숨기는 인간은 성생활을 아주 드물게만 하는 게 아니라 일상적으로 할 수밖에 없도록 설계되었다고 주장한다.

오히려 종교가 가르친 '그릇된' 성 관념 때문에 많은 신앙인이 자위를 하고 포르노를 보더라도 겉으로는 이를 부정하고, 결혼 전에 여러 사람과 섹스를 했을지라도 자식에게는 혼전 경험이 얼마나 나쁜지 가르치는 이중생활을 하고 있다는 것이다. 미국인 95%가 혼전 성교를 하는데도 말이다.

신앙이 깊은 부모는 자녀에게 성교육을 하지 않는다는 통계도 있다. 그런 가정에서 자란 아이들이 피임을 제대로 하지 못해 원치 않는 임신이나 성병의 위험에 노출될 가능성이 높다고 한다.

드라마 〈응답하라 1994〉에서 해태가 가방에 콘돔을 하나 넣었다가 곤욕을 치르는 에피소드가 나온다. 윤진이는 두고두고 '섹스 중독자'라며 해태를 놀린다. 종교에서는 음란한 마음을 품는 것도 죄라고 가르친다. 콘돔을 가방에 넣어 다니는 것은 성관계를 예비하는 마음을 품고 있으므로 죄가 되는 것이다.

그러나 종교적 가르침에 충실하다가는 충동을 조절하지 못하고 예기치 못한 청춘의 불꽃에 휘말릴 경우, 무방비 상태로 위험에 빠질 수 있다. 극단적으로는 배가 불러와도 자신이 저지른 일(성관계)이 아예 없었다고 기억에서 지우며 부정하는 어느 10대 여성의 사례가 소개되기도 한다.

이 대목에서 우리의 아이들에게는 장차 어떻게 성교육을 해야 하는지 답을 얻을 수 있겠다. 10대의 몸과 건강, 성에 대해 다룬 책『10대의 비밀, 비밀의 10대』(마이클 로이젠 외 지음, 김성훈 옮김, 김영사)를 보면 콘돔 사용 설명법 제 8단계에서 '성관계를 즐깁니다. 준비를 잘했으니 안심해도 됩니다'라고 설명한 뒤, 9단계와 10단계는 '성관계가 끝난 후 콘돔을 빼내는 법, 버리는 방법'을 다룬다.

10대에게 이렇게 가르치라고? 아직은 '헉' 하고 숨이 막히는 느낌이 든다.

지금까지 살아오면서 자신의 성생활에 대해 '마치 남자들처럼' 거리낌 없이 털어놓는 한국 여성을 나는 딱 한 명 만났다. 그는 연애와 섹스, 심지어 원 나잇 스탠드 경험까지 아무렇지 않다는 듯 이야기했다. 처음 그의 무용담을 들었을 때는 당황한 기색을 감추느라 애를 써야 했다. 하지만 서로 알고 지낸 시간이 길어질수록 '한국판 사만다'의 분방한 모습을 보며 묘한 해방감마저 느꼈다. 성에 대해 솔직한 그녀의 태도가, 감추고 보는 사람들보다 차라리 자연스럽고 순수한 게 아닌가 싶기도 했다.

10년이면 강산이 변한다고, 2013년 8월에 등장한 JTBC의 〈마녀사냥〉이라는 프로그램을 보면서 격세지감을 느꼈다. 내게 그토록 낯설게 느껴졌던 '한국판 사만다'가 도처에 널려 있는 게 아닌가. 미혼 여성의 성담론이 TV에서 유머러스하면서도 거침없이, 또 자연스럽게 펼쳐지는 시대는 이미 열렸다.

하물며 나와 무려 30세 이상 나이 차가 나는 내 아이들 세대의 아이들은 어떻겠는가. 이미 동네에서는 흉흉한 소문이 돈다. 초등학교 6학년 여자아이가 임신을 했는데, 낙태는 불가능하고 낳아야만 하는 상황이라는 것이다. 그런데 상대방 남자아이의 부모는 누가 아빠인지 어떻게 아느냐며 발뺌을 하고 있어서 여자아이 부모가 낳아서 확인해 보자며 이를 갈고 있다는 이야기를 어떤 엄마에게서 듣기도 했다.

영양 상태가 좋아 마음보다 몸의 성장이 빠른 아이들에게는 성교육 전략도 달라져야 한다는 것을 여러 사례들이 보여 주는 셈이다.

두뇌의 옷을 벗겨내라

지은이는 2000년 전에 그려진 성 지도(Sexual Map)를 종교라는 이름으로 지금까지 적용하고 있는 상황이 온갖 모순을 빚어낸다고 분석한다.

책에서 소개하는 흥미로운 용어 중 하나가 '예수 트랩'이다. 비종교인인 일반인이 종교적인 파트너를 만나 사랑에 빠져 뜨거운 밤을 보냈다고 치자. 간밤에는 그토록 뜨겁던 그(녀)가 얼마 지나지 않아 심각한 표정으로 "우리는 종교 안에서 죄를 짓고 있다. 죄를 씻으려면 당신이 나의 종교로 바꿔야 한다"고 말한다. 개종까지 감행하지만 거기가 끝이 아니다. 결혼을 해야만 섹스가 죄가 되지 않는다는 상대의 주장에 이끌려 가정을 꾸리더라도, 결혼 후의 성생활은 이미 콩깍지가 씌었을 때의 뜨거운 밤과는 거리가 멀다. 침대는 더 이상 나와 배우자만의 공간이 아니라 하느님이라는 제3자가 지켜보는 시험대가 되어 버리기 때문이다. 종교라는 덫에 걸려 버린 셈이다.

종교가 지배한 중세의 세계관이 현대의 침실에까지 그림자를 드리우는 것은 그 정도의 차이는 있어도 어느 문화권이든 마찬가지일 듯싶다. 결국 책을 관통하는 메시지는 하나이다. 침대에서 신을 내보내고 자연스러운 성생활을 즐기라는 것.

지은이는 성생활은 어떤 모습이든 모두 '정상'이라고 강조한다. 온갖 실험적인 체위는 물론이요, 심지어 부부를 바꾸는 스와핑까지도 정상이라고 말하는 결론에 가 닿으면 '이래서 성적 억압이나 울타리도 필요한 게 아닌가' 하는 반발심이 생겨난다. 가족이라는 단위를 아예 해체한다면 몰라도, 가족이 사회의 가장 중요한 기본 단위인 한 사회가 안정적으로 돌아가는데 있어 성적 안정 역시 중요하지 않겠는가.

나는 이 책의 서평을 신문에 쓰고 나서 신앙인들의 항의를 받지는 않을까 걱정했다. 그런데 아이러니하게도 기독교를 '개독'이라 표현하는 류의 종교 혐오주의자에게서 스팸 메일이 들어오기 시작했다. 신에게 의지하든 신이 없다고 믿든, 극단적이고 광적인 것은 모두 정상이 아니라는 깨달음을 안겨 주는 경험이었다.

궁극적으로 종교를 비판하기 위해 쓴 책이지만 두뇌의 옷을 벗겨

내는 지적인 포르노그래피라는 느낌도 받는다. 오랜 결혼 생활로 권태에 빠진, 그러나 체력이 뒷받침되는 부부에게는 얼마간 쓰임이 있을 듯하다. 저질 체력인 내 경우에는 효과를 보지 못했다. 어린 두 딸사이에서 널브러져 자다 깨다를 반복하느라 금쪽같은 밤이 흘러가기를 며칠 하고 나니 책의 약효는 사라지고 말았다.

우리는 충분히
아름답다

여자다운 게 어딨어

우리는 왜 겨드랑이 털을 부끄러워하기 시작했을까. 지은이는 여성들이 몸에 대한 수치심을 느끼도록 강요받은 결과, 자본주의의 이상적 소비자가 된 것이라고 생각한다. 그 같은 깨달음이 겨털을 기르게 된 계기가 되었다고 한다. 하지만 털을 기르고 나서야 주변 사람들의 수군거림을 느끼면서 '몸의 문제에서 내게는 조금도 선택권이 없었음을' 깨닫게 되었다고 털어놓는다.

털과 전쟁하는 여성들

출산 과정에서 산모들이 겪는 3대 굴욕이 제모와 관장, 회음부 절개라고 한다. 임신과 출산 과정에서 겪는 어려움이 어디 그것뿐이겠느냐만, 출산 직전 산통으로 혼미한 상황에서 기계적으로 이루어지는 제모와 관장은 무척이나 당황스러웠다. 진통 때문에 내색을 할 겨를이 없었던 게 오히려 다행스러웠다고 할까. 그것 때문에 둘째를 임신했을 때는 그와 같은 굴욕을 당하지 않는다는 '자연출산'에 한동안 꽂혀서 헤어나지 못했다.

자연출산을 하는 곳에서는 산모들은 출산 전에 자동으로 화장실에 가기 때문에 자연 관장이 이루어진다고 주장한다. 제모나 회음부 절개 역시 불필요하다고 한다. 모두가 의료진의 편의를 위해 도입된 절차일 뿐이라는 것이다. 문제는 자연주의 출산의 비용이 점점 올라가 일반 병원식 '인공주의' 출산에 비해 열 배 이상 든다는 것이었다. 기본 출산비도 비싼 데다 수중분만을 하면 추가 몇십 만 원, 진통을 견디도록 도와주는 둘라를 고용할 경우 또 추가로 몇십 만 원이 더 드는 식이었다. 자연스럽게 포기할 이유가 하나씩 늘어갔다.

첫아이를 낳았을 때 양수가 샌 경험을 돌이켜 보자면, 둘째 때도 같은 이유로 이상적인 자연주의 출산은 하기 어려울 가능성이 높았다. 양수가 새면 수중분만 따위는 감염 위험 때문에 어차피 못하니 말이다. 그리하여 첫아이 때와 같은 병원에서 저렴하게 – 자연주의 출산에서는 욕조 한 번 채웠을 값으로 – 아이를 낳고는 참 잘한 선택이었다고 생각했다.

그러나 아이를 낳고 나서는 제모를 굴욕이라 생각한 적이 언제 있었냐는 듯 평소대로 '겨털'과의 전쟁에 들어갔다. 아마 많은 여성이 '털과의 전쟁'을 벌일 것이다. 면도기로 깎고, 제모 크림을 바르고, 족집게로 뽑고, 나아가 레이저로 모근을 지져 아예 원천봉쇄하기도 한다. 하지만 해외에서는 유명인들이 앞장서서 '겨드랑이털 혐오'에 맞서고 있다.

16만 명 이상의 팔로워를 거느리고 있는 파워 인스타그래머 새그 사라는 2017년 겨드랑이 털과 부숭부숭한 다리털을 모두 드러낸 사진과 글을 올렸다. 그는 "아름다움을 누가 결정하나요? 아름다움은 체크리스트를 통과해야 자격을 얻는 게 아닙니다. 티 없는 피부, 군살 없는 몸매, 털을 깎아 매끈해야 아름다울 수 있나요?"라면서 그런 것으로 사람을 판단하고, 비난하는 메시지를 보내지 말라고 적었다.

남아프리카공화국의 슈퍼스타, 가수 겸 연기자인 켈리 쿠말로(33세)도 같은 해 SNS에서 조리돌림을 당했다. 방송 출연 도중 팔을 들어 올리는 순간, '탈색하지 않은 겨드랑이 털'이 드러났던 게 문제였다. 외모와 스타일, 음악성으로 추앙받던 그녀가 '무개념녀'로 전락하는 것은 한순간이었다. 쿠말로는 트위터에서 "조물주의 시각에서 나는 완벽하다"면서 "신체를 부끄럽게 여기게 하는 게 폭력임을 모르는" 이들을 비판했다.

팝스타 마돈나, 레이디 가가, 마일리 사이러스, 영화배우 줄리엣

루이스, 드류 베리모어 등의 유명인들도 겨드랑이 털을 드러낸 적이 있다. 마돈나의 딸 로데스 레온도 마찬가지이다. 앞서 줄리아 로버츠는 1999년 영화 〈노팅힐〉 프리미어 시사회에 참석하면서 민소매 원피스에 겨드랑이 털을 매치해 이 분야에서는 원조로 꼽힌다.

있는 그대로의 아름다움

여성의 몸을 체모까지도 있는 그대로 사랑하자는 '자연미(Natural Beauty)'를 향한 전 세계적인 움직임은 몇 년 전부터 두드러졌다. 제모는 여성의 의무가 아니라 선택이어야 한다는 페미니즘적 가치도 담겨 있다. 사진작가 벤 호퍼는 "우리는 거의 1세기 동안 미용 산업계에 세뇌당했다"면서 겨드랑이털을 기른 여성들을 카메라에 담은 'Natural Beauty' 시리즈를 2014년 발표해 화제를 모으기도 했다.

과도한 제모가 논란이 된 경우도 있다. 2017년 개봉된 영화 〈원더우먼〉은 예고편 공개 직후 주인공 갤 가돗의 털 없는 겨드랑이가 부각된 장면이 비현실적이라는 비판을 받았다. 지구를 구하기 위해 악당과 맞서 싸우는 영웅도 여자라는 이유로 제모를 해야 하냐는 것이다. 결국 제작사 측은 원더우먼의 겨드랑이를 더욱 어둡게 디지털 보정하는 타협안을 마련했다고 한다.

시장조사 기관 민텔에 따르면 영국 밀레니얼 세대(16~24세) 여성 넷 중 하나는 겨드랑이 제모를 하지 않는다. 2013년에는 95%가 제모를 했는데, 2016년에는 비율이 77%로 떨어졌다는 것이다. 다리 털 제모 비율도 92%에서 85%로 하락했다. 영국 내 면도·제모 관련 제품 매출도 2015년 5억 9800만 파운드에서 2016년 5억 5670만 파운드로 한 해 만에 5% 떨어졌다. 영국 일간《텔레그라프》인터뷰에서 민텔의 뷰티 담당 이사는 밀레니얼 세대 제모 인구가 줄어들기 시작한 현상은 '웰니스의 영향'이라고 분석했다. 면도용 거품이나 제모 크림 등이 피부에 좋지 않다는 인식 때문에 이를 기피하기 시작했다는 것이다.

털 뽑다 탈나는 경우도 왕왕 있다. 미국의학협회《피부과학저널 (JAMA Dermartology)》에 따르면 레이저 제모 도중 발생하는 연기에 벤젠과 톨루엔 같은 발암물질 13종, 일산화탄소 등 20가지 환경 독소를 포함해 62가지의 유기 화합물이 들어 있다고 한다. 물론 환자보다는 의료진의 건강을 위협하는 것이긴 하지만 말이다.

브라질리언 왁싱 등 은밀한 곳의 털을 정리하는 미용법도 인기인데, 같은 저널에 소개된 연구에 의하면 음모 제모를 해본 미국인의 26%가 적어도 한 번 이상 상처를 입었다고 한다. 이 중 32%는 다섯 번 이상 다쳤다. 면도칼에 베이거나, 화상, 모낭염 등에 시달릴 위험이 높다는 것이다. 미국 국립생물공학정보센터는 미국에서 2013년 관련 문제로 응급실에 실려간 환자는 인구 10만 명당 9명으로, 1991년에 비해 9배로 증가했다고 보고했다.

그만큼 제모 인구는 늘어나고 있다는 방증이다. 영국 밀레니얼 세대들의 제모 인구 비율이 줄어든다는 게 뉴스거리가 됐던 것도 그만큼 특이한 사례라서일 터이다. 코트라 상하이무역관 블로그를 보니 겨드랑이 털을 깎으면 복이 나간다는 오랜 속설이 있었던 중국마저도 제모 용품 시장 규모가 매해 15%씩 증가해 2013년에 이미 19억 8000만 위안(약 3358억 원)을 기록했다고 한다. 우리나라는 제모기기 시장만 한해 1000억 원 규모로 성장했다.

나아가 외모에 관심이 높아진 남성들을 공략하는 제모 용품과 관련 기사도 쏟아지고 있다. '부숭부숭한 겨드랑이 털과 다리털을 드러내는 것은 매너가 아니다'라는 사회적 압박은 성별을 가리지 않고 전방위로 확대되고 있는 것이다.

우리는 존재 자체로 아름답다

21세기 한국에서는 여자의 겨드랑이 털은 그저 영화 〈색계〉에서 자연미를 드러냈던 탕웨이를 패러디하는 코미디 소재로나 활용될 뿐, 깨끗이 제거해야 할 대상이다. 2016년에 이어 2017년 '제2회 천하제일 겨털대회'가 열리는 등 변화의 조짐은 보인다. 겨털대회는 여성의 몸에 가해지는 차별과 혐오를 넘어서서 자유롭게 하자는 운동의 하나였다.

이와 같은 '겨털' 운동에 앞장선 이가 『여자다운 게 어딨어(에머 오툴 지음, 박다솜 옮김, 창비)의 아일랜드 출신의 지은이 에머 오툴이다. 그는 '겨털' 하나로 유명인사가 되었다. 사회의 미적 기준에 순응하라는 상대 패널의 반대 토론자로 참석한 그는 영국의 지상파 TV 생방송에서 팔을 번쩍 들어 18개월간 기른 무성한 겨털을 보여 준다. '제모 거부한 영국 겨털녀'라는 해외 토픽으로 우리나라에까지 소식이 전파되었다.

미국에서 여성용 면도기가 처음 출시된 1915년. 민소매 원피스가 등장하면서 '흉측한 털을 제거하라'는 광고와 함께 제모에 대한 대대적인 인식 전환이 시작된다. 1964년에 이르러 미국 44세 이하 여성 98%가 다리털을 밀게 됐고, 그렇게 제모 관습은 일상 의례로 자리잡는다. 돌아보면 20년 전만 해도 한국 여성의 제모는 필수가 아니었다. 하지만 지금은 포털 사이트에서 찾아보면 막 털이 나기 시작한 사춘기 여학생들이 제모 방법에 대한 고민을 올린 글이 검색 결과 상단에 줄줄이 뜬다.

우리는 왜 겨드랑이 털을 부끄러워하기 시작했을까. 지은이는 여성들이 몸에 대한 수치심을 느끼도록 강요받은 결과, 자본주의의 이상적 소비자가 된 것이라고 생각한다. 그 같은 깨달음이 겨털을 기르게 된 계기가 되었다고 한다. 하지만 털을 기르고 나서야 주변 사람들의 수군거림을 느끼면서 '몸의 문제에서 내게는 조금도 선택권이 없었음을' 깨닫게 되었다고 털어놓는다. 방송 출연 뒤 '털을 밀어버리고 강간하겠다'는 협박 메일까지 받았다고 한다. 제모가 단순히 위생이나 미용을 위한 온전히 자발적인 선택이라기보다는, 사회적 압박에서 이뤄졌을 가능성이 크다는 것을 보여 준다.

인간을 조종하는 가장 효율적인 수단 중 하나가 신체를 통제하는 것이다. 군부 독재 시절, 여성들의 짧은 치마를 단속하느라 경찰들이 자를 들고 다니며 무릎 위 몇 센티미터인지 재던 장면을 지금 본다면 누구나 충격적이라고 여길 것이다. 학교에서 학생들에게 교복을 입히고 두발을 단속했던 것도 사실상 같은 맥락이다. 부모들 입장에서는 아이들이 좀 더 '학생다웠으면' 하는 마음에 용의나 복장을 통제해 주길 바라는 경우도 많겠지만 말이다.

신체의 통제는 흔히 남성보다는 여성에 대해 더 억압적이고 강압적으로 이루어져 왔다고 생각했다. 그런데 이 이야기를 기사로 쓴 뒤 독자의 반응을 통해 남성들도 그에 못지않게 외모 통제를 심각하게 받고 있다는 사실을 알게 되었다. 어느 남성이 자신은 수염을 깎는 일에 더해 코털은 물론 귀털까지도 정리해야 한다고 고충을 털어놓은 것이다. 거기에 젊은 남성들은 다리털에 겨드랑이 털까지 깎아야 한다는 새로운 트렌드에 휩쓸리고 있으니, 털 깎다 세월 다 가지 않겠나. 그놈의 털 때문에 성별을 가리지 않고 자존감에 영향을 받는 셈이다.

청소년 매체를 만들 때, 10대 아이들에게 학교 안에 어떤 '권력'이 있느냐고 물어본 적 있다. 돈이나 힘, 성적을 생각하며 던진 질문이다. 그런데 돌아온 답은 '외모'였다. 잘생기고 예쁜 아이들은 그 생김 자체가 엄청난 권력이고 특혜라고 입을 모아 이야기했다. 아이들이 어려서부터 화장을 하고 외모 가꾸기에 올인 하는 이유를 이해할 수 있었다. 내 아이가 학교나 사회에서 '권력이 없다'고 생각하는 게 내가 준 외모 탓이라면 참 속상할 것 같다. 내가 어찌할 수 없는 부분 때문에 자존감을 상실한다면 큰 문제 아닌가. 어른들부터 소비사회가 만든 외모에 대한 편견에서 벗어나야 하지 않을까. 겨털을 보는 시선부터 단련시켜야겠다. 그리고 거울을 보며, 아이를 보며 되뇌어야겠다. '나는 이만하면 되었다. 너는 존재 자체로 충분히 아름답다.'

일에 사로잡힌
당신에게

우리의 노동은 왜 우울한가

계몽주의 이후 인간은 신이 부여한 운명을 거부하고 자유인이 되었다. 종교가 정해

준 가이드라인이 없는 시대이다. 그러나 대신 언제든 실패하고 추락할 위험이 도사린

다. 현대인들은 언제 쉬어도 좋은지 스스로 정당화해야 하므로 더 분주한 활동에 빠

져든다. 실존에 대한 불안감, 죽음에 대한 공포로부터 도피하려고 강박적으로 일에

빠져들고, 그 과정에서 탈진과 우울이 찾아든다는 것이 이 글의 요지이다.

스스로 착취하는 성과사회

이 책과의 인연은 그림책 한 권에서 시작되었다.

엄마들에게 유명한 '지원이와 병관이'라는 그림책 시리즈의 그림 작가 김영진이 새롭게 시작한 시리즈 첫권 『나로와 펄럭이의 모험 – 엄마를 구출하라』(김영진 글·그림, 책읽는곰)가 2013년 출간되었다. 당시에 어린이책 서평을 담당하고 있었던 나는 작가를 인터뷰했다. 『엄마를 구출하라』는 소년 나로와 강아지 펄럭이가 외눈박이 나라로 여행을 가 괴물들에게 붙잡혀간 엄마들을 상상 에너지로 구출해낸다는 이야기이다. 외눈박이 나라의 엄마들은 구름 위 괴물 나라에서 죽어라 음식을 만들고 설거지를 하는데, 괴물들은 그저 게걸스럽게 먹고 마시느라 엄마들을 집에 돌려보내지 않고 있다는 설정이다.

괴물들에게 붙잡혀 집에 오지 못하는 엄마들이 일터에서 돌아오지 않는 직장맘을 상징하는 듯하다는 이야기를 꺼내자 작가는 이런 답변을 꺼내 놓았다.

"어렸을 때 저희 어머니도 워킹맘이었어요. 돌이켜 보면 안 좋았던 기억으로 다가와요. 이 책 구상할 때 한병철 교수가 쓴 『피로사회』에 심취해 있었어요. 산업사회의 노예 신세에서 해방될 수 없을까. 상상으로라도 해결해 보자는 거죠."

그는 착하고 성실하게 열심히 공부하며 보냈지만 성적은 죽어라 안 나오는 '찌질이'로 초중고 12년을 보냈다며, 그 시절이 한스럽다고 말했다. 현실에서의 반항이나 일탈은 하지 못하고 만화나 소설을 통한 상상의 세계로 빠져든 덕에 스테디셀러 작가가 된 셈이다.

돌도 안 된 둘째를 키우는 엄마들은 누구나 그러하듯이 당시의 나역시 무척 피로한 상태였다. 게다가 둘째를 낳고는 첫아이 때는 고려해 보지 않은 육아 휴직을 몇 달 쓴 뒤 복귀한 터였다. 나는 공백에 대한 채무를 탕감하겠다는 듯 사력을 다해 일하고 있었다. 법적으로 보장된 휴직이고, 회삿돈을 축낸 것도 아니고, 누가 내게 벌충하라고 재촉하지도 않았는데 말이다. 그러던 차에 작가가 『피로사회』(한병철 지음, 김태환 옮김, 문학과지성사)에 꽂혔다는 이야기에 자극을 받아 아무리 피로해도 그 책을 읽고 지나가기로 했다. 만나보니 생각보다 무척 얇은 책이었다.

한병철 교수는 그 얇은 책 한 권으로 철학의 본 고장 독일에서 엄청난 이슈를 몰고 왔다고 한다. 한국에서도 물론 화제가 되었다.

21세기는 자신을 '스스로 착취'하는 성과사회로 변모했다는 것이 책이 말하는 큰 화두이다. 이제는 더 이상 누가 시켜서, 규율 때문에, 타자에 의해 착취를 당하는 사회가 아니라는 것이다. '할 수 있다'는 긍정의 과잉은 개인이 스스로를 성과의 주체로 전락시키고, 스스로를 착취하는 피로할 수밖에 없는 사회이다.

문제는' 피로사회'라는 명쾌한 주제를 다루는 저 얇은 책이 이상하게도 빽빽하고 읽어 내려가기 쉽지 않다는 것이었다. 대학 시절 서점에서 제목에 꽂혀 집어든 콜린 윌슨의 『아웃사이더』(콜린 윌슨 지음, 범우사)를 겨우 읽어 내려가던 때의 느낌 같았다. 관심 있는 주제라 열심히 읽었지만 읽는 과정이 결코 쉽지 않았다. 20년 전에는 번역서의 전달력이 요즘 같지 않았다.

『피로사회』도 간신히 마지막장까지 넘기기는 했지만 무언가 깔끔하게 그림이 그려지진 않았다. 철학의 언어에 익숙하지 않아서이기도 하겠지만, 번역이 좀 더 매끄러웠으면 하는 아쉬움도 남았다.

우리는 향락 노동자

그러던 차에 알게 된 책이 『피로사회』에 상당히 영감을 받은 것으로 보이는 『우리의 노동은 왜 우울한가』(스베냐 플라스푈러 지음, 장혜경 옮김, 로도스)였다. 지은이 스베냐 플라스푈러는 1975년 생 독일 출신 여성 철학자로 딸을 둔 엄마이기도 하다. 번역의 승리인지, 지은이의 저술 능력 덕분인지 이 책을 읽을 때는 한결 피로감이 덜했다. 철학 초보자가 읽기에 덜 피로한 '피로사회'랄까.

책은 이렇게 시작한다.

_____ 오늘날 우리에게 노동은 더 이상 고통이 아니다. 우리는 좋아서 일을 하고, 필요 이상의 에너지를 일에 쏟아 붓기도 한다. 그래서 우리는 전통적인 의미에서의 의무 노동자가 아니라 향락 노동자이다. (7쪽)

그 문장을 내게 대입해 보니 어김없이 맞아 떨어졌다.

적성에 맞는 일을 택한 덕분이기도 하겠지만 십수 년 간 한 직장에서 일하면서 나는 일하는 게 힘들다는 생각을 한 적은 그리 많지 않았다. "나는 일과 결혼했어요"라는 류의 인간은 아니어도 일이 인생의 전부, 혹은 9할 이상이었던 시간이 꽤 길었음을 인정한다.

　20대의 나는 일주일짜리 휴가가 시작되는 날이면 어김없이 몸살을 앓고 드러누웠다. 휴가로 놀아볼라 치면 몸이 파업에 돌입한 것이다. 휴가를 매번 챙기진 못했지만, 휴가는 꼭 필요한 것이긴 했다. 한번은 쓰러져야 회복하고 일어나 다시 일할 수 있으니까.

　30대가 되었다고 해서 그리 나아진 것은 아니었다. 30대 초반에 첫아이를 임신했을 때 입덧이 심했다. 하지만 그때만 해도 임신 사실을 회사에 알리길 꺼리는 분위기가 있었다. '난 아이를 밴 핸디캡이 있는 사람이 아니라 정상적인 일인분이다!'라는 류의 오기가 집단적으로 발동하던 시기였던 것 같다. 하다못해 떡볶이를 간식으로 먹다가도 화장실로 달려가 곧장 토할 만큼 비위가 약해졌지만 주변 사람들은 나의 임신 사실을 전혀 눈치 채지 못했다. 내가 알리길 원치 않았기에 완벽하게 숨길 수 있었던 것이다.

　유명인의 학력 위조가 어마어마한 이슈 태풍으로 몰아치던 2007년, 밤 11시에 갑자기 터진 연예인 아무개의 학력 위조 건에 대한 기사를 쓰고 기진맥진해 하루를 넘겨 퇴근하는 식의 나날을 보냈다. 그런 날은 집에 돌아와 태아에게도 좋을 것이 분명한 싱싱한 과일을 먹고도 변기를 붙잡고 웩웩거려야 했다. 그나마 호르몬의 변화로 인해 강제적인 졸음이 몰려와 할 수 없이 짧은 낮잠이나 휴식을 취했던 것, 점심시간을 이용해 임산부 요가를 한 게 스스로에게 허락한 쉼이었다.

서서히 배가 불러오자 비로소 임신 사실을 주변에 알렸다. 야근에서도 빠지기 시작했다. 야근에서 빠진다고 선언하는 것은 꽤 용기가 필요한 일이었다. 법이 임신부 야근을 금지하고 있었음에도 회사의 '정서법'은 그와는 멀던 시기였다. 지금도 그렇지만 여자가 상대적으로 소수인 남성적인 조직이었기 때문이다. 하나가 빠지면 나머지가 더 자주 고통을 짊어져야 하는 점도 부담스러웠다.

다행히 첫아이는 무사히 건강하게 태어났다. 그런데 나는 운이 좋았던 것임을 나중에 알게 되었다. "잘 나가는 회계사가 마감 일정 때문에 임신한 상태로 밤샘을 밥 먹듯 했는데 아이가 눈이 멀어서 나왔다" "우리나라에서 손꼽히는 로펌에 다니는 변호사가 칠삭둥이를 낳았다"라는 등의 이야기가 주변에서 들려왔다. 괴담이나 전설이 아닌 한 다리만 건너도 알 만한 이들의 팩트라는 게 비극이다. 그것이 반드시 '과로' 탓이라고 단정할 수는 없겠지만 태아나 몸의 신호에 귀를 기울이지 않을 만큼 스스로를 착취한 결과가 아닐까.

통증을 허락하지 않는 사회

지은이가 책에서 지적하는 현대 사회의 특징 중 하나는 '통증의 제거'이다. 의학의 발달로 알약 한 알이면 두통, 치통, 생리통이 싹 사라지는데 굳이 통증을 견딜 이유는 없다. 아이를 낳을 때도 마찬가지이다. 무통주사 한 대면 진통도 사라진다는 시대이다.

책에 따르면 미국의 제약회사 세팔론사는 21세기 들어 전 세계 매출이 열 배나 뛰었다고 한다. 이 회사의 기면증 의약품인 버질이 교대 근무자, 해외출장 시 시차로 고생하는 이들에게 인기를 끌어서라고 한다. 전태일 열사가 "근로기준법을 준수하라"며 분신했던 1970년대, 졸음 쫓는 약을 먹으며 밤새 일하던 방직 공장 노동자 이야기가 아니다. 육체를 혹사시키는 대신 사무실에서 자판을 두드리고 마우스만 클릭하면 모든 일을 처리할 수 있는 디지털 세상의 이야기이다. 하지만 지은이는 묻는다. '모든 통증을 버튼 하나 눌러서 없앨 수 있다면 인간은 기계와 무엇이 다른가?'라고.

지은이는 통증을 통해서만 일이건 사랑이건 운동이건 내가 나 자신에게 과도한 요구를 하고 있다는 사실을 깨닫는다. 아무리 내 몸이라도 내가 남김없이 사용할 수 있는 것은 아니라는 사실을 배우며, 몸이 저항할 때는 그 뜻을 존중해 주어야 몸이 상하지 않는다는 것도 배운다.

성과사회의 일 중독자들은 몸이 보내는 신호도 외면하며 강박적으로 바삐 일한다고 지은이는 지적한다. 긴장을 떨어뜨리면 큰일이라도 나는 양 쉬면서도 메일을 체크하고 정리정돈을 하고 조깅을 하거나 피트니스 센터에서 몸을 만든다.

_____ 과도한 향락 노동자들은 어린이들과 보내는 시간을 잘 못 참는 경향이 있다. 놀이터에서도 열심히 스마트폰을 두드리고, 손으로는 블록을 쌓으면서도 계속해서 급히 처리해야 하는 이런저런 프로젝트를 향해 달려간다.(14쪽)

일하는 것보다 여가를 더 고통스럽게 여기는 일 중독자를 설명한 이 대목을 읽으면서는 요즘말로 빵 터졌다. 바로 엄마라는 이름과는 어울리지 않는 내 모습을 그대로 묘사한 듯해서이다.

둘째를 낳고 육아 휴직을 하면서 나는 '육아'에 충실하기로 결심했다. 문자 그대로 육아를 위한 휴직이어야 마땅하다고 생각했다. 갓난아이를 유모차에 태우고 오후 2시 30분이면 유치원에서 돌아오는 큰아이를 따라 하루 서너 시간씩 놀이터를 전전하는 게 꽤 비중이 큰 일과였다. 놀이터를 오르락내리락 하는 아이를 지켜보며 '(내) 인생을 이렇게 보내야 하나' '회사에 있었으면 생산적인 일을 얼마만큼 했을 텐데' '회사에서는 왜 나오라고 재촉하지 않지? 내가 필요 없나?'라는 생각이 밀려들어 일할 때보다 더 힘들었던 기억이 난다. 물론 어느 날엔가는 한적한 평일 오후에 아이 손을 잡고 도서관에 걸어가면서 '이런 게 행복이구나' 하고 깨닫기도 했다. 하지만 그런 생활에 익숙해질까 봐 두렵다는 생각이 이내 솟아나면서 행복감도 슬그머니 사라져 버리곤 했다.

대학 때 휴학 한 번 하지 않고 졸업식도 하기 전에 지금의 회사에

입사해 일에 몰두한 내게 출산 휴가는 법으로 강제된 생애 첫 쉼표였고, 육아 휴직은 출산을 장려하는 사회적 분위기를 타고 자발적으로 택한 첫 장기 휴가였다. 항산이 있어야 항심이 생긴다더니, 내 통장에 찍히는 숫자를 포기하고 일을 쉬는 것은 내 성격상 견디기 힘들다는 사실을 절절하게 깨닫게 된 시간이었다.

책에서는 워커홀릭을 '강박적인 사랑을 하는 사람'이라고 표현한다. 반응이 없는 상대의 마음을 얻기 위해 집착하는 일방적인 사랑의 행태와 닮아서, 자아를 실현하기 위해 일하는 게 아니라 일의 마음에 들기 위해, 일을 잃지 않기 위해 일에게 봉사한다는 것이다.

강박적인 일 중독증

지은이는 강박적 일 중독자는 신의 마음에 들기 위해 금욕적으로 헌신하는, 고도로 종교적인 인물의 속성과도 닮았다고 말한다. 다만 종교적인 시대에는 성실한 노동과 6~8시간의 수면으로도 충분히 신에게 사랑받을 수 있었지만 오늘날에는 그보다 더한 노동과 열정이 요구된다는 게 함정이다.

그렇다면 왜 현대인은 이토록 강박적으로 일하는가.

지은이의 설명을 대략 정리하면 다음과 같다. 계몽주의 이후 인간은 신이 부여한 운명을 거부하고 자유인이 되었다. 종교가 정해 준 가이드라인이 없는 시대이다. 그러나 대신 언제든 실패하고 추락할 위험이 도사린다. 현대인들은 언제 쉬어도 좋은지 스스로 정당화해야 하므로 더 분주한 활동에 빠져든다. 실존에 대한 불안감, 죽음에 대한 공포로부터 도피하려고 강박적으로 일에 빠져들고, 그 과정에서 탈진과 우울이 찾아든다는 것이 이 글의 요지이다.

그 밖에도 할인 상품 사냥에 뛰어드는 강박적 쇼핑, 완벽한 신체를 추구하는 성형 중독과 웰니스 열풍 등도 이 모든 것과 연결된 현대 사회의 병폐임을 철학적으로 설명하는 대목도 인상적이다.

책을 읽으면서 '나는 비록 워커홀릭처럼 살아왔지만 아이들은 그렇게 키우지 말아야지'라고 마음먹게 되었다. 이 글을 쓸 무렵, 장기 근속자에게 부여하는 안식월 휴가가 돌아와 남편과 나란히 휴가를 얻고 온 가족 제주행 티켓과 숙소를 예약했다. 비수기라 여러모로 여유로운 여행이 되리라고 기대하면서였다. 그러나 휴가 계획을 떠드는 내게 큰아이는 이렇게 말했다. "나는 유치원 가야 해서 여행을 갈 수 없어. 방학 때 가지 그래?"

아이 때문에 모처럼 세운 휴가 계획이 무산될 위기에 놓였다는 말을 들은, 나보다 성실했던 한 친구는 이렇게 말했다. "안 돼! 유치원부터 개근 시키면 나중에 커서 우리처럼 돼."

우리는 유치원부터 초중고까지 13년을 개근했다. 친구는 죽어라 일을 하다 암에 걸려 생애 첫 장기 휴가를 보내는 중이었다. 친구는 암으로 쓰러지고서야 비로소 몸의 소리에 귀를 기울이게 되었다고 한다. 병으로 인해 인생을 다시 보게 되었다는 그는, 이전보다 더 긍정적이고 행복한 사람이 되었다.

그 친구를 보면, 물에서 힘을 빼고 몸을 둥둥 띄우듯 '그렇게 놓아
두기(무위)'도 이 시대에는 적절하고 유효하다는 책의 최종적인 제안
에 더더욱 귀를 기울여야겠다는 생각이 든다.

하지만 유치원에 빠질 수 없다는 아이를 설득하는 데에는 실패했
다. 눈물을 머금고 모든 예약을 취소했다. 그리고 도서관에 처박혀
이 책 원고를 썼다. 원고 집필에 전념했으면 그나마 다행이었을 것
이다. 안식월은 나를 새로운 노동의 문으로 인도했다. 바로 정리정
돈이다.

내 인생이 산만한 이유는
정리정돈 탓일까

인생이 빛나는 정리의 마법

정리와 수납은 방법이 아니라 심리이다. 아깝다고? 앞으로 안 쓸 건데? 우리는 버리

지 못하는 병을 타고났다. 가난한 나라였으니까. 지금부터 버리는 연습을 해야 한다.

10~20년 훈련하면 60~70세가 되어도 버릴 수 있다. 죽어서 나의 쓰레기 버리는 수

고를 남에게 주지 마라.

인생에 한 번뿐인 '정리 축제'

육아 휴직 기간에 원고 집필에 몰두했더라면 이 책은 오래전에 출간되지 않았을까. 안식월 때라도 글에 집중했다면 늦어도 2015년에는 빛을 봤을 것이다. 하지만 그러지 못했다. 결혼한 여자가 '집에 있다'는 조건은 또 다른 책임감을 불러일으켰다. 그동안 잘 보살피지 못했던 집안 살림을 어떻게 해봐야 한다는 강박이다.

책 탓도 있었다. 『인생이 빛나는 정리의 마법』(곤도 마리에 지음, 홍성민 옮김, 더난출판사)이라는 책을 하필 육아 휴직을 앞둔 즈음 읽었던 것이다. 유사한 책이 많지만 한국에서 대표적으로 히트한 정리 관련 도서이다. 요약하자면 불필요한 물건은 과감하게 버리고 설레는 물건만 남기라는 내용이다. 여기서 중요한 점은 '버릴 것'이 아닌 '남길 것'을 고르는 일이다.

네거티브가 아닌 포지티브 관점에서 남길 물건을 고르는 방식은 '최근 2년 간 입지 않은 옷은 버려라'와 같은 실용적인 지침보다 더욱 나아간다. 지은이는 조금씩 정리하는 방법을 권하지 않는다. 이상적인 침실, 이상적인 거실 등을 그려보고 인생에 한 번뿐인 '정리 축제'를 벌이라고 부추긴다.

정리정돈을 통해 물건과 나의 관계를 재정립하면 자아도 발견하고 행운도 찾아온다는 게 지은이의 주장이었다. 아, 내 인생이 지질한 게 혹시 정리가 안 되어서였던 것은 아닌가 싶기도 했다.

결혼할 때 침대와 거실장, 벽걸이 TV 같은 큰 것들 외에는 별다른 혼수를 준비하지 않았다. 그럼에도 내 살림과 남편의 살림을 합치니 자질구레한 것들이 넘쳐 났다. 예쁜 그릇이나 냄비로 살림을 하고 싶은 로망도 있었지만 실현 불가능했다. 일단 쓰던 게 깨져야 버리고 새로 사든 할 텐데, 사놓고 꺼내지도 않은 먼지 쌓인 그릇들이 수납장마다 넘쳐 났다. 너무 오래된 그릇은 버리자고 마음먹었지만 그도 지쳐서 못했다. 한 박스 정도는 버릴 물건을 모았지만 도자기류를 버리려면 쓰레기 배출용 마대자루를 사야 한다는데, 집 근처에는 그것을 파는 곳도 없었다. 결혼하자마자 첫아이를 임신했기 때문에 몸을 움직여 뭔가를 내다 버리는 것도 무리였다. 정리를 그만둘 핑곗거리는 얼마든 있었다.

하지만 아이를 낳기 전에 감행했어야 했다는 사실은, 낳고 나서 절실히 알게 되었다. 부모들은 대개 동의하겠지만, 아이가 있는 집이 깔끔하기는 정말 어렵다. 내 살림을 늘리지 않더라도 아이가 자람에 따라 물건은 차곡차곡 늘어간다. 아이가 자란다고 해서 이미 작아져 못 쓰게 된 옷이나 신발 따위를 버리지도 못한다. 혹시나 둘째를 낳을 지도 모르니까. 아니, 둘째를 낳지 않더라도 혹시 누군가에게 줄 수도 있지 않나. 아이들은 금방 자라기 때문에 몇 번 입지도 못하는 옷은 또 얼마나 많은지. 새것 같은 옷가지를 버리기는 심리적으로 더 힘들다. 하필이면 첫째와 둘째가 무려 네 살이나 터울이 졌다. 그건 적어도 4년 치 물건은 쌓였다는 의미이다.

아이들은 천성적으로 뭘 버리지 못한다. 어린이집이나 유치원에서 만들어 오는 온갖 작품(이라고 쓰고 잡동사니라고 읽는다), 종이에 끄적인 그림이나 만든 것들은 물론, 길바닥에 뒹굴고 있는 돌멩이나 낙엽, 장난감 총알 따위를 하나하나 주워다가 소중한 무엇인 양 보관한다. 흙 속에 파묻힌 장난감 총알까지 발굴해 조막손에 꼭 쥐었다가 내 손에 건네며 "엄마, 소중한 거니까 버리면 안 돼"라고 하는 아이를 보노라면 인간의 수렵 및 채집 DNA가 이런 식으로 발휘되나 싶기도 했다.

큰아이의 경우 자신의 '소중한' 잡동사니에 대한 집착이 더 컸는데, 이제 잊었겠지 싶어 몰래 버렸다가는 된통 난리가 나곤 했다. 아이는 어느 날 갑자기 그것을 찾느라 온 집을 헤집고 소중한 물건이 사라졌다고 대성통곡을 했다. 부모 입장에서도 다른 잡동사니는 몰라도 아이의 그림은 쉽게 버리지 못했다. 서툰 그림에서 예술성을 발견하는 재미가 쏠쏠하기 때문이다. 혹시나 우리 아이가 나중에 위대한 화가라도 된다면, 어린 시절의 이 낙서들도 소중한 자료가 될 텐데 어떻게 버리는가 말이다!

내 쓰레기 버리는 수고를 남에게 주지 마라

남편은 깔끔하게 정리가 된 집을 원했다. 나라고 왜 안 그랬겠나. 하지만 둘 다 저질 체력이라 하루하루 어질러진 물건을 치우는 것만으로도 에너지는 고갈되었다. 둘째를 낳고 휴직에 들어가며 한숨 돌리고 나서 어디 홀린 듯 정리정돈 교실에 등록했다. 동네 소식지에 난 정리정돈 컨설턴트 2급 자격증반 공지를 보고는 바로 전화를 걸었다. 게다가 수업료도 공짜라니 망설일 이유가 없었다.

정리정돈 교실 첫 시간은 정신교육이었다. 집안이 정리정돈 되지 않으면 정신도 정리되지 못한 상태라는 것. 전업주부에게는 살림이 '업무'이므로 할 일이 있음에 감사하고 프로답게 해야 한다는 것이 골자였다.

"살림은 적성이 아니고 다른 것을 더 잘할 수 있다고? 살림은 직장 다니는 여성들도 하는데? 살림은 죽기 전까지 해야 하는 일이다. 가사 노동이 힘들다는 생각을 살림의 즐거움으로 승화시켜야 한다."

또 정리정돈 컨설턴트 2급을 딴 뒤 1급 자격증까지 따면 관련 분야에 취업해 새 삶을 살 수 있는 길도 열린다고 했다. 물론 당시에는 정리정돈 컨설턴트 수요가 그리 많은 상황은 아니라고 했다. 강사는 점차 시장이 확대될 것이라는 청사진을 제시했다. 곤도 마리에의 책에서 나왔던 것처럼 정리의 첫 단계는 버리는 작업이라고도 강조했다. 그렇다고 '설레는 것만 남겨라'라고 한 것은 아니다. 기억에 남는 이야기는 다음과 같았다.

"추억이 있는 물건이라고 못 버리는 건 말이 안 된다. 그렇게 따진다면 구멍 난 남편 러닝셔츠에도 추억이 깃들었는데 어떻게 버리나. 추억 아닌 물건은 하나도 없다. 추억을 보관하려면 집이 수십 채는 있어야 한다. 정리와 수납은 방법이 아니라 심리이다. 아깝다고? 앞으로 안 쓸 건데? 우리는 버리지 못하는 병을 타고났다. 가난한 나라였으니까. 지금부터 버리는 연습을 해야 한다. 10~20년 훈련하면 60~70세가 되어도 버릴 수 있다. 죽어서 나의 쓰레기 버리는 수고를 남에게 주지 마라."

정신교육이 끝나고 실전으로 들어가 가장 먼저 개는 법을 배웠다. 준비물로 챙겨온 옷가지 따위를 책상에 올려놓고 강사의 시범을 따라 차곡차곡 갰다. 네모로 각지게, 풀어지지 않게 접는 게 핵심이었다. 그래야 옷가지를 세워서 넣더라도 흐물흐물해져 쓰러지지 않고 정리된 상태가 유지된다는 것이다. 수건은 3단으로 접되 한쪽 끝을 반대쪽 끝에 끼워 넣어 풀리지 않게 했다. 바지도 그런 식으로 정리하는데, 반으로 접었을 때 톡 튀어나오는 엉덩이 부분은 안으로 접어 넣어 '네모'에서 삐져나오지 않도록 하는 게 핵심이다. 팬티를 접는 방법에는 약간의 손기술이 필요했다. 팬티의 앞면이 바닥으로 향하도록 해 왼손(오른손잡이 기준)을 허리 밴드에서 아래쪽을 향해 손바닥이 보이게 댄 다음, 양 옆 부분을 차례차례 왼손바닥 쪽으로 접는다. 마지막으로 팬티 회음부 부분을 끌어올려 왼손바닥 안쪽으로 접어 넣으면 된다. 거기까진 OK. 그런데 양말을 네모나게 각 잡아 접는 법을 배우는 단계에서는 약간 경악스러웠다. 양말도 네모나게 개기 위해서는 발등 부분이 전면에 오게 1차로 접은 뒤 발뒤꿈치를 아래로 쓸어내려 튀어나오지 않게 하고, 마지막으로 발끝 부분을 발목 밴드 안쪽으로 집어넣어 마무리한다. 양말 개는 법을 몇 차례 반복해 실습하면서 '이렇게까지 해야 하나'라는 마음이 들긴 했다.

주방 정리와 수납 파트에서는 비닐봉지(!)를 갰다. 개지 않고 구겨넣으면 부피를 많이 차지하는 것이라, 이 역시 '네모나게' 접어서 차곡차곡 쌓아 꺼내 쓰기 쉽게 해야 한다는 게 이유였다. 인상적이었던 기술은 '편의점식 수납'이었다. 편의점 냉장고에서는 같은 물건을 안에서 바깥으로 세로로 진열해 앞에서부터 꺼낼 수 있게 한다. 어떤 물건이 있는지 한눈에 볼 수 있게 하고, 부족한 상품을 채워 넣기도 쉽다는 것이다. 이런 원칙에 따르면 국그릇은 국그릇끼리, 밥그릇은 밥그릇끼리, 숟가락은 숟가락끼리, 젓가락은 젓가락끼리 모아놓는 게 기본이다. 늘상 보고 다니면서도 왜 그런 원칙을 몰랐을까 싶었다. 나는 역시 '정알못(정리는 알지 못하는)'이었다.

수업 마지막 날에는 자격증 시험을 봤다. 시험을 보고 나오는 길에 같이 수업을 듣던 분과 이야기를 나누었다. 그분은 강사보다 자신이 더 정리정돈을 잘하는 것 같다며, 교육받은 내용이 그다지 쓸모없었다고 했다. 그 순간 깊은 깨달음이 있었으니, 살림에도 적성이 있고, 이 길이 내 길은 아니라는 것이었다.

완벽하게 정리된 집을 겪어보니

그래도 배운 지식을 적용해 보려고 시도는 했다. 밥그릇은 밥그릇끼리 쌓고, 국그릇은 국그릇끼리 쌓았다. 설거지를 한 다음 가급적 순가락은 숟가락끼리 꽂아 구분을 해보려고도 했다. 하지만 그것도 오래가진 못했다. 살림을 혼자 하는 게 아니었고, 급할 때는 닥치는 대로 쑤셔 넣는 습성은 쉽게 사라지지 않았기 때문이다. 비닐봉지를 개고 있을 때는 그 시간에 다른 일을 하라는 식구들의 야유를 듣기도 했다. 곤도 마리에가 말한 것처럼 한번에 완벽하게 정리하려면 갈 길이 멀었다. 기본기가 받쳐 주어야 '완벽'하게 정리를 할 텐데 말이다.

그리고 결정적으로, 집에 있다고 해서 정리정돈할 시간이 많지도 않았다. 아침에는 큰아이 유치원 보내느라 허둥지둥, 세 시간마다 둘째에게 젖을 물려야 했고, 점심 먹고 돌아서면 첫째가 유치원 버스에서 내렸다. 그 시간부터 해질녘까지 놀이터 투어를 돌다 집에 가서 저녁 먹고 아이들 씻기고 재우는 것만으로도 스윽 하루가 지나갔던 것이다.

2급 자격증을 따기 위해서는 옷장이면 옷장, 냉장고면 냉장고, 전체를 정리하기 어렵다면 서랍 한 칸만 배운 대로 정리해 비포·애프터 사진을 찍어 보내야 했다. 그런데 마감일이 되도록 그거 하나를 못했다. 어쩌면 심리적인 문제 - 자격증 발급비 5만원을 내기 싫어서 - 였을지도 모른다.

정리정돈은 결국 손을 쓰는 노동이었다. 아이 낳고 나서 손가락 관절도 아프고, 악력도 약해진 터라 뭔가 손을 더 써서는 안 될 것 같다는 생각이 들었다. 결론적으로 곤도 마리에 식으로 인생에 단 한 번 '정리 축제'를 벌이려면 숙련된 전문가에게 맡기는 방법 말고는 없겠다는 생각이 들었다. 당시 강사 말로는 방 한 칸 정리에 30만원, 집 크기나 살림의 규모에 따라 다르지만 통째 정리를 맡기면 몇백만 원쯤 든다는데, 한 번쯤 투자해 봄직하지 않나 싶어 혹했다.

아, 그렇다. 곤도 마리에의 직업은 정리 컨설턴트였다. 그는 이런 식으로 본국은 물론 한국에까지 정리 컨설턴트 시장을 개척해 준 셈이다. 그런 상술을 깨달았기에 그냥 포기하고 살던 대로 살기로 했다. 고맙게도 초지일관 꾸준한 남편이 무언가를 하나씩 내다 버리기 시작했다. 아이들도 커 가면서 옛 물건에 대한 집착이 조금씩 덜해졌다. 여전히 집안은 잡동사니 투성이이지만 한창 때 비하면 그 양은 다소 줄었다. 인생에 한 번 '정리 축제'는 애들이 좀 더 큰 다음에 하는 게 낫겠다 싶다.

얼마 전 곤도 마리에 식으로 잘 정리된 집을 보게 되었다. 여름 휴가에 마땅한 숙소가 없어 에어비앤비로 예약을 했는데, 그 집이 딱 그런 식이었다. 곤도 마리에의 말은 맞았다. 완벽하게 정리된 집을 경험하면 두 번 다시 흐트러진 상태로 돌아가고 싶지 않아진다. 3박 4일 머무는 동안 남편과 나는 정신을 차리고 보면 정리정돈과 청소 따위의 살림을 하고 있었다. 애초에 깨끗한 집이라, 원래대로 해놓아야 한다는 강박이 강했던 것이다. 우리는 집에서보다 휴가지에서 더 살림을 많이 했다. 피곤한 휴가였다. 체크아웃을 하며 짐을 다 빼고 나니 큰아이가 말했다.

"이제야 원래대로 깨끗해졌네."

우리에게 필요한 것은
방해받지 않을 시간

타임푸어

여자들은 결혼이나 임신, 출산을 한 것 자체만으로도 업무 효율이 떨어졌으리라는 지
레짐작 섞인 평가를 받는다. 반대로 결혼한 남자는 플러스 점수를 얻는다. 엄마는 일
을 하건 하지 않건 비난의 대상이 된다. 일을 할 경우는 엄마가 있어야 할 곳(가정) 대
신 회사에 있다는 비난과 함께 그 일도 제대로 못한다는 이중의 덫에 갇힌다.

왜 나는 항상 시간이 없을까

휴직을 하는 동안, 혹은 안식월을 쓰는 동안에도 책 원고는 그다지 진도가 나가지 않았다. 일을 하는 동안에야 핑곗거리가 많지만 대체 회사에 안 가는데 왜 안 되는 것일까. 휴직 기간에도 친정엄마의 도움을 받았는데 말이다. 주 1회 무료 정리정돈 수업, 산후에 몸을 좀 회복하고 싶어서 등록한 동네 자치회관 월 1만 원짜리 주 2회 밸리댄스 교실이 있긴 했지만 정리정돈 수업은 육아 휴직 내내 다녔던 것도 아닌 단기 수업이었다.

육아 휴직 때는 약 세 시간에 한 번씩 아이에게 젖을 물렸고, 중간중간에 기저귀를 갈고, 잠투정을 하면 재우고, 2시 30분에 하원하는 큰아이의 놀이터 순례를 쫓아다니고, 저녁을 먹여 씻기고 재우고 하다 보면 하루가 갔다.

밸리댄스 수업 두 시간을 빼려면 아이에게 젖 물리는 시간대도 잘 맞아야 했다. 아이들을 재워놓고 컴퓨터를 켜서 글을 쓰면 된다고? 그냥 젖 물리고 재우다 보면 나도 잠이 들었다. 밤에도 수시로 깨는 신생아를 두고는 그저 최대한 잘 수 있을 때는 자는 게 답이었다. 별 성과 없이 열 달이 후루룩 지나갔다.

안식월을 쓸 때는 3박 4일 제주도에 다녀온 것 외에는 시간을 내려면 낼 수 있었다. 큰아이는 유치원 종일반에 다니고 있었고, 둘째는 어린이집에 다니고 있었으니까. 젖도 뗀 뒤였고. 그런데 아무래도 집에 있다 보니 아이를 어린이집에 데려다 주는 시간이 점점 늦어졌다. 아이와 시간을 더 많이 보내야 하는 게 아닌가 싶어 어린이 집에 맡기면서도 죄책감이 들었다. 아이를 열 시가 다 되어 가는 시간에 갖다 맡기고 돌아서서 집안 정리를 좀 하다 보면 점심을 먹을 시간. 그동안 고생하신 엄마에게 고마운 마음을 표현하는 소극적인 방법의 하나로 "오늘 점심은 외식하자"며 밖으로 이끌기도 여러 번 이었다.

한 며칠은 마음을 단단히 먹고 노트북 가방을 메고 도서관으로 향했다. 그러나 도서관이라고 별 다를 것은 없었다. 잠시 책을 보다가, 밥 때가 되어 밥을 먹고, 다시 책을 들여다보거나 글을 쓸라치면 오후 네 시. 그 즈음에는 도서관에서 나서야 큰아이와 작은아이를 모두 픽업할 수 있었다.

원고 한 꼭지를 작성하려면 준비 작업은 제외하고, 아무리 일필휘지로 써내려간다 해도 최소 네 시간은 걸렸다. 중간에 쓰다 말면 흐름이 끊어져 나중에 다시 시동을 걸어 이어 쓰려면 잘 풀리지가 않았다. 그런데 그 네 시간을 통으로 내기가 참 어려웠다. 책에 대한 책이다 보니 그렇게 흐름이 끊긴 뒤 한참 뒤에 원고를 쓰려면 다시 책을 읽어야 했다. 어느덧 돌아서면 잊어버리는 40대에 진입해서였을까.

아이를 낳으면 기억력이 떨어진다고들 한다. 그런데 아이를 낳아 보니 노화 탓도 있겠지만 워낙 많은 것을 동시다발적으로, 또 반복적으로 챙겨야 하는 엄마의 역할이 기억력이 떨어진 것처럼 느끼게 만드는 것이라는 생각이 든다. 챙겨야 할 게 너무 많으니까!

아이의 생체리듬을 통제하기는 어렵다

아이와 함께 있을 때는 시간을 내 맘대로 통제할 수 없다는 게(회사 일도 그렇지만 그래도 그건 성인들이 하는 일이니까) 힘들었다. 아이는 내가 원할 때 먹고 자고 똥을 싸는 존재가 전혀 아니었으니까. 큰아이를 낳았을 때는 내가 주도적으로 아이의 생체리듬을 통제하겠다는 의욕에 부풀었다. 아마 초보 엄마들이라면 한번쯤은 읽거나 들어 봤을 『베이비 위스퍼 골드』(트레이시 호그·멜린다 블로우 지음, 김수연 감수, 노혜숙 옮김, 세종서적)에서는 수유할 때 어느 쪽 가슴을 먹였는지 확인하기 위해 스티커를 붙여두라고 권한다. 처음에는 별책부록에 딸린 시간 체크리스트(자고, 먹고, 놀고)에다 수유 시간과 왼/오를 표시하며 부지런을 떨었다. 그렇게라도 하지 않으면 정말이지 아까 왼쪽 것을 먹였는지 오른쪽 것을 먹였는지 기억이 나지 않았다. 그 정도로 내 머리가 나빴나 싶어 절망감에 빠지던 나날이다.

『베이비 위스퍼 골드』는 수면교육을 통해 아이의 리듬을 엄마 주도적으로 바꿀 수 있다는 일종의 복음서였다. 먹여서 아기를 재우는 임기응변식 육아는 잘못되었다고, '먹고 - 놀고 - 자고 - 엄마의 시간(Eat, Activity, Sleep, Time for You)'이라는 리듬을 확보해야 한다고 지은이는 강조했다. 하지만 저렇게 책대로 키우기는 쉽지는 않았는데, 옆에서 육아를 도와주시던 산후 도우미부터 "먹여서 재워야지……애들은 배가 불러야 잠을 자"라는 식으로 간섭(당시는 간섭이라고 느꼈다)을 했기 때문이다.

그런데 아이의 시간을 통제하겠다는 희망은 말 그대로 욕심에 불과했다. 100일도 안 되어 회사에 복귀하는 마당에 먹고-놀고-자든, 놀고-먹고-자든 그게 무슨 상관이라는 말인가. 나중에는 귀찮아져서 그냥 본능대로 했다. 그 결과 우리 아이가 같이 목욕할 때마다 놀리는 찬란한 짝가슴을 얻게 되었다.

둘째 때는, 처음부터 그냥 되는 대로 했다. 아이가 배고파 보이면 물리고, 싸면 갈아 주고, 졸려 보이면 재우고. 아이의 성향 탓인지 내가 노련해진 덕인지는 몰라도 둘째는 그냥 '발로' 키우는 듯 수월했다. 첫째 때처럼 육아서를 펼쳐들고 책대로 안 된다고 조바심 내는 일도 없었다. 둘을 키우는 게 하나를 키웠을 때보다 더 수월하다는 것은 참 놀라운 일이었다. 그러나 하나건 둘이건, 아무래도 내 시간은 없었다. 무려 10년 가까이 문화부 기자로 살아왔는데, 아이를 낳은 뒤 혼자 영화관에 가지도 못했다. 다시 영화관에 간 것은 아이를 위한 어린이용 영화를 같이 봐주는 '사역'을 위해서였다. 남들은 유행하는 드라마나 TV 프로그램도 잘만 보던데, 나는 그럴 시간도 못 냈다. 〈도깨비〉라는 드라마도 내용은 알아야겠어서 '블로거'들이 정리해 둔 회차별 리뷰로 대강의 흐름을 훑었다.

큰아이가 열 살이 됐을 때 야간대학원에 등록을 했다. 내근직이라 근무 시간이 비교적 예측 가능한 부서에 발령을 받은 게 계기였다. 대학원 때문에 적어도 일주일에 2~3일은 아이들이 잠든 뒤에 귀가했다. 가족들의 비난이 쏟아졌다. 그 전에는 그냥 일 때문에 야근을 하고 그보다 더 자주 집에 늦게 간 적도 많았는데 왜 새삼스럽게 그랬을까. 돌이켜 보면 나는 공식적인 '나만의 시간'을 확보하고 싶은 무의식 때문에 학교를 택한 것 같고, 가족들은 돈을 벌기 위한 불가피한 야근이 아니라 내가 가족 대신 학교를 '선택'했다는 점에 더 분노했던 것 같다.

왜 점점 더 시간에 쫓기게 될까

『타임푸어』(브리짓 슐트 지음, 안진이 옮김, 더퀘스트)는 《워싱턴포스트》의 기자이자 두 아이의 엄마인 브리짓 슐트가 쓴 책이다. 자신을 포함해 왜 점점 더 시간에 쫓기는 사람들이 많아지는지 그 이유와 해결 방안을 탐구한 여정을 담았다. 지은이의 탐구가 깊어질수록 시간이 부족한 이유는 개인이 아니라 사회와 제도 탓이라는 게 드러난다. 육아에 대한 책임을 사회적으로 덜어 주지 않고 엄마에게만 몰빵하는 문화, 집에는 돌봄 노동을 전담하는 누군가(전업주부)가 있으리라는 전제 하에 기업에서는 일에만 매진하는 '이상적인 노동자'를 상정하는 문화 말이다.

실제로 맞벌이가 보편화됐음에도 남편은 회사에, 아내는 집에서 육아에 전념하는 게 이상적이고 전형적인 가정이라 여기고 사회의 모든 것이 그에 맞춰 돌아간다고 지은이는 지적한다. 이런 구조 속에서 여자들은 결혼이나 임신, 출산을 한 것 자체만으로도 업무 효율이 떨어졌으리라는 지레짐작 섞인 평가를 받는다. 반대로 결혼한 남자는 플러스 점수를 얻는다. 엄마는 일을 하건 하지 않건 비난의 대상이 된다. 일을 할 경우는 엄마가 있어야 할 곳(가정) 대신 회사에 있다는 비난과 함께 그 일도 제대로 못한다는 이중의 덫에 갇힌다. 일을 하지 않아도 욕먹을 일은 많다. 남자에게 경제적으로 의존하고, 아이를 졸졸 쫓아다니는 헬리콥터맘이 되어 애들 망친다는 비난은 한국 엄마들에게만 향하는 것은 아닌 듯하다.

완벽한 엄마가 될 필요는 없다

그나마 약간 위로가 되는 지점도 있었다. 지은이가 미국인이라 자기 나라의 이야기를 더 극적으로 쓰긴 했겠지만, 아이를 키우는 엄마에게는 미국이 한국보다 더 '헬' 같아 보인다는 점에서이다. 이 책에 따르면 미국은 한국처럼 보편적 보육 제도가 확립되어 있지 않다. 우리나라는 구립은 아닐지언정 가정 어린이집에라도 아이를 보내면 정부 지원금을 받을 수 있다. 각각의 어린이집들도 나랏돈이 들어가기 때문에 국가의 관리 대상이 된다. 하지만 미국에서는 '보육 시설은 자연스러운 가족 모델을 파괴하기 때문에 해로운 것'이라는 보수주의자들의 주장에 가로막혀 보편적 아동보육 법안이 통과되지 못했다고 한다. 그게 이미 1971년의 일이다.

미국 몇몇 주에서는 누구든 원하기만 하면 자기 집에서 아이를 열

두 명까지 보육할 수 있고, 심지어 전과나 성범죄 기록 유무도 확인하지 않는다고 한다. 한국의 경우 보육 시설이나 학교 등에 취업하려면 성범죄 경력조회 동의서를 제출해야 한다. 기존에는 성범죄 형을 확정 받은 사람은 형 집행 종료 이후 10년간 아동 청소년 관련 기관에 취업할 수 없도록 되어 있었다. 그러나 형의 경중과 관계없이 일괄적으로 10년 취업 제한을 둔 건 위헌이라는 판결이 2017년 나왔다. 그 뒤에는 법원에서 성범죄 사건의 판결과 동시에 취업 제한 기간을 선고하도록 청소년성보호법이 바뀌었고, 취업 제한 기간도 10년을 넘기지는 못하도록 규제가 완화되었다. 그래도 한국이 미국보다는 나은 듯하다. 단, 학원은 성범죄 신고의무 제도나 취업 제한 기관에 해당하지 않는다.

지은이는 애들은 자고로 엄마가 키워야 한다는 어젠다도 허구일 가능성이 크다는 메시지도 전한다. 잘 관리된 보육 시설이라면 종일 엄마가 돌본 아이들과 발달상 아무런 차이가 없다는 연구 결과와 전업주부도 아이를 보육 시설에 보내는 게 자연스러운 덴마크 등의 사례를 소개한다. 덴마크에서는 아이를 집에서 키우려고 하는 부모가 있다면 '온종일 집에 있으면서 아이에게 필요한 자극을 어떻게 주죠?'라고 반문하는 분위기라고 한다.

한국도 무상 보육이 도입되고 국가가 아이들을 키우겠다고 선언한 근래에는 그런 분위기가 감지된다. 더불어 오늘날처럼 부모가 아이와 함께 시간을 많이 보낸 적도 없다는 팩트 폭격도 신선하다.

2000년에 일하는 엄마들이 자녀와 상호작용에 투입한 시간은 주당 11시간으로, 1975년의 전업주부 엄마들과 비슷한 수준이라고 한다. 우리는 늘 더 많은 시간을 아이들과 보내야 한다는 압박을 받지만 우리의 부모님 세대와 비교하자면 이미 기준을 초과한 셈이랄까.

지은이는 '완벽한 엄마'가 되어야 한다는 강박 때문에 아이의 생일잔치를 위해 집 뒷마당에 이오니아식 기둥을 설치한 경험도 있었다고 털어놓는다. 적어도 아파트나 빌라촌이 주거 문화의 대세인 우리나라에서는 마당이 없어서라도 저런 이벤트 경쟁은 할 수 없으니 얼마나 다행인가.

결론적으로 타임푸어에서 벗어나기 위해서는 강박을 내려놓아야 한다. 이상적인 노동자가 되어야 한다는 강박, 완벽한 엄마가 되어야 한다는 강박 말이다. 지은이는 육아서는 갖다 버리라고 주장한다. 육아서가 10개면 10가지 아이 키우는 이상적인 방법이 나오고, 100개면 100가지 방법이 나온다. 그런 것에 휘둘릴 이유가 없다는 것이다.

또 첫아이가 태어난 뒤 병원에서 집으로 돌아왔을 때, 남편이나 다른 사람들이 아이에게 손도 대지 못하게 하는 '문지기' 역할에 빠지지 말라고 강조한다. 그때 형성된 육아의 불균형은 회복하기 어렵다. 어차피 아이는 혼자 키울 수 없다. 아빠가 엄마를 '도와주는' 데에만 머물지 않고 혼자 육아를 책임질 수 있게 하려면 충분히 경험할 시간을 주어야 한다. 나는 이미 그 기회를 놓쳤지만, 이제 막 엄마가 된 분들이라면 포기하지 마시길.

이상적인 주부 라이프에
가려진 고단한 현실

하우스와이프 2.0

DIY 육아와 살림은 친환경적이며 해로운 공산품으로부터 가족을 지키는 의미 있는
일이라고 미국의 신세대 주부들은 믿는다. 하지만 지은이는 이렇게 '가정으로' 돌아
가는 것은 거의가 여성의 몫이라고 지적한다. 그렇게 가치 있는 일이라면 왜 그러한
흐름에 동조하는 남성은 거의 없느냐는 말이다. 사실은 경기 불황, 일과 가정의 양립
을 꿈꿀 수 없는 환경이 이들을 집으로 돌려보낸 것은 아닌지 의심한다.

엄마의 힘으로 일구는 아날로그적 가정에 대한 동경

한옥에 대한 로망을 마음 한 곳에 간직했던 내가 도심 한옥살이를 취재할 기회가 생겼다. 순전히 아이를 위해 서울 한복판의 열 몇 평짜리 작은 한옥으로 옮겨 와 살기 시작한 가족이었다. 아파트보다 비싸고 좁은 한옥이지만 아이의 인생은 달라졌다고 한다. 자기만의 아지트 다락방이 생겼고, 공을 찰 수 있는 골목이 생겼고, 이웃사촌이 생겼고, 무엇보다 마당이 생겼다. 아래층 신경 쓰지 않고 마음껏 뛰어도 되니 부모도 잔소리를 할 일이 없어 아이와 사이가 좋아졌다. 아파트에서는 친구네 집에 놀러 가도 몇 평이네 비교하던 것이, 한옥은 비교 대상이 없다는 점도 좋았다. 아이는 친구를 수시로 집으로 불러들이곤 하는데, 제 아무리 좋은 집에 사는 친구들도 한옥의 손바닥만 한 다락방 아지트를 부러워한다고 아이는 말했다.

좁은 집이지만 사랑방 하나를 손님방으로 내어 게스트하우스를 운영하기 시작하면서 외국인들과 친해지고 덤으로 영어가 느는 것도 한옥살이로 인해 가능한 경험이었다. 게다가 그렇게 번 돈으로 엄마와 아이는 일 년에 한 달씩 여행을 다닌다.

물론 한옥살이는 노동 집약적이다. 관리비만 내면 밑단의 모든 일이 알아서 돌아가는 아파트와는 달리 가끔은 지붕도 고쳐야 하고, 정화조 청소도 정기적으로 챙겨야 한다. 비가 올라 치면 잽싸게 뛰어나가 빨래를 걷고 신발을 툇마루 아래로 피신시켜야 하는 것은 애교이다. 한여름에 문을 닫아 놓고 며칠 집을 비웠더니 기둥이며 서까래가 푸른 이끼로 뒤덮인 적도 있다고 했다. 그런 불편함조차도 살아 있음을 느끼게 하고, 비바람, 햇빛, 구름 등 자연과 맞닿아 살아가는 삶이라 행복하다고 했다.

그들의 표현에 따르면 '숨 쉬는 집'에 사는 아이와 엄마는 너무나 밝고 예뻤다. 이야기가 술술 잘 통해 두 시간을 넘게 그곳에 머물다 인터뷰를 마무리할 즈음, 그 엄마의 입에서는 이런 말이 튀어나왔다.

"손이 많이 가는 것은 사실이지만 엄마만 마음먹으면 한옥에서 살 수 있어요. 아이는 엄마가 키우는 게 맞더라고요."

미소로 응대하며 인사를 하고 돌아 나오는 길에, 그 문장이 깨진 유리 조각처럼 마음에 콕 박혀 버리고 말았다. 한옥에 살고 싶다면 먼저 일을 그만둬야 하는구나 싶었다. 물론 한옥살이는 그저 로망이었을 뿐, 실천할 리 만무하기는 하지만 말이다.

어디 한옥살이뿐이랴. 캐릭터 도시락을 환상적으로 싸는 것부터 시작해 군침 도는 온갖 요리법을 블로그에 척척 올리는 이들, 솜씨 있게 살림을 가꾸는 이들을 보며 늘 군침을 흘리곤 했다. 더 나아가 홈스쿨링으로 아이를 키우는 엄마들은 또 어떤가. 한국의 교육은 그저 컨베이어벨트에 아이들을 올려놓고 표준화된 인재를 생산하는 방식에 불과하다는 느낌을 받는 것은 나 혼자만은 아니리라. 그런데 이렇게 엄마의 힘으로 아날로그적인 가족생활을 일구는 게 이상적으로 여겨지는 것이 비단 우리나라에서만 일어나는 현상은 아니었던 모양이다.

살림과 육아 열풍의 배경에는 무엇이 있나

여성의 '사회 진출'은 오랫동안 남녀평등이나 여성 인권의 지표로 쓰였다. 수많은 여성들이 남성들과 치열하게 경쟁해 대학에 들어가고, 전문 자격증을 따고, 모두가 선망하는 직장에 들어간다. 그러나 직장을 때려치우고 육아와 살림에만 온 힘을 쏟는 여성들이 즐비하다고 미국의 주부에 관한 분석 보고서 『하우스와이프 2.0』(에밀리 맷차 지음, 허원 옮김, 미메시스)은 전한다.

지은이는 미국 사회에 나타난 '새로운 가정의 시대'로의 변화 조류를 추적했다. 집으로 돌아간 고학력 여성들은 그러나 조용히 살림을 하는 게 아니다. 텃밭을 가꿔 직접 기른 재료로 요리를 하고, 환경을 위해 천 기저귀를 사용하고, 잼이나 피클을 직접 만들고, 뜨개질이나 손바느질 같은 옛날 가사 기술을 되찾아 아이의 옷과 장난감 따위를 직접 만든다. 하버드 MBA를 나와 고연봉의 직장을 버리고 태양열로 돌아가 최소한의 에너지를 쓰는 오두막 생활을 한다거나, 20대 뉴요커가 주말 저녁에 클럽에 가기 보다는 갓 구운 빵과 케이크를 블로그에 올린다.

얼핏 봐서는 1950년대 가정주부의 삶과 구분이 되지 않는 가사 노동으로 점철된 일상이다. 하지만 미국의 고학력 주부들은 어릴 적 TV 드라마 〈초원의 집〉에서 봤던 가정의 모습을 21세기 현실에서 재현하려 한다. 게다가 그런 라이프 스타일은 블로그나 매체 등에서 각광받는다.

한국이라고 크게 다르지는 않은 듯하다. 제주에 정착해 무릎까지 올라오는 장화를 신고 농사를 짓고, 요리를 만들고, 살림을 하는 가수 이효리의 삶이 촌스럽기는커녕 트렌드를 리드하는 것으로 보이지 않는가. 든든한 철학도 받쳐 준다. 지구환경을 덜 파괴하고, 소비사회의 노예가 되지 않기 위해 선택한 급진적인 삶의 방식이기도 하다.

일터를 버리고 집으로 향하는 것이 페미니즘에 역행하는 일 아니냐고? 이들은 오히려 여성이 잘할 수 있는 살림의 가치를 높이 평가하는 것이 오히려 페미니즘에 가깝다고 믿는다. DIY 살림과 육아는 페미니즘의 현대적 실천 방법이라는 것이다. 그리고 안전하지 않은 먹을거리로부터 가족을 지켜내는 일 아닌가. 노동자를 기계의 부품처럼 여기는 산업사회의 가치에 반기를 들고 느린 속도로 살아가기란 그 자체로 급진적인 삶의 방식이기도 하다.

게다가 심지어 살림살이를 블로그 등에 올리고 직접 만든 것들을 엣시(온라인 수공예 장터)에 팔아 돈까지 버니 일석이조이다. 나처럼 살림에 별다른 재주도 없고, 직장에서 벗어나지도 못하는 이들은 그저 입을 헤 벌리고 그런 이들의 삶의 모습을 블로그나 페이스북으로 엿볼 뿐이지만.

사실 이 책을 완독하지 않고 여기까지만 대강 읽으면 지은이의 메시지가 이러한 새로운 주부상을 전달하고 나아가 옹호한다고 오독하기 쉽다.

가정으로 돌아가는 것은 여성만의 몫인가

DIY 육아와 살림은 친환경적이며 해로운 공산품으로부터 가족을 지키는 의미 있는 일이라고 미국의 신세대 주부들은 믿는다. 하지만 지은이는 이렇게 '가정으로' 돌아가는 것은 거의가 여성의 몫이라고 지적한다. 그렇게 가치 있는 일이라면 왜 그러한 흐름에 동조하는 남성은 거의 없느냐는 말이다. 사실은 경기 불황, 일과 가정의 양립을 꿈꿀 수 없는 환경이 이들을 집으로 돌려보낸 것은 아닌지 의심한다.

처참한 점은 살림과 육아를 블로그에 올려 돈을 벌었다는 '자연주의' 주부들은 실상 소수일 뿐이고, 실제로 후발 블로거들이 노력에 대한 대가를 돌려받기는 불가능한 현실이다. 사람들이 손으로 직접 만드는 것에 열광하는 이유는, 창의적으로 생각하고 행동하는 교육을 받았지만 막상 직장에서는 창의성을 발휘할 수 없는 현실의 벽에 부딪혀서라고 지은이는 분석한다.

게다가 '하우스 와이프 2.0' 시대의 육아에 대한 기대 수준은 너무나 높아졌다. 병원에서 아이를 낳는 과정이 폭력적이라 여겨 집에서 아이를 낳고, 모유는 최대한 오래 먹이고, 애착 육아가 중요하기 때문에 아이를 유모차에 태우는 대신 엄마가 안거나 업어 키우는 방법을 택하고, 예방접종의 유해성이 걱정되어 접종을 거부하고, 학교에 대한 불신 때문에 홈스쿨링을 택한다. 의사, 학교, 공공기관, 어린이집 같은 공공 서비스에 대한 회의와 의심이 모든 것의 시작이다. 사회적 차원에서 해결하기를 포기한 부분을 엄마 개인적인 차원에서 해결하려는 움직임이 DIY 육아와 살림이라는 트렌드를 불러왔다는 분석이다.

지은이는 이렇게 높아진 육아와 살림의 기준을 충족시킬 수 있는 이들은 중상층 이상의 부모들이므로, 육아와 살림 방식은 사회 계층을 상징하는 역할까지 맡게 되었다고 진단한다. 이를테면 시간과 돈이 없는 계층의 부모들은 화학 첨가물이 들어간 패스트푸드, 천연 성분 대신 휘발성 유기 화합물이 들어간 간편하고 저렴한 세정제를 쓸 테니 말이다.

만약 직장이 일과 가정을 양립할 수 있는 환경이라면, 똑똑한 여성들이 창의성을 더 발휘할 수 있는 여건이었다면, 경기가 호황이었다면, 기관에 아이를 믿고 맡길 수 있었다면 어땠을까. 지은이는 질문을 던진다. 1950년대 주부처럼 모든 일을 자기 손으로 해결하면서 가사 노동의 가치가 돈을 벌어오는 남편과 동등하다고 주장한다고 해도, 막상 남편과 이혼을 하거나 벌이가 끊기게 되어도 그 주장이 유효하겠느냐고.

지은이는 이상적인 주부 라이프에 가려진 현실을 끄집어내려 한다. 하지만 대안은 어떻게 찾을 수 있을까. 직장에서의 노동 가치가 점점 낮아지는 것은 비단 미국뿐 아니라 우리의 현실이기도 한데 말이다. 마지막 장까지 해답을 얻을 수는 없지만, 이 책이 DIY 살림과 육아의 열풍은 단순한 라이프 트렌드가 아니라 사회·심리학적으로 복잡다단한 문제임을 흥미롭게 보여 주는 것만은 분명하다. 또한 그러한 삶을 그저 동경할 뿐 실천할 수 없는 워킹맘에게 위로가 되는 것도 사실이다. 한국의 엄마들에게는 "왜 일을 안 하세요?"보다는 "왜 일을 하세요?"가 아직은 더 흔한 질문이니까.

나는 일을 사랑하는가

"어머님은 무슨 생각으로 아이를 그렇게 일찍 어린이집에 보내셨어요? 그러기 쉽지 않은데…… 그 정도로 일을 사랑하셨나요?"

큰아이 학교 담임 선생님과 첫 상담 자리였다. 선생님은 아이가 다른 점은 괜찮은데 무언가 머뭇거림이 보인다고, 나이답지 않게 조숙한 태도가 마음에 걸린다고, 완벽주의 성향이 있어서인지 아니면 성장 과정에서의 다른 이유 때문인지 알 수 없다고 했다. 직장 때문에 백일 무렵부터 어린이집에 보냈다는 이야기를 시작으로 성장 과정에 대해 덤덤하게 설명하자 돌아온 질문이 위의 것이었다.

마치 인공지능(AI)인 양 내 입에서는 답이 자동으로 튀어나왔다. "지속 가능한 육아를 위해서요. 친정엄마가 함께 살며 봐주시긴 하지만 혼자 보기는 너무 힘드니까요." 하지만 선생님 역시 한 템포 쉬고 던진 두 번째 질문, '그 정도로 일을 사랑하셨나요?'에 대한 답은 버그라도 발생한 듯 약간의 머뭇거림이 있은 후에야 나왔다. "일을 사랑하기도 했고…… 엄마도 딸이 일을 포기하지 않길 바라셨죠."

마치 장성한 이후 한두 번 했을까 말까 한 "엄마 사랑해"를 입 밖에 꺼낸 것처럼 어색하고 낯설었다. "엄마 사랑해"는 쑥스러워 하기 힘들었다면 "일을 사랑해"는 아이 엄마 입에서는 나오면 안 될 것 같은 죄책감을 불러일으키는 말임을 '엄마 핑계'까지 대가며 어렵게 답하는 자신을 지켜보며 깨달았다.

그 뒤의 상담은 입으로 했는지 발로 했는지 모르는 상태로 흘러갔고, 무거운 돌덩이 하나 가슴에 턱 얹힌 느낌으로 교실에서 돌아 나왔다. 상담 내용을 간단히 전해들은, 아이에게 유전자 절반을 물려 준 남편은 "원래 성격이 그래. 기관에 보냈다고 그렇게 된 것은 아니야. 약간 강화되었을 수는 있겠지만"이라고 대수롭지 않게 넘겼다.

다음 날 새벽, 종이 접기로 만든 해적 선원들의 종이 눈깔이 풍랑에 휩쓸리며 사라지는 만화 같은 악몽을 꾸다 깨어났다. 자리에서 일어나 컴퓨터를 켜고 가슴에 박힌 문장을 적었다.

"어머님은 무슨 생각으로 아이를 그렇게 일찍 어린이집에 보내셨어요? 그러기 쉽지 않은데…… 그 정도로 일을 사랑하셨나요?"

그러곤 8년 간 속으로만 삼켜왔던 눈물을 흘렸다. 어린이집에서 누워 젖병을 빨던 아이의 눈가에 맺힌 작은 물방울을 목격하고 심장이 송곳에 찔린 듯했던 기억이 떠올랐다. '하품을 해도 눈물은 나오는 거야'라며 그런 장면들은 애써 지우고 살아왔는데. 아마 아이의 힘듦도 외면하며 지나왔을 것이다.

그래도 어쩌랴. 우리 아이도 소중하지만 우리 엄마도 소중하다. 그리고 나는 일을 사랑한다. 사랑하지 않고서는 세상의 아빠들에게는 단 한 번도 던져지지 않을 질문 앞에서 버틸 수 있을까.

그리고 그로부터 또 몇 년이 흐른 지금. 언제 그랬냐는 듯 송곳에 찔린 기억은 잊고 지낸다. 그 뒤로 만난 모든 선생님들은 "어쩌면 이 렇게 아이를 잘 키우셨어요?"라고 물었기 때문이다. 아이가 잘 자라는 데에 어린이집이 크게 기여했다는 점도 분명하다.

2

나와는 다른 사람
이해하기

'방 한 칸'에 대한
사회적 고찰

집의 초심, 오두막 이야기

아이가 맨 처음 그린 집의 그림을 보고는 살짝 충격을 받았다. 우리가 살고 있는 몇 동 몇 호, 우리 가족만의 공간이 아니라 벽돌을 쌓아 놓은 듯한 고층 아파트의 모습을 그리고, 그 창문 중 몇 군데에 가족의 얼굴을 그려놓는 식이었다. 우리 세대는 집을 그리라면 당연하다는 듯 지붕과 창문, 문이 있는 전형적인 도형을 그릴 텐데 말이다. 아이와 나의 '집'에 대한 개념은 전혀 다르다는 것에서 세대의 격차를 느꼈다고 해야 하나.

내 유년의 풍경 그때 그 집

내가 갖고 있는 집에 대한 최초의 기억은 다섯 식구가 나란히 몸을 누이면 딱 알맞았던 단칸방이다. 방 앞의 쪽마루에는 연탄 화구가 있어 부엌으로 쓰였고, 마당에는 옆방에 세 들어 살던 동갑내기 수미네 집과 함께 쓰던 수도가 있었다. 우리 방 옆쪽 구석에는 작은 구식 변소가 있었다. 담장에 붙어 있던 위태위태한 계단을 오르면 자그마한 옥상이 있었고, 거기서 손을 뻗으면 검은 기와지붕이 손에 닿을 듯 아슬아슬했다. 예닐곱 살 무렵이었다.

그 전의 집도 어렴풋이 기억이 나긴 하지만 아차하면 낭떠러지로 떨어질 듯 무시무시하게 발 받침 간격이 넓었던 변소의 이미지가 너무 강렬해 막상 방이나 부엌 따위가 어땠는지는 떠오르지 않는다.

단칸방이었지만 어린 내게는 그리 좁게 느껴지진 않았던 것 같다. 방은 한 칸이지만 옥상을 오르락내리락하면 공간은 얼마든 확장될 수 있었다. 막다른 골목집이었던 우리 집 앞에서부터는 동네 아이들과 달리기 시합을 벌이곤 했다. 거기서 만날 지면서부터는 방에 틀어박혀 글자만 봤던 것 같긴 하다. 어린이 책이라야 신데렐라 동화 한 권뿐이었지만.

단칸방 시절 내게 가장 큰 공포는 쥐였다. 어느 날 집에서 혼자 있는데 밖에서 찰랑찰랑 소리가 나는 것이다. 창으로 빼꼼히 내다보니 생쥐가 쪽마루에 놓인 물그릇을 앞발로 붙잡고 물을 핥아 먹고 있었다. 문을 열었다가 쥐가 방으로 들어오면 어떡하나, 그런 불안감에 오도 가도 못하고 방 안에 꼼짝 없이 갇혀 있었다.

엉덩이가 뻥 뚫린 풍차바지를 입은 어느 집 아이는 골목에서 똥을 누었고, 그 아이의 엄마는 삽으로 똥을 퍼 땅에 파묻었다. 나 역시 똥과 가까웠다. 멍청히 뒷걸음질치다 달구지 끌고 가던 소가 길에 눈 똥을 밟기도 했고, 방심하다 변소에 한쪽 다리를 빠뜨리기도 했다. 엄마는 "똥 밟으면 운이 좋다"는 믿음을 주입시켰다. "왜?"라는 내 질문엔 답을 내놓지 못하셨지만.

초등학교 2학년 무렵 집안 형편이 풀려 방 세 칸짜리 독채 기와집으로 이사를 했다. 부엌을 사이에 두고 ㄱ자 형태로 자리잡은 집이었다. 자다 깨서 변소에 가긴 무서워 마당의 수돗가에서 오줌을 누고 바가지로 물을 퍼 노란 오줌을 씻어 내리며 환한 달빛에 부끄러웠던 기억이 난다. 다섯 살 많은 언니는 나보다 겁이 더 많아 해진 뒤 변소 갈 때마다 나를 대동하곤 했다. 휴지를 안 갖고 변소에 가면 귀신이 손을 쑥 내밀며 "빨간 휴지 줄까, 파란 휴지 줄까" 한다는 괴담이 떠돌던 때였다.

여전히 생쥐는 사람과 가까웠다. 천정에서 쥐들이 이쪽 구석에서 저쪽 구석으로 떼를 지어 달리곤 했으니까.

빈틈은 상상력을 자극한다

그 뒤로도 몇 번의 이사를 했지만 내가 가장 좋아했던 집은 우리 집이 아니라 명절에나 찾아가던 시골의 할머니 댁이었다. ㄷ자 모양의 한옥 대청마루에서 툇마루로 다리를 한껏 벌려 건너가는 일, 굴러 떨어지지 않고 댓돌에 벗어 놓은 신발을 다시 신는 일, 콧김을 내뿜는 소의 앞을 지나 개방형 뒷간에 무사히 도착하는 일, 우물 안으로 고꾸라지지 않고 얼음장같이 차가운 우물물을 길어 올리는 일까지 어린 아이에게는 모든 게 모험이었다.

어린 내 눈에 시골집은 무척이나 광활했다. 고삐 풀린 황소가 전속력으로 몇 순배 돌 만큼 넓은 마당의 한 구석에 쌓인 퇴비 더미는 어마어마하게 높았다. 한켠에는 닭장이 있었는데, 수탉이 지붕 위까지 푸드득 날아오를 때는 빛나는 닭털이 몇 개씩 떨어지곤 했다. 어린 나는 대문을 지키던 개보다, 외양간에 매여 있는 소보다, 제 멋대로 마당에 돌아다니는 닭이 더 무서워 그들이 닭장으로 들어간 뒤에야 마당에 발을 딛고는 했다.

뒷마당에는 작은 텃밭과 아무렇게나 자란 머루가 한가득이었다. 고개를 한껏 젖혀야 감을 딸 수 있었던 키 높은 감나무도 떡하니 자리잡고 있었다. 사랑채 뒷마당 대추나무에서 덜 익은 대추를 따먹는 재미도 쏠쏠했다.

바깥은 넓었지만 방은 좁았다. 마루에라도 널브러져 잘 수 있는 여름은 좀 나았지만, 그 외의 계절에는 작은 방에 그 많은 식구들이 다닥다닥 붙어 잠을 청해야 했다. 남자는 남자끼리, 여자는 여자끼리, 아이들은 아이들끼리 나뉘어 방을 하나씩 차지했던 것 같다. 지글지

글 끓는 아랫목을 차지하곤 넋 놓고 자던 사촌동생의 복숭아뼈 부위에 물집이 잡혀 풍선껌처럼 부풀어 오르기도 했다. 아이들을 따뜻하게 재우려고 엄마와 숙모들이 장작을 아낌없이 넣었던 탓이었다.

시골집은 새벽의 냄새로 기억된다. 새벽을 깨우는 수탉의 울음 뒤에는 아궁이 불씨를 되살려 집어넣은 새 장작이 불에 타는 알싸한 냄새가 피어올랐다. 새벽의 찬 기운이 조금 가실 무렵이면 할머니의 호령에 삼촌이 눈곱도 채 못 떼고 가마솥에 끓이던 쇠죽(소여물) 냄새가 구수하게 번졌다.

삼촌들이 하나씩 하나씩 장가를 가고, 점점 더 젊은 숙모들이 식구로 합류했다. 신세대 숙모들에게는 이 집이 무척이나 불편했던 모양이다. 여자에게는 어려운 구조인 것이 사실이었다. 부엌은 높은 턱을 지나 지표면보다 낮게 판 바닥으로 내려가야 닿았다. 식재료를 보관한 광은 부엌에서 나가 몇 걸음 가야 있었다. 부엌 옆의 우물에서 물을 길어 올려, 재료를 다듬고, 설거지를 하고, 칼을 갈아야 했다. 밥 한 끼 하려면 부엌에서 마당으로, 마당에서 우물가로, 우물에서 부엌으로 수십 번을 오르락내리락 들락거려야 했다.

할머니는 옛날 집은 위험하고 불편해서 안 된다는 자식들의 성화에 옛집을 헐고 2층짜리 양옥을 지었다. 마당은 가끔 찾아오는 자식들이 차를 대기 쉽게 시멘트로 덮었다.

옛 집이 위험하다더니, 집장사가 지은 듯한 새집 2층으로 오르는 계단은 평평하지 않고 가팔라 내 눈에는 오히려 위험해 보였다. 감나무도 대추나무도 사라졌다. 뒷마당과 텃밭, 우물과 외양간 따위도 싹 없어졌다. 흙담에서 노랗게 피어난 호박꽃 암술을 따다 손톱에 칠하던 호작질 따위를 할 수도 없을 만큼, 새집에서는 온갖 생명들이 자취를 감췄다.

그렇게도 넓어 보였던 마당은 겨우 차 서너 대 댈 수 있을 정도의 좁은 공간에 불과했다. 그저 내가 자랐기에 할머니 댁이 예전 집보다 쪼그라들어 보인 것만은 아닐 것이다. 옛날 집은 구석구석 모든 요소가 상상력을 무한히 자극했기에 실제보다 몇 배는 크게 느껴지지 않았을까. 시멘트와 콘크리트로 덮인 할머니의 새집과 함께 내 유년도 단단한 콘크리트 안에 묻힌 듯하여 나는 몹시 섭섭했다.

아마 도시의 우리 집은 대개는 임대 기간이 끝나면 짐을 싸 또 어딘가로 옮겨야 하는 '일시적'인 거처였으나, 할머니 댁은 늘 그 자리에 있었기에 더 안정감을 주었던 것인지도 모른다.

대학 입시에서 떨어져 재수를 한다고 서울로 올라온 이후에는 집다운 집에 살지 못했다. 추위를 막아 주지 못하는 홑창에 그마저도 유리가 크게 깨져 있으나 주인아주머니에게 갈아 달라는 요구도 못하고 지냈던 충정로의 하숙방, 대학 기숙사, 주인 내외가 겨울이면 하숙생들 방만 난방수를 3분의 1만 흘려보내 마음까지 차가웠던 하숙방, 내가 가진 유일한 귀중품이었던 중고 수동 카메라를 감쪽같이 도둑맞았던 반지하 자취방, 대학 재학 중 IMF가 터져 돈을 더 아끼겠다고 옮겨 갔던, 지상에 지은 새집인데도 햇빛 한줌 들지 않고 곰

광내가 나던 방도 있었다. 송사에 얽힌 집이라 임대료와 월세가 쌌던 방 두 개짜리 빌라에 친구와 함께 운 좋게 들어가고도 혹여 보증금 100만원을 떼어 먹히면 어쩌나 맘 졸이기도 했다.

다 같이 모여 다음날 나올 신문 지면의 초안을 보다 그 빈곤한 방에 대한 기억이 떠오른 적이 있다. 후배가 쓴 기사에 '반지하 방에서 살아도 살아져'라는 제목이 달려 있었다. 청춘에 대한 이야기였던 것으로 기억한다. 나는 반지하방에 사는 사람이 얼마나 많은데, 이런 제목이 나가면 반지하방에 사는 삶은 인생이 아니라는 것처럼 읽히지 않겠느냐는 의견을 피력했던 것 같다. 선배가 내 이야기에 "너 반지하방에서 살아봤어?"라고 반문하는데, 답을 하지 못했다. 그의 질문에서 '살아 보지도 않았으면서'라는 뉘앙스가 읽혀서이기도 했겠지만 그러거나 말거나 선뜻 답이 안 나올 정도로 그 시절이 상처였을 수 있다는 것을 그때의 내 머뭇거림에서 깨달았다.

돈을 벌기 시작하면서는 원룸, 오피스텔 등으로 거처를 옮겼지만 결국은 '방 한 칸'일 뿐이었다. 어떻게 하면 '방 한 칸'에서 벗어날 수 있을까를 고민하며 버둥거렸다.

콘크리트에 갇힌 아이들의 유년

결국 결혼을 하고 아이들과 살고 있는 지금의 아파트는 내 인생 통틀어 가장 쾌적하고 편리한 집이다. 하지만 막상 아이가 맨 처음 그린 집의 그림을 보고는 살짝 충격을 받았다. 우리가 살고 있는 몇 동 몇 호, 우리 가족만의 공간이 아니라 벽돌을 쌓아 놓은 듯한 고층 아파트의 모습을 그리고, 그 창문 중 몇 군데에 가족의 얼굴을 그려 놓는 식이었다. 아마 우리 세대는 집을 그리라면 당연하다는 듯 지붕과 창문, 문이 있는 전형적인 도형을 그릴 텐데 말이다. 아이와 나의 '집'에 대한 개념은 전혀 다르다는 것에서 세대의 격차를 느꼈다고 해야 하나.

똑같은 구조물을 층층이 쌓아 올린 이 구조에서는 뭔가 아쉬움이 느껴진다. 다행히 좋은 이웃을 만나긴 했지만 아이들에게는 발뒤꿈치를 들고 다니라고 잔소리를 해야 하고, 이웃집에서 들려오는 아이 울음소리에는 행여 폭력 가정은 아닌지 괜한 걱정에 마음 졸여야 한다. 민폐가 될까 봐 못 하나 박지 못한다. 등 떠미는 사람이 없어도 언제든 떠날 수 있다는 듯한 마음 자세로 살아가게 되니 묘하게 붕 뜬 느낌이다. 아파트라는 주거 공간은 태생적으로 '집'이라기보다는 도시화로 인한 인구 과밀에 대응하는 솔루션이자 재테크 수단으로 활용됐기에 근본적으로 집답지 않은 요소가 내재되어 있는 것은 아닐까.

무엇보다 아이들에게 '나만의 비밀 아지트'라 느낄 수 있을 만한 공간의 빈틈이 없다는 게 아쉬웠다. 어릴 적 살던 허름한 집들에서도 백열등 하나뿐이라 어둑어둑했지만 내겐 보물창고나 다름없었던 다락방, 밤마다 언니와 손을 잡고 나섰던 머나먼 변소 가는 길, 마당 가득한 달빛 같은 귀한 것들이 드문드문 있었는데 말이다. 아파트는 편리하고 쾌적하지만 지루했다. 내 집이어도 평생 이 곳에 살리라는 생각은 들지 않으니 참 묘한 일이다. 공교롭게도 길쭉한 네모에 네모 창문만 무수히 그리던 아이의 집 그림도 시간이 지날수록 조금씩 달라졌다. 지붕과 창문, 문이 있고 마당에 개집도 있는 집을 그려 놓고는 '살고 싶은 집'이라고 말했다. 살아 보지도 않고 어떻게 알았을까. 수많은 그림책들에 표현된 집의 모습이 그러하니 그렇게 생각했을까.

아이는 블록으로 하루에도 몇 번씩 집을 짓고 부수고 다시 짓는다. 누가 시키지 않아도 집을 짓고 노는 아이들을 보며 인간은 누구나 집 짓는 본능을 타고나는 모양이라는 생각을 했다. 모든 동물은 제 보금자리를 짓는다. 물론 남의 보금자리를 뺏는 일부 동물도 있지만. 초가집이나 기와집이 집의 대세였던 시절만 해도 제 손으로 제 집을 짓는 게 자연스러운 일이었으니, 누구나 제 집을 짓고 싶은 본능을 갖고 있는 것은 아닐까 싶다. 평면이나 인테리어가 잘 빠진 새 아파트도 이렇게 저렇게 인테리어 공사를 해서 자기 색깔대로 굳이 고쳐 쓰는 것도 그런 집 짓기 본능이 소극적으로나마 표출된 게 아닐까.

나만의 오두막, 심플 라이프

『집의 초심, 오두막 이야기』(나카무라 요시후미 지음, 이서연 옮김, 사이)

에는 일본을 대표하는 주택 전문 건축가이자 일본대 생산공학부 주거공간디자인 코스 교수인 지은이가 작은 오두막을 짓는 여정이 담겼다. 지은이는 산기슭에 버려진 채 있던 7평짜리 헌집을 빌려 14평짜리 오두막으로 고쳐 짓는다.

건축가가 집 짓는 일이 뭐 별 거냐 싶지만, 모든 선을 없앤 특별한 실험이라 흥미롭다. 여기서의 '선'은 전기선·가스관·수도관·전화선 등 '문명의 생명줄'을 일컫는다. 놀라운 것은 그러한 생명줄이 없이도 살아진다는 점이다.

오두막에서는 빗물을 받아 정화해 생활용수로 쓰고, 숯불 풍로로 요리한다. 풍력 발전과 태양 발전을 이용해 전력은 자체 조달한다.

건축의 아이디어를 실제로 적용시켜 나가는 과정이 그림과 글로 잘 담겨 있는데, 그 여정이 만능 기능인 '맥가이버'를 떠올리게 한다. 가령 빗물을 최대한 받을 수 있게 지붕을 비스듬하게 만들고, 그 가장자리에는 홈통을 달아 깔대기처럼 물을 모은다. 큰 찌꺼기를 집수 과정에서 걸러낼 수 있는 필터를 홈통에 설치하고, 땅을 파 지하 저수조를 만들어 물을 저장한다. 높은 탑을 지어 그 꼭대기에 수조를 놓아 펌프로 저장된 물을 끌어 올린 뒤 낙차를 이용해 화장실과 부엌에 물을 공급한다. 저수조 안에서도 부유물질이 떠 있을 수 있는 윗면이나 찌꺼기가 가라앉을 수 있는 아랫쪽을 빼고 가장 깨끗한 중간 물을 퍼올릴 수 있게 고안한 장치는 수세식 변기의 원리를 닮았다.

기본적으로 전력 소모를 최소화해야 하니, 천장에 커튼 레일을 설치해 전구 하나를 이 공간에서 저 공간으로 옮겨 가며 활용할 수 있게 했다. 숯불 양동이를 옮겨 난로에 넣거나, 조리대에 끼워 넣는 방식으로 난방과 조리에 다용도로 쓴다. 공간을 효율적으로 설계했기에 손님이 많이 와도 최대 12명까지 수용할 수 있음을 그림으로 보여 주는 대목에서는 웃음이 터진다.

심지어 호사스러운 공간도 있다. 1.75평짜리 별채를 오두막 서재 겸 욕실로 개조했다. 철제 욕조를 설치하고 그 아래에 직접 나무로 불을 때게 했다. 뜨거운 물에 몸을 담그고 창 밖 풍경을 감상하며 책을 읽을 수 있다.

'나그네쥐의 오두막'이라고 이름을 붙인 이 집은 또한 '일꾼을 위한 오두막'이기도 하다. 집에 놀러 온 사람들은 주인이고 손님이고 가릴 것 없이 모두 무언가 일을 하느라 바빠서이다. 누군가는 풍로에 숯불을 지펴 고기를 구울 동안, 누군가는 텃밭에서 채소를 거둬 상을 차리고, 누군가는 펌프로 물을 퍼올리는 식이다. 쉬는 것이 아니라 일을 하는 것인데 오히려 휴식이 되는 야릇한 경험을 이 오두막은 선사한다.

그런데 지은이는 왜 이런 집을 지었을까. 그는 최근의 건축이 재료와 기술이 진보하여 벽이든 지붕이든 창이든 맘껏 만들 수 있는 시대가 되었다고 진단한다. 하지만 그로 인해 건축을 건전하게 유지하던 질서가 흐트러져 '건축의 초심'을 잃고 오로지 자기만족을 위한 표현과 시도에 얽매여 '건축을 농락하는' 기류가 흐른다고 말한다. 그러한 기류에 대한 반발심이 집에 대한 겉치레를 버리고 군살을 모조리 뺀 집의 원형을 찾게 만든 것이다.

동일본대지진 이후 일본인들 사이에서는 집안을 비우고 공간을 정리하는 '심플 라이프'를 추구하는 경향이 짙어졌다고 한다. 애지중지하던 물건이 지진으로 떨어져 물건의 주인을 공격하는 모습을 목격했기 때문이다. 오두막집은 '심플 라이프'의 극한이자 인간의 원형과도 닿아 있는 게 아닐까 싶다. 무언가를 만들어 쓰는 '도구의 인간' 말이다.

물론 이 집의 한계는 있다. 지은이가 1년 365일 기거하는 집이 아니라 도심의 일터에서 벗어나 주말을 보내는 별장이라는 점이다. 물론 기세대로라면 은퇴 후 1년 365일도 살 수 있을 것 같기는 하다.

이세돌 9단이 인공지능 알파고에게 패배하던 순간, 오래전에 읽었던 이 책이 떠올랐다. 기계가 인간의 몸만 편리하게 해주는 게 아니라, 인지·사고까지 대체하는 순간이 온다면 그때는 인간은 무얼 해야 하는가라는 질문에 대한 하나의 답으로서이다. 문명의 이기 없이도 살아가는 법을 찾는다면, 그것이 비록 원시적인 방법일지라도, 미래가 좀 덜 두렵지 않을까. 공교롭게도 집에 대한 내 생각의 끝이 결국은 '방 한 칸'이다. 다만 오두막에서는 방 밖에 무한히 열린 공간이 있으니, 지긋지긋한 도시의 '방 한 칸'과는 그 차원이 다르다.

나와는 다른 사람
이해하기

나는 참 늦복 터졌다

아이는 절대적인 보호가 필요한 약한 존재이고, 부모는 아이를 키워야 할 책임이 있

다. 아이가 절대적 보호가 필요한 약자이듯, 늙어가는 부모 세대도 약자이다. 그러나

인간 수명이 점점 길어지고, '노인'이라 불리는 연령도 점점 올라가면서 우리는 부모

세대가 약자임을 잊어버리고 사는 것은 아닐까.

가깝고도 먼 관계 시어머니와 며느리

'결혼한 여자는 시금치도 안 먹는다'는 농담이 있다. 시금치의 죄라곤 이름이 '시'자로 시작된다는 것뿐인데 말이다. 한 남자와 결혼하는 것이라고 생각했지만 막상 가정을 이루고 보니 남편은 그저 빙산의 일각이요, 그 아래에 잠겨 보이지 않던 '시댁'이라는 어마어마한 암초에 번번이 걸리게 된다는 현실을 깨닫게 된 여자들의 푸념이다.

남성과 대등하게, 혹은 더 대접 받으며 자라난 젊은 여성에게 시댁에만 가면 순식간에 몇 계급 아래의 지위로 전락하는 것은 몹시 견디기 어려운 일이다. 하다못해 친정은 '친정'이라 부르는데 시집은 왜 '시댁'이라 높여 부르는가, 남편의 동생은 왜 '아가씨'라고 불러야 하나 등의 호칭에까지 사사건건 불만이 쌓이게 된다.

하지만 누가 뭐라 해도 시댁과의 관계에서 가장 두드러지는 것은 시어머니와의 갈등이다. 시어머니 입장에서는 '내 아들'을 젊은 여자가 빼앗아 간 것이고, 며느리 입장에서는 '내 남자'를 시어머니가 아직도 마냥 자기 품에 놔두고 싶어 하는 것이다. 특히 하나뿐인 아들이거나 장남일 경우 어머니의 사랑이 깊은 만큼 갈등도 커진다.

사실 나는 시부모님이 모두 작고하신 상태에서 남편을 만났다. 배우자감에 대해 일반적으로 어른들이 가장 먼저 꺼내는 호구 조사 항목이 "양친은 생존해 계시고?" 아닌가. 그렇게만 알던 나는 또래 동료들이 하나같이 "복도 많다"며 손가락을 치켜세우는 게 적잖이 당황스러웠다. 도대체 시부모는 어떤 존재이기에 차라리 없는 게 낫다며 축하해 주는 것인가.

결혼을 한 뒤 아줌마 세상에 들어와 보니 주변에서 '시월드'에 대한 무용담이 끊임없이 들려왔다. 친정엄마는 아이를 봐주는데, 시어머니는 가끔 놀러와 손주 재롱만 보려 하시지 육아는 도와주지 않는다는 것은 소소한 투정에 속했다. 명절이나 제사 때 전을 헛구역질이 날 정도로 어마어마하게 부쳐야 한다거나, 며느리가 5분 대기조인 양 아무 때고 전화해 부려먹는다거나, 맞벌이인데 자기 아들만 고생한다고 생각하고 며느리는 취미 삼아 일한다고 여긴다 등등. 현대판 빨래터인 온라인 엄마 카페에서는 이런 수준을 훌쩍 뛰어넘는 막장 드라마 같은 구구절절한 사연이 올라오기도 했다.

나로서는 친정엄마와 함께 살면서도 부딪힐 일이 많고 마음 고생할 일이 있는데, 생판 남인 시어머니라면 더 어렵겠거니 추정할 따름이었다.

반대로 친정엄마의 입을 통해서는 엄마 또래 시어머니들의 고충이 들려왔다. 9년 간 손주 둘을 봐주던 엄마 친구 부부에게 며느리가 얼마 전 방을 빼라는 통보를 했다고 한다. 백수에 미혼인 여동생이 들어와 살며 아이들을 봐주기로 했다는 이유에서이다.

노부부는 아들 집에서 함께 살며 주중에는 아이들을 보고, 가끔 차로 두 시간여 거리의 시골집에 내려가 취미삼아 농사일을 했다. 아들 내외가 집을 살 때 비용을 보태려 했더니 며느리가 한사코 자기들 힘으로 마련하겠다고 해 이를 기특하게 여겼다고 한다. 하지만 쫓겨날 처지에 놓이고 보니 며느리가 그때 도움을 받지 않은 것도 이런 날을 예상하고 미리 선을 그었던 것 아닌가 하는 깨달음이 밀려오더란다.

내가 엄마에게 들어 기억하는 바로는 이 분들은 두 손주를 고생스럽게 키운 할아버지 할머니였다. 엄마가 그 친구분 이야기를 전할 때마다 "어린이집도 안 보내고 애 보느라 하도 고생해서 쪼글쪼글 할머니가 되어 가더라"고 하셨던 기억이 난다.

내 경우 첫아이는 100일도 되기 전 어린이집에 보내기 시작했다. 친정엄마가 아이를 봐주신다고는 하나, 퇴근이 일정치 않고 휴일 근무가 잦은 게 문제였다. 나는 '지속 가능한 육아 시스템'을 만들어야 할 필요가 있었다. 그런 월령의 아이를 받아 주는 곳이 많지 않지만 그때는 운이 좋았다. 어린 것을 기관에 맡기는 게 적잖이 맘이 쓰렸지만, 결과적으로는 잘한 결정이었다. 어린이집에서 데려와 내가 퇴근하기 전까지 봐주는 것만으로도 엄마는 녹초가 되었다. 육아는 그런 것이었다.

손주 보느라 보낸 9년은 짧지 않은 시간이다. 할아버지가 당뇨 때문에 정기적으로 다니는 병원이 매우 멀어진다는 것도 문제요, 이 동네에서 사귄 벗들을 더 이상 만날 수 없다는 것도 문제였다. 더 큰 문제는 제 손으로 키운 손주들이 눈에 밟힐 게 뻔하다는 것이었다. 엄마는 "친정 부모라면 그렇게 하겠느냐"며 혀를 끌끌 찼다. 하지만 만약 그 며느리가 내 친구였다면 전혀 다른 이야기를 듣게 되지 않았을까. 시어머니와 며느리 사이에 놓인 강은 얼마나 깊고 너른 것인지.

시어머니의 이야기를 며느리가 글로 풀다

책에는 뭔가 해답이 있지 않을까. 하지만 고부 관계를 제대로 분석하거나 다룬 책은 찾기 어려웠다. 그러던 차에 『나는 참 늦복 터졌다』(박덕성 구술, 이은영 글, 김용택 엮음, 푸른숲)가 나왔다. 시어머니에게 들은 이야기를 맏며느리가 자신의 생각과 섞어 글을 쓰고, 큰아들이자 남편인 김용택 시인이 엮어 만들었다. 즉, 김 시인의 어머니인 박덕성 여사와 아내인 이은영 씨 고부의 이야기이다.

대강의 사연은 이렇다. 당차고 부지런하던 어머니는 나이가 들면서 입원과 퇴원을 반복하다 결국 병원에 눌러 앉았다. 집보다 병원이 편하다, 아파서 안 되겠다며 평생 가꿔온 고향 집을 떠났다. 병원에서 죽을 날만 기다리는 듯 눈빛이 사위어가는 게 마음 아팠던 며느리는 잠을 설쳤다. 그러던 어느 날 바늘과 실을 파는 집을 보곤 번득 생각이 났다. 어머니는 바느질을 좋아하고 잘하셨지…… 한복집에서 조각 천을 사서 병상의 어머니에게 내밀었다. "어머니 조각보 만들어 보시라고요."

며칠 뒤 병원에 가자 어머니는 완성된 조각보 다섯 개를 내밀었다. 며느리는 다시 천을 떠서 안겼다. 수를 놓은 홑이불과 베갯잇, 그리고 조각보가 쌓여 갔다. 할 일과 생각할 거리가 생긴 어머니의 눈빛은 점점 살아났다. 며느리는 말씀하길 좋아하는 어머니를 위해 살아온 이야기도 오래오래 들어주었다. 이야기가 아까우니 녹음을 하라고, 글로도 써보라고 권한 이는 김 시인이었다.

며느리는 한술 더 떠 예쁜 공책을 하나 샀다. 한글 낱자 몇 개만 더 듬더듬 읽을 줄 아는 어머니에게 글쓰기를 가르치려 마음먹었다. 쓰고 싶은 말이 없다는 어머니에게 며느리는 살면서 제일 좋았던 때가 언제인지 생각해 놓으라고 일렀다. 며느리와 다음 만남에서 어머니는 말했다.

"나는 용택이 선생 된 때가 젤로 좋았다. 됐냐?"

며느리는 그 말을 받아 적고, 어머니에게 자기가 쓴 글자를 공책에 옮기라고 했다. 손에 힘이 없어 이 한 문장을 옮기는 데 30분 넘게 걸렸다. 여든일곱 평생 처음으로 써본 글씨였다. 글을 또박 또박 옮겨 쓰고 어머니와 며느리는 이야기를 이어 갔다.

며느리는 오랜 시간 이야기를 나누며 녹음하고, 집에 돌아와 녹음을 풀어 글로 옮겨나갔다. 글로 적어 보니 어머니의 말은 시요, 소설이었다. 그 작업은 1년 간 이어졌다. 똑같은 이야기를 오랫동안 반복해서 들어왔기 때문에 어머니 이야기의 앞대목만 들어도 며느리는 어머니가 무슨 이야기를 할지 알고 있었다. 그런데 글쓰기를 통해서 만나는 어머니 이야기는 며느리에게 새롭게 들렸다. 이제야 어머니를 이해하는 것인가 싶기도 했다고 한다.

다른 사람을 이해하는 행복

　이런 며느리의 고백을 읽어내려 가다 보니 오래전 어느 방송사에서 만든 〈인터뷰〉라는 파일럿 프로그램이 떠올랐다. 일반인이 자신의 주변 사람, 주로 가족을 인터뷰하는 포맷이었다. 이혼을 목전에 둔 한 사내가 아내를 인터뷰하는 내용이 그중 한 꼭지였다.

　자신은 아내를 사랑하는데, 왜 아내는 자신을 거부하는지 그 이유를 알고 싶다고 사내는 카메라에 대고 말했다. 별거 중인 아내는 그를 만나려고도 하지 않았다. 그러니 사내의 독백이 '인터뷰'의 상당 분량을 차지했다. 독백에서 묻어 나온 사내의 마음은 따뜻해 보였다. 그는 천신만고 끝에 아내를 인터뷰하는 데 성공했다. 하지만 사내는 아내의 입에서 흘러나온 이야기에 충격을 받는다. 자신이 그간 아내의 속마음을 전혀 모른 상태로 살아왔다는 것을 알게 되어서이다. 나름대로 좋은 남편이라고 생각했는데, 아내가 원하는 이상적인 배우자의 모습과는 거리가 멀었다는 것을 낭떠러지 앞까지 와서야 알게 된 셈이다.

　나머지 두 꼭지도 마찬가지였다. 말하지 않아도 내 마음을 알아줄 것이라 생각했는데, 오해의 강이 은하수만큼 깊고 넓음을 방송사 카메라 앞에서야 비로소 확인하면서 무너져 내리는 가족들의 모습이 담겨 있었다. 그 '인터뷰'를 계기로 마음을 조금은 연 사람도 있었고, 그러지 않은 이도 있었다. 그럼에도 방송은 감동적이어서 나는 보는 내내 눈물을 흘렸다.

기자 일을 하면서 수많은 사람을 인터뷰했는데, 나는 내 가족의 이야기를 진지하게 들어본 적이 있었던가. 나는 나의 가족에게 저렇게 질문할 수 있을까. 어쩌면 영영 못하지 않을까. 그런 생각에 아마 눈물이 솟았던 것 같다.

누군가를 인터뷰한다는 것은 그 사람의 이야기를 듣는 일이다. 진지하게 귀담아들어 주는 것만으로도 꽁꽁 얼어붙은 마음을 얼마간 녹일 수 있다. 알아도 실천하기 어렵다. 가까운 이에게는 더더욱.

'인터뷰'는 내 기대와는 달리 파일럿으로 끝나고 말았다. 연예인이 아닌 일반인을 데리고 방송을 만드는 것이라 정규 편성을 하기에는 어려움이 있었으리라 짐작할 뿐이다.

다시 책 이야기로 돌아오자. 며느리와 글쓰기를 하면서 한글을 깨친 어머니는 시인 아들 책장에 놓인 책의 제목을 하나씩 읽어나간다. 『파리의 우울』 『몰락의 에티카』 『창작과비평』. 평생 농사짓던 어머니 입에서 흘러나오는 책 제목의 부조화에 며느리는 거실 바닥에 벌러덩 쓰러져 배꼽을 잡고 웃는다. 아름답고 짠한 풍경이다.

하지만 이들에게도 고부 갈등이 없었던 것은 아니다. 학교와 집밖에 모르던 스물네 살 아가씨가 빈털터리 노총각 시골 선생님에게 시집와 시집살이만 8년을 했다. 시어머니에게 번번이 꾸중을 듣곤 눈에 안 띄는 곳에 쪼그리고 앉아 울던 새댁이었다. 어머니에게 혼이 난 날은 퉁퉁 부은 눈을 하고 남편이 오는 반대편 길로 터덜터덜 발 닿는 데까지 걸어갔다고 한다. 그럼 퇴근한 남편은 동네회관에서

마이크를 잡고 "아, 아, 아, 이은영, 이은영, 용택이 각시 이은영 빨리 와. 어디 있어. 빨리 와라. 이상" 하고 방송을 했다고 한다.

시어머니가 아무리 별스럽게 굴어도 남편의 사랑만 확실하다면 버틸 수 있는 게 여자라고들 한다. 게다가 이 댁의 시어머니는 "네가 우리 집에 왔을 때가 젤로 좋았다"고 할 만큼 늦게 본 외며느리를 예뻐했다. 다만 당신의 방식대로 사랑한 것이 아랫사람인 며느리 입장에서는 힘겹고 버거웠을 것이다.

책은 예쁘게 포장되어 나왔지만, 그것을 만들어 가는 과정 역시 쉽지 않았을 것 같다. 김 시인은 아내가 어머니와 옛이야기를 하다 굳은 얼굴로 집에 돌아온 적도 있었다고 증언한다. 섭섭했던 옛일이 다시 생각나 속이 상했던 탓이다. 책에는 며느리가 '편지' 형식으로 털어놓은 속내가 나온다.

어머니와 이야기를 나누다 보면 옛날 일이 다시 떠오르고, 따지고 싶은 마음이 들기도 하지만 이제 와서 그렇게 하지는 못한다는 것이다. 왜냐하면 그러기에는 어머니가 너무 약자가 되어버려서이다. 세월 앞에 장사 없다고, 제 아무리 거대한 바윗덩이같아 보이는 시어머니라도 나이가 들수록 점점 약해질 수밖에 없다.

아이를 키우다 보면 가끔은 작은 괴물 같다는 생각이 들 때가 있다. 큰아이는 잠투정이 심했다. 안아서 토닥이면 얌전히 잠드는 듯 했다가, 바닥에 내려놓기만 하면 "으앙" 울며 발버둥 쳤다. 매번 몇 시간씩 안았다 눕혔다 하며 재우기가 너무 힘들어 유모차를 집 안까지 들여 앞으로 뒤로 밀었던 적도 있다. 그 꼼수를 알아채고 또 엄마를 찾기도 여러 번이었다. 좀 더 커서는 실내용 그네에 태우고 잠들 때까지 한 시간이고 두 시간이고 손으로 발로 밀면서 자장가를 불러 주어야 했다. 그네를 미느라 손발도 아프지만 노래를 계속 부르는 것도 쉽지는 않아 녹음을 해놓고 틀어준 적도 있다. 그 꼼수 역시 금방 들통 났지만.

그 시절 회사에서 후배가 아이 재우는 게 얼마나 힘든 일인지 듣더니 "그렇게 힘든데 어떻게 참으세요?"라고 물었다. 내 대답은 그거였다. "물건이라면 오래 들고 있느라 팔이 아파서 떨어뜨려도 되지. 그런데 아이는 아무리 내 팔이 아파도 떨어뜨리면 안 되잖아."

꾹 참고 그 시기를 넘기는 것은 아이는 절대적인 보호가 필요한 약한 존재이고, 부모는 아이를 키워야 할 책임이 있기 때문이다. 아이가 절대적 보호가 필요한 약자이듯, 늙어가는 부모 세대도 약자이다. 그러나 인간 수명이 점점 길어지고, '노인'이라 불리는 연령도 점점 올라가면서 우리는 부모 세대가 약자임을 잊어버리고 사는 것은 아닐까.

나는 책에 실린 시어머니의 손글씨를 보면서 막 글을 배우기 시작한 딸아이의 글씨에서 보이던 특징이 너무나 많이 나타나 깜짝 놀랐다. 글자 하나하나의 크기가 뒤죽박죽이고 삐뚤삐뚤한 것은 물론이요, '애'를 한 획 더 그어 '얘'로 쓴다거나 쌍시옷 받침을 'ㅅ'으로만 쓴다거나 하는 점들이 닮았다.

글씨가 삐뚠 것은 손에 힘이 없어서이다. 지렁이 기어가는 글씨를 보며 아이가 나보다 자기 외할머니와 더 죽이 잘 맞는 것도 어쩌면 둘 다 약자라서가 아닐까 하는 생각도 들었다.

며칠 전, 딸이 이제는 작아져 발가락이 삐져나오는 샌들을 신겠다고 고집했다. 멀쩡한 새 신을 놔두고 왜 다 떨어진 헌 신을 신겠다는 거냐고 다그쳤다.

"할머니 친구가 준 신발인데, 이제 그 할머니 이사 가서 못 보니까 오늘은 이거 신고 싶어."

엄마의 친구 분이 자기 손녀가 신던 샌들을 물려준 것이었다. 헌 샌들 하나로 기억되는 '할머니 친구'에 대해서도 공감하고 이별 의식을 치르는 게 아이들 마음이구나 싶었다. 우리 아이도 그럴진대, 그 댁의 아이들은 할머니와 할아버지를 떠나보내는 마음이 어떨까 싶어 괜히 걱정이 되기도 했다.

이 책은 고부에 대한 이야기지만, 나는 나와 친정엄마를 비춰보며 읽었다. 피가 섞인 가족이라고 해서 상대를 저절로 이해하게 되는 것은 아니니 말이다.

책은 나와는 다른 한 사람을 이해함으로써 얻게 되는 환희와 행복에 대한 곱고 따뜻한 증언이다. 부모 세대가 인생을 아름답게 마무리하도록 자식 세대가 어떻게 도와야 할지 방향을 알려주는 책이기도 하다.

이렇게 적고 있지만 당장 "아이는 예쁜 짓이라도 하지……"라는 반론이 들리는 듯하다. 인정한다. 막상 나에게 '시월드'가 존재했다면 이렇게 속 편한 말을 할 수 없었을 지도 모른다. 나는 아직 친정엄마조차 인터뷰하지 않았다. 하지만 이 책의 주인공들에게, 특히 며느님에게 '인간적으로' 존경한다는 말은 전하고 싶다.

장수 사회의 슬픈 공포,
치매

뇌미인

치매에 걸리면 긍정성은 희석되고 부정성은 심화된다는 연구 결과가 있다고 한다. 욕심과 집착, 억울함과 화, 공격성, 증오, 두려움, 완벽주의, 부담감 등 억눌러 두었던 부정적 마음이 치매에 걸리면 봉인이 풀리듯 쏟아져 나온다는 것이다. 그러니 부정적인 생각은 뿌리부터 없애야 한다. 화가 날 때는 참는 게 능사가 아니다. 오히려 화가 난 이유가 뭔지 내 마음을 들여다보며 그 화의 근원을 없애는 게 낫다는 것이다.

뇌와 혈관을 관리하라

철없던 어린 시절, 죽음에 대한 두려움이 없던 나이였기 때문일까. 나와 친구들은 창피해서, 점수가 안 나와서, 힘들어서, 배고파서, 지루해서, 심심해서 등을 이유로 온갖 말 뒤에 "죽을 것 같다"는 후렴구를 붙였다. 그런 말이 나올 때마다 나는 "죽긴 왜 죽어. 벽에 똥칠할 때까지 살아야지"라는 추임새를 친구들 웃으라고 던지곤 했다. 친구들을 만나도 어느 틈에 각자 갖고 있는 통증이나 질환에 대한 이야기로 수렴되는 나이에 접어든 지금 돌이켜 보면, '벽에 똥칠한다'는 게 얼마나 무시무시한 일인지 모르고 입방정을 떤 셈이다. 그 똥은 누가 치우라고.

친정엄마는 노년으로 접어들면서 갖게 되는 가장 큰 공포가 치매에 대한 두려움이라고 하신다. 언제 저세상으로 가느냐에 대한 두려움보다, 자신도 모르는 사이에 추하게 인생을 마무리하게 될지도 모른다는 두려움이 더 크다는 것이다. 문제는, 두뇌의 노화가 나에게도 그리 먼 일은 아니라는 사실이다.

지금은 쓰지 않는 MSN 메신저가 한창 유행했던 10여 년 전, 내 대화명은 한동안 '청년성 치매'였다. '노인성 치매'를 패러디한 것이다. 뭔가를 깜빡깜빡 하는 일이 하도 많아 각성하자는 의미로 붙인 제목이다. 그때는 아이도 낳지 않았는데.

나아가 '내 머릿속의 대걸레'라는 대화명을 붙인 적도 있다. 젊은 여주인공이 알츠하이머병에 걸려 "내 머릿속에 지우개가 있나 봐"

라고 했던, 영화 〈내 머리 속의 지우개〉의 제목을 비튼 것이다. 젊은 사람도 치매에 걸릴 수 있다는 사실을 영화 덕에 알고 나서 은근히 공포스러웠던 기억이 난다.

그러니 아이 둘을 낳은 애 엄마가 되어서는 더 말할 게 있을까. 어느 날인가는 회사 상사에게 걸려온 전화를 받으며 걸어가다가 "어, 내 핸드폰 어디 있지?"라고 말하곤 껄껄껄 수화기 너머로 들려오는 웃음소리에 문제의 핸드폰을 들고 통화 중이었다는 사실을 깨닫기도 했다. 그 선배는 감사하게도 "나도 가끔 그래"라며 위로해 주었다. 그나마 이런 증상이 비단 나만의 문제는 아니라는 사실에 위안을 받는다. 오죽하면 '업은 아이 삼 년 찾는다'라는 속담이 있을까.

막상 아이 둘을 키워 보니 단순히 출산으로 인한 노화 탓이라기보다는 머릿속에 늘 두 아이 관리 창이 둥실 떠 있으니 상대적으로 뇌가 일을 처리함에 있어 버퍼링이 자주 일어나는 것 같다는 생각이 들기는 한다. 그래도 늦기 전에 『뇌미인』(나덕렬 지음, 위즈덤스타일)을 만난 것은 정말 행운이었다.

신경과 전문의인 지은이는 치매 분야의 명의라 불린다. 책에서 지은이는 치매에 걸리는 이유, 치매의 종류, 치매에 걸리지 않으려면 어떻게 해야 하는가를 이야기한다.

지은이는 몸의 겉모습만 관리하지 말고 보이지 않는 뇌와 혈관을 관리해 뇌가 예쁜 '뇌미인'으로 거듭나라고 독자에게 요구한다. 치매에 걸리지 않으려면 '진땀나게 운동하고, 인정사정없이 담배 끊고, 사회 활동을 하고, 대뇌 사용을 멈추지 않으며, 천박하게 술 마시지 말고, 명을 연장하는 식습관을 유지하라'고 말한다. 각각의 앞 글자를 따 '진인사대천명' 건강 수칙이다. 더불어 고혈압, 고지혈증, 고혈당을 주의하라고 말한다.

하지만 그렇게 조심해도 치매는 찾아올 수 있다. 치매는 질병이기도 하지만, 인간 수명이 길어지면서 자연스레 찾아오는 노화의 결과이기도 해서이다. 그는 혹여 치매에 걸리더라도 '예쁜 치매'가 되도록 노력하라고 한다. 이렇게 책의 중간 정도까지는 충실한 대중의학서이다. 실용서를 읽다 눈물을 줄줄 흘리게 될 줄은 나도 처음에는 몰랐다.

예쁜 치매도 있다

지은이는 수십 년 임상에서 경험한 '예쁜 치매' 환자의 이야기를 들려준다. 여기서부터 이 책의 진가가 나타난다.

78세 황도순 할머니는 알츠하이머병이 중기에 접어들어 기억력은 바닥 수준에 방향 감각도 떨어져 있었다. 그런데 인사를 잘하고 유머 감각도 살아 있었다. 금수강산으로 4행시를 지으라니 "금. 금강산은 아름답다고 들었다. 수. 수려한 꽃을 구경 못 가니 마음만 애달다. 강. 강물이 얼마나 아름다울까? 산. 산봉우리는 얼마나 높을까?"라는 시를 내놓았다. 남을 헐뜯는 일은 없고, 며느리와 딸에 대한 칭찬을 늘어 놓곤 했다. 가족들은 치매 진단을 받았을 때의 절망 감보다, 현재의 모습에서 기쁨을 느낄 때가 더 많다고 했다.

요양원에서 만난 88세 이미경 할머니는 늘 "아하하하하" 웃는 분이다. 자기 나이가 56세라 믿을 정도로 기억 장애가 심해 치매 말기에 해당하지만 밝은 성격 덕에 모든 사람들의 사랑을 한 몸에 받고 있다.

중증 치매에 걸린 87세 노스님은 오전에 있던 일을 기억하지 못할 정도로 기억 장애가 심했다. 하지만 새벽 네 시에 일어나 예불을 드리고 경전 암송, 축원에 명상, 요가, 경전 듣기와 기도 등 평생 익혀 온 수행자의 삶을 실천하고 있었다. 긍정적인 단어만 쓰고 겸손하며 유머가 넘쳤다. 맛있게 먹고 젊은 스님들과 차 마시고 이야기 나누는 것도 즐겼다.

이렇게 예쁜 치매 환자의 공통점은 평소 성격이다. 한결같이 바르고 남을 배려하는 성격, 항상 감사하는 마음을 갖고 살았다고 한다.

반면 '미운 치매'도 있다. 폭탄같이 화를 내며 욕설을 하거나 물건을 집어던지는 등 폭력을 휘두르는 60대 환자, 돈에 집착해 하루 종일 통장만 보며 "돈이 안 맞는다"고 은행에 찾아가 난리를 피우는 환자의 사례가 나온다. 하루 종일 억울함을 호소하며 한풀이를 하던 82세 할머니 환자는 89세 먹은 남편이 바람피는 것을 봤다며 구타하고, 새벽에 일어나 시어머니 사진을 프라이팬에 볶으며 옛 시집살이 분풀이를 하기도 했다고 한다. 지은이는 그래서 치매가 무섭다고 한다. 우리가 젊었을 때 어떻게 살았는지를 행동으로 보여 주기 때문이다.

다행히 알츠하이머 환자 635명을 대상으로 조사한 결과 예쁜 치매는 25%에 육박하고 미운 치매는 5%에 그쳤다고 한다. 미운 치매보다 예쁜 치매가 많은 것이다. 게다가 이상 행동이 없어 병원에 가지 않는 환자들도 있을 테니 실제로 예쁜 치매가 더 많을 가능성이 높다고 지은이는 추정한다.

예쁜 치매가 되려면 평소에 예쁘게 살아야 한다. 치매에 걸리면 긍정성은 희석되고 부정성은 심화된다는 연구 결과가 있다고 한다. 욕심과 집착, 억울함과 화, 공격성, 증오, 두려움, 완벽주의, 부담감 등 억눌러 두었던 부정적 마음이 치매에 걸리면 봉인이 풀리듯 쏟아져 나온다는 것이다. 그러니 부정적인 생각은 뿌리부터 없애야 한다. 화가 날 때는 참는 게 능사가 아니다. 오히려 화가 난 이유가 뭔지 내 마음을 들여다보며 그 화의 근원을 없애는 게 낫다는 것이다. 또 과거의 나쁜 기억을 지워야 한다. 기억은 사실 혹은 진실이 아니라 주관적인 해석일 뿐이므로 이왕이면 아름답게 해석하자는 것이다. 마지막으로 지은이는 예쁜 부부가 예쁜 치매를 만든다고 당부한다.

화의 근원을 없애라

이렇게 마무리될 줄 알았던 책에서 예상치 못한 반전이 있었다.

지은이가 모시고 사는 장모의 치매 일지이다. 사위를 어떻게 불러야 할지 잊어버려 '아저씨'라 칭하고, 대소변 실수도 하는 지경에 이른 장모를 위해 지은이는 가족들과 함께 예쁜 치매 만들기 프로젝트에 돌입한다.

먼저 가족이 단합하고 웃으며 살아야 한다고 다짐했다. 장모가 치매임을 부끄러워하지 않고 서로 도우며, 만날 때마다 웃었다. 판단력이 남아 있을 때 재산 문제를 묻고 그 의견을 따르기로 결정해 분란의 씨앗을 없앴다.

수많은 가족들이 재산 싸움으로 남보다 못한 사이가 되는 경우가 많다. 생전에 재산 분배에 대한 이야기를 하면 돌아가실 날을 기다린다는 느낌을 줄까 봐 대화를 회피하는 게 오히려 비합리적인 셈이다.

그리고 장모님이 부정적인 생각을 갖지 않도록 도왔다. 가령 누군가에 대한 의심이나 불신을 갖고 있을 경우 그 사람이 자신을 속인다거나 해코지를 했다는 망상으로 이어지기 쉬워서이다.

또 치매에 걸리면 생존에 대한 불안감이 커져 먹을 것이나 생활용품을 장롱에 감추는 일이 많아진다. 지은이는 이를 방지하기 위해 우리 집은 행복하고, 돈이 있고, 먹을 것이 많다고 말하며 장모님을 늘 안심시켜 드렸다고 한다.

나는 음식물을 제때 못 먹고 쓰레기로 만드는 게 싫어 가급적 먹을 만큼 조금씩만 식량을 사두는 편이다. 소식가인 남편도 마찬가지라 쌀독이 진짜로 바닥을 보여야 쌀을 살 궁리를 한다. 친정엄마는 우리 부부와 함께 살면서 그런 점이 불만이시다. 먹을 게 늘 부족했던 젊은 시절의 가난, 자식들은 제비 새끼마냥 입을 벌리고 있는데 쌀독에 쌀 떨어질까 두려워했던 기억이 깊이 새겨져 있어서일 것이다. 그런 마음을 알면서도 엄마의 불안감을 너무나 가볍게 여긴 것은 아니었을까. 효녀와 거리가 먼 나는 "10분이면 사올 수 있는데 뭐하러 집에다 쌓아 놔……. 우리 집 비좁게 하는 대신 마트 냉장고에 보관해 두었다고 생각하면 되지"라는 말이나 할 줄 알았지 엄마의 불안감을 달랠 줄은 몰랐다.

아이들에게도 마찬가지였다. 둘째를 낳고 육아 휴직을 하면서 나는 큰아이에게 책이나 장난감, 군것질거리를 웬만해서는 사주지 않고 외식도 잘 하지 않았다. 아이에게는 일을 하지 않아 돈이 없어 못 사준다고 주장했다. 행여 나중에 큰아이가 복직하지 말라고 뜯어 말릴까 걱정되어서였다. 그렇게 몇 달이 지나자 아이는 "엄마 빨리 회사 나가서 돈 벌어 와!"라며 울었다. 덕분에 아이의 저항 없이 복직하는 데 성공하기는 했지만, 엄마와 돈을 바꾸게 만들었구나 싶어 아차 했다. 게다가 이 대목을 읽고 보니 내가 어린 아이에게 괜한 원초적 불안감을 심어준 게 더 큰 문제일 수도 있겠다 싶다. 치매에 걸린 노인의 뇌와, 아직 발달이 덜 된 아이의 뇌는 그리 다를 바 없는데 말이다.

이렇게 책을 읽다 보면 나의 언행과 생각, 생활을 자꾸만 돌아보게 된다. 그 어떤 철학서보다 반성하게 만드는 책이 아닐까 싶기도 하다.

　마지막으로 지은이가 '내가 치매에 걸린다면' 어떻게 할 것인지 차분히 말하는 부분도 인상적이었다. 지은이는 일단 치매에 걸리면 감사할 것이라고 한다. 치매는 장수병이라, 일단 치매에 걸렸다는 것은 그만큼 오래 살았다는 의미이니 그에 먼저 감사하겠다는 마음 가짐이 놀라웠다. 지은이는 다음으로는 후회를 하지 않을 것이라고 한다. 또 예쁜 치매가 되기 위해 최선을 다해 웃고, 기저귀를 차고 자는 연습도 할 것이라고 한다. 죽은 후 뇌를 기증해 후학들이 치매 연구에 쓰도록 할 예정이고 말이다.

　만약 내가 치매에 걸리면 나는 어떻게 할 것인가. 나는 감사할 수 있을까. 최선을 다해 웃을 수 있을까. 가족이나 돌봐주는 사람들이 힘들지 않도록 얌전히 기저귀를 차고 자는 연습도 할 수 있을까. 나도 예쁜 치매에 걸릴 수 있을까.

　책에는 지은이 특강 CD가 부록으로 들어 있어서 친정엄마께 보여 드렸다. 아무래도 책을 읽는 것보다는 강의를 듣는 게 더 쉬울 테니 말이다. 강의 CD를 돌려놓고 다른 일을 하다 보니 엄마는 이미 모니터 앞을 떠나 아이들과 놀아 주고 계셨다. 졸려서 보기가 힘드셨다고 한다. 그래, 책에 따르면 손주들을 돌보는 것도 치매를 예방하는 방법(사회 생활) 중 하나이다. 그러니 강의를 보는 것 못지않게 손주들과 어울리는 시간도 중요할 테다.

　또 엄마는 동네에서도 활달하고 명랑하기로 유명한 할머니이다.

늘 "감사합니다"라는 말을 입에 달고 사신다. 젊은 시절 엄마의 고단했던 삶을 지켜봤기에, 긍정적이고 밝은 할머니로 늙으신 게 기적 같고 감사하다. 우리 엄마는 설령 치매에 걸리더라도 예쁜 치매일 가능성이 더 높지 않을까. 우리 집엔 먹을 것이 많다, 쌀도 많다며 엄마를 좀 더 안심시켜드리기만 해도 충분하지 않을까.

늙었다고 해서 예쁘고 사랑스럽지 않다는 것은 편견이다. 물론 예쁘고 사랑스럽게 늙으려면 노력이 필요하다. 나이가 들어서도 '예쁜 짓'을 하려면 젊어서 어떻게 살아야 하는 지, 나의 부모님이 예쁘게 늙게 하려면 어떻게 도와야 하는지 잊지 않기 위해 책을 틈틈이 들춰보며 반복 학습을 해야겠다.

나의 모자란 글로는 내가 흘린 눈물을 설명하기가 어렵다. 내 책의 독자들도 이 책은 꼭 직접 읽어보길 권한다.

혼자인 그들 덕분에
바뀐 세상

싱글 레이디스

혼자 사는 사람들은 세상 밖으로 더 많이 나가 지역사회에 관여하고 남을 돌보는 데 반해, 기혼 남녀는 에너지를 핵가족 안에서만 쓰는 경우가 많다는 것이 연구자들의 분석이다. 한국의 기혼 여성들은 더 억울할 수 있겠다. 결혼 전에는 내 부모만 신경 쓰면 되지만 결혼 뒤에는 양가는 물론 돌아가신 남편 집안의 조상님까지 다 신경 써야 하는 처지이니 말이다. 아무튼 기혼 여성들의 관심사가 가족의 테두리 안에 상당 부분 갇히게 된다는 현실은 부인하기 어려워 보인다.

'노처녀 히스테리'만 있었을까

학창 시절, 미혼 여자 선생님들에게 '노처녀 히스테리'라는 딱지를 붙이는 일은 흔했다. 아이들이 뭘 알고 그랬다기보다는 '노처녀 히스테리'라는 프레임을 주입 받은 결과일 것이다. 노총각 히스테리라는 말은 없는 것을 보면, 제때 결혼을 안 하면 심리적으로 문제가 생기는 현상은 여자에게만 해당된다고 여긴 모양이다.

서른두 살에 결혼을 하면서 그게 빠르다는 생각은 하지 않았다. 노산이 오기 전에 아이를 계획할 수 있는, 합리적인 나이라 여겼다. 그런데 세월이 지나고 보니 나는 모범답안처럼 일찍 결혼해 아이까지 차곡차곡 낳은 경우로 분류되었다. 대학 동기들 중 늦깎이로 40대에 결혼한 친구도 있고, 여전히 싱글로 남은 이들도 많다. 여자 동기 열 명 중 네 명이 싱글이다.

아이가 어릴 때는 친구들과 만나기도 여의치 않았다. 그러다 한참이 지나 숨 좀 돌릴 만하다 싶을 때, 오랜만에 대학 친구들을 만났다. 청춘을 공유하는 이들이기에 만남이 즐겁기는 했지만 순간순간 몇 년의 공백이 느껴졌다. 싱글인 친구들, 혹은 결혼이 더 늦었던 친구들은 그 사이에도 서로 긴밀하게 교류를 했고, 공유하는 기억이 더 많았던 것이다. 싱글인 친구들은 같이 여행을 가자는 계획도 즉석에서 세웠다. 나만 한참 업데이트하지 않은 구형 OS를 쓰고 있다는 인상을 받았다.

물론 싱글이라고 해서 모두 좋기만 한 것은 아니었다. 친구 하나는 비혼이라 회사에서 되레 차별을 당하는 이야기를 줄줄 털어놓았다. 부당한 업무 평가와 관련해 갈등을 빚자 상사는 편지봉투를 똑바로 못 붙인다는 식으로 트집을 잡더니만 "○○씨는 왜 결혼 안 해? 아이 낳아서 육아 휴직이라도 가지 말야. 이 회사는 다들 그러려고 다니는 곳인데"라며 회유하더라나. 공공기관인 그 친구의 직장에서는 아이 하나당 육아 휴직을 3년 쓸 수 있다. 둘 낳으면 6년, 셋이면 9년을 휴직 할 수 있다. 육아맘에게는 꿈의 직장이겠지만, 비혼인 친구에게는 상대적인 박탈감만 안겨 주는 환경인 셈이다. 그 상사가 기대하는 여성 직원의 모습은 승부욕 따위는 필요 없이 부품처럼 조용히 일하다 아이를 키우는 데 전념하고, 또 돌아와 조용히 부품이 되는 것이었다. 그런 식으로 저출산을 극복하자는 국가의 어젠다에도 호응을 하고 말이다.

그런데 내 또래 여성들에게 '아이를 낳아서 애국하라'는 어젠다는 통하기가 힘들다. 1973년 대한가족계획협회 표어는 '딸 아들 구별 말고 둘만 낳아 잘 기르자'였다. 어린 시절 엄마를 따라 목욕탕에 가면 눈에 가장 잘 띄는 위치에 산아제한 포스터가 있었다. 1980년대에는 '하나씩만 낳아도 삼천리는 초만원' '잘 키운 딸 하나 열 아들 안 부럽다'였다. 전 국민이 외우다시피 한 선전 문구가 어린 나이에 각인이 된 세대이다. 아이를 많이 낳는 것은 미개하다는 인식을 주입시켜 놓고 이제 와서 '거지꼴을 못 면하게' 덮어놓고 낳으라고? 굳이 안 낳으면 어떤가. 나아가 결혼도 반드시 할 필요는 없지 않나.

여성에게 결혼을 재촉한 국가

'여자 팔자는 뒤웅박 팔자'라는 속담도 있지만 우리나라뿐 아니라 국가가 여성을 대하는 태도가 딱 그랬다. 국가는 필요할 때 여성의 역할을 제 입맛에 맞게 갖다 붙이는 데에 탁월했다. 제1차 세계대전 과 제2차 세계대전에 남자들이 전쟁에 동원되자 여성은 일손이 부족한 군수공장에서 일하며 후방에서 전쟁을 지원했다. 머리에 물방울무늬의 붉은 반다나를 쓰고 데님 셔츠 소매를 걷어붙인 채 근육을 드러낸 여성. 미국 여성 노동자의 상징 '리벳공 로지' 포스터는 1940년대 초 여성의 경제 활동을 장려하기 위해 정부가 벌인 캠페인의 산물이다. 리벳공은 대형 못 '리벳'을 박아 각종 철골 구조물을 연결하는 일을 하는 사람이다. 남성의 영역으로 인식되던 이 영역에 수많은 여성들이 뛰어들어 용접, 군용 차량 조립 등 방위산업에서 일을 했다. 이들은 여권 신장, 페미니즘의 상징이 되었다.

하지만 전쟁 덕분에 여권이 신장된 듯 보인 것은 착시 현상이었다. 전쟁이 미국의 승리로 끝나자 국가는 여성을 다시 가정으로 돌려보내기 위해 전방위적으로 노력했다. 다시 남자들에게 일자리를 돌려주어야 했기 때문이다. 미디어는 주부들에게 '완벽한 가정'을 꾸려야 한다고 세뇌했다.

『싱글 레이디스』(레베카 트레이스터 지음, 노지양 옮김, 북스코프)의 지은이는 1950년대의 미국 여성들은 단순히 결혼하는 차원을 넘어 '조혼'의 압박에 시달렸다고 말한다. 열일곱 살이면 약혼을 하고, 20대에는 결혼을 하는 사이클이었다. 대학 3학년까지 배우자를 찾지 못하면 노처녀가 될 가능성이 높다는 강박에 시달렸다. 한국의 여성들이 그랬듯 말이다. 지은이는 이렇게 여성에게 결혼을 재촉한 것은 '여성의 진보를 저지하기 위해서'라고 해석한다.

한편, 이상적인 가정주부는 백인들에게만 해당되는 개념이었다. 흑인 여성들은 해당하지 않았다. 참전용사에게 대학 교육을 제공하는 GI법안이나 교외 주택 제공 혜택에서도 흑인들은 제외되었다. 오로지 백인 남성들이 혜택을 받아 곧장 중산층에 진입했고, 백인 남편의 경제력에 기대어 가정을 꾸리는 백인 여성 주부라는 전형이 탄생했지만 그러한 모델은 저소득 노동자 계층 여성의 현실을 숨기고 왜곡했다.

비혼족에 대한 편견을 버려라

물론 국가가 장려한다고 해서 백인 여성들이 계속 골방에 갇혀 있지는 않았다. 드라마 〈섹스 앤 더 시티〉에서 보듯, 남자 대신 도시와 사랑에 빠진 싱글 여성들이 대거 등장했기 때문이다. 미국의 대표적인 조사기관 퓨 리서치 센터가 2012년 25~34세 노동자들을 대상으로 연구한 결과 여성의 시간당 임금은 남성의 93%였다. 결혼을 미루고 오랫동안 싱글로 남아 있는 여성들이 늘어난 덕분이다.

한국도 마찬가지이다. 가족이라고 하면 흔히 엄마, 아빠와 자녀

하나 혹은 둘로 구성된 핵가족을 떠올리지만 2016년 기준으로 전체 가구(1937만 가구) 중 4인 가구 비중은 18.3%, 3인 가구도 21.4%에 그친다. 1인 가구가 27.9%로 가장 많았다. 3인 가구와 4인 가구를 합하면 39.7%로 수치가 올라가긴 하지만 우리의 통념보다 1인 가구가 많은 것은 분명하다. 1인 가구는 1995년 164만 가구에 그쳤지만 2016년에는 무려 540만 가구로 늘었다.

우리는 학교에서 '가족'의 정의를 '혈연, 혼인, 입양, 친분 등으로 관계되어 같이 일상의 생활을 공유하는 사람들의 집단 또는 그 구성원'이라고 배웠다. 하지만 1인 가구가 열 중 셋에 육박하는 시대에도 그 정의가 유효한가. 가족을 보호하는 사회적 제도나 장치도 달라져야 할 것 같다. 지은이는 비혼족에 대한 편견, 이를테면 혼자 사는 여성은 이기적이라는 통념, 같은 것도 버려야 한다고 주장한다. 2011년 미국 현대 가족위원회의 조사 결과 부모를 경제적으로 부양하는 비율은 기혼보다는 미혼이 높았다. 특히 비혼 여성의 경우 정치 참여나 지역 사회 봉사 빈도가 눈에 띄게 높았다고 한다.

혼자 사는 사람들은 세상 밖으로 더 많이 나가 지역사회에 관여하고 남을 돌보는 데 반해, 기혼 남녀는 에너지를 핵가족 안에서만 쓰는 경우가 많다는 것이 연구자들의 분석이다. 한국의 기혼 여성들은 더 억울할 수 있겠다. 결혼 전에는 내 부모만 신경 쓰면 되지만 결혼 뒤에는 양가는 물론 돌아가신 남편 집안의 조상님까지 다 신경 써야 하는 처지이니 말이다. 아무튼 기혼 여성들의 관심사가 가족의 테두리 안에 상당 부분 갇히게 된다는 현실은 부인하기 어려워 보인다.
시간과 에너지는 누구에게나 한정된 자원이니까.

'결혼 파업'이 끌어올린 여성 지위

책에서 지은이는 사회학자 미셸 버딕이 1979년부터 2006년까지
부모가 된 남녀의 임금 격차 자료를 연구해 2014년 발표한 자료를
소개한다. 그에 따르면 남성은 아버지가 되면 평균 6% 임금 상승을
기대할 수 있지만 여성은 아이가 하나 태어날 때마다 임금이 4%씩
하락한 것으로 나타났다. 임금이 더 높은 전문직은 격차가 다소 줄
어드는데, 직업적으로 어느 정도 안정된 다음 늦게 결혼하는 집단이
라서이다. 거기서 끝나는 게 아니다.

임금 격차가 덜한 전문직끼리 만난 커플이라도 여성은 남성에게
커리어를 양보하기 일쑤라서이다. 2014년 하버드 비즈니스 스쿨이
졸업생들을 대상으로 조사한 결과, 남편보다 자신의 커리어를 우선
시한다고 답한 X세대는 7%에 그쳤다고 한다. 그보다 연령이 높은
베이비부머 세대는 겨우 3%이다.

한국은 어떨까. 일단 남녀 임금 격차에 있어서 미국은 한국을 따
라갈 수 없다. OECD에서 조사를 시작한 2002년부터 그 분야에서
는 우리나라가 압도적인 1위를 차지했다. 20~30세에는 남녀 차이
가 거의 없지만 30세 이후부터는 여성의 임금이 확연히 떨어지기

시작한다. 40~50대에는 남성 임금 절반에 그친다.

주된 이유는 결혼과 출산으로 인한 경력 단절 때문이다. 아이를 적당히 키운 뒤 다시 사회로 복귀하려 해도 남은 일자리는 저임금, 비정규직뿐이다. 2014년 기준으로 전체 여성 근로자 중 39.9%가 비정규직(남성은 26.6%), 전체 노동자 평균 급여의 3분의 2 이하 임금을 받는 저임금 노동자 비율도 37.8%(남성은 15.4%)에 달한다.

비혼 여성이 없었다면 그 수치는 더 처참했을 것이다. 남편의 수입만으로도 평생 여유롭게 살 수 있다면 얼마나 좋겠냐마는, 그런 그림은 미국에서도 백인 중산층 이상의 가정에서만 가능했던 일종의 판타지 아닐까 싶다.

국가 혹은 시스템이 만든 이 환상에서 깨어나려면 여성들이 더 이기적이어야 한다. 여성은 항상 남의 필요에 맞추도록 훈련이 되어 왔고, 자기 욕구를 뒤로 미루며 수세기 동안 자기희생을 이어 왔다. 지은이는 이를 깨닫고 바로잡아야 하며, 여성이 자기 자신을 일순위로 놓아야 한다는 메시지를 전한다.

뭔가 께름칙할 땐 여성의 자리에 '남성'을 집어넣어 생각해 보면 답이 나온다. '애는 엄마가 키워야지'가 성립하는지 보려면 '애는 아빠가 키워야지'도 당연히 성립하는지 생각해 보자. '저 여자는 가정보다 일을 우선시해'가 합당한 비판이 되려면 '저 남자는 가정보다 일을 우선시해'라는 말도 비판적인 뉘앙스로 읽혀야 한다. 꿈이 있는 여자가 이기적이라면, 꿈이 있는 남자도 이기적이라는 손가락질을 받아야 마땅하지 않겠는가.

결혼이라는 제도가 얼마나 여성에게 불리했던지, 여왕도 예외가 아니었다. 책에 따르면 1558년부터 1603년까지 잉글랜드를 다스린 엘리자베스 튜더는 죽을 때까지 결혼을 거부했다고 한다. 엘리자베스 1세는 의회가 결혼을 하라고 탄원하자 "짐은 국가와 결혼했다"며 단칼에 잘랐다. 또 다음과 같은 명언을 남겼다. "거지이면서도 독신인 여성이 결혼한 여왕보다 낫다."

엘리자베스 튜더 같은 싱글 여성들이 오늘날 여성들의 지위 향상에 상당 부분 기여했다. 오랫동안 결혼은 당연히 해야 할 일이었지만 여성에게는 불리하고 불행한 제도였고, 그에 저항한 '결혼 파업'이 여성의 경제력과 인권을 끌어올렸기 때문이다. 그러니 싱글 여성들에게 감사할 일이다.

훨씬 적은 비용으로,
함께 더 잘살기

마혼 이후, 누구와 살 것인가

함께 살면서 이들이 가장 중요시한 것은 '경계 지키기'였다. 개인 공간에 허락 없이 들어가는 일은 금기였다. 따라서 독립적인 삶이 가능했다. 가족들과 살 때에 비해 감정을 폭발시키거나 갈등을 겪는 일도 훨씬 줄어들었다. 가족에게 하듯 모든 일을 당연시하지 않고, 좋은 행동을 하기 위해 더 열심히 노력한 덕분이다. 그렇게 10년 간 협동주택에 살면서 이들은 더 행복해졌다.

같이 살아볼까?

이 모든 일은 고양이 한 마리 때문에 시작되었다. 총 결혼 생활 82년, 싱글 생활 도합 41년 경력의 개성 뚜렷한 50대 여인 캐런과 루이즈, 진이 한 집에 살기 시작한 것은.

『마흔 이후, 누구와 살 것인가』(캐런·루이즈·진 지음, 안진희 옮김, 심플라이프)의 돌싱녀 캐런은 늙은 고양이 비어즐리를 키우고 있었다. 오래 출장 갈 일이 늘어 고양이 맡길 일이 고민이던 그에게 역시 이혼 후 혼자 고양이를 키우며 살던 루이즈는 '공동 양육권'을 제안한다. 한두 달이면 충분하리라 예상했던 비어즐리 공동 양육 프로젝트는 6개월, 1년으로 계속해서 연장되었다. 캐런은 그 보답으로 잦은 출장 덕에 쌓인 항공사 마일리지를 써서 루이즈와 함께 '연례 비어즐리 죄책감 여행'을 떠난다. 몇 년 뒤 39년의 결혼 생활을 끝낸 진도 인생의 전환점을 맞아 비어즐리 죄책감 여행에 합류한다. 여행으로 서로를 속속들이 잘 알게 된 이들은 종종 은퇴 후의 삶에 대한 이야기를 나누곤 했다.

대화를 나누면서 이들은 세 명의 개인이 세 채의 주택을 유지하는 것은 사람들과 인간관계를 가장 우선으로 생각하고 자연환경에 인간이 책임을 져야 한다는 입장인 자신들의 가치관과 일치하지 않는다는 사실을 깨달았다. 게다가 통계상 재혼할 가능성도 낮았고.

이들은 만날 때마다 은퇴 후 협동주택에 대한 아이디어를 주고받았다. 어떤 곳에서 살고 싶은가, 공동 생활의 장점은 무엇인가, 각자

원하는 생활 공간은 어떤가 등을 차트로 만들어 정리했다. 진은 은퇴 설계가 그저 재미있는 놀이라 생각했고, 캐런은 오랜 기간을 두고 차근차근 계획을 세워나가는 데 초점을 맞추었다. 루이즈는 내심 혼자 사는 게 좋았다. 하지만 집 구경이 재미있어 같이 다녔을 뿐, 어차피 실현 가능성은 없다고 생각했다.

그러다 거짓말처럼 이들이 꿈꾸던 집이 눈앞에 나타났다. 침실 5개가 있는 1930년대 풍의 고풍스런 3층 벽돌집이었다. 게다가 집주인이 제시한 가격은 세 사람의 주거 비용을 합친 것보다 적었다. 꿈에 그리던 집이 나왔는데, 굳이 은퇴를 기다릴 필요는 없지 않나.

세 사람은 일사천리로 일을 진행했다. 법에 어긋나지는 않는지, 대출은 어떻게 할 것인지, 생활비는 어떻게 나눌 것인지 등의 수많은 문제를 해결했다. 우여곡절 끝에 모든 과제를 수행하고 가이드라인을 마련한 세 사람은 드디어 '섀도론'이라 이름 붙인 협동주택에 이사를 들어온다. '섀도론'에는 큰 의미는 없다. 뒤뜰에 인접한 도로 이름을 딴 것뿐이니까.

경계를 지키며 함께 살아가기

살림을 합치기 전에 이들은 각자 어떤 물건을 갖고 있는지 파악하는 과정을 거쳤다. 셋의 살림을 더하면 진공청소기 5대, 파이 접시 25개, 소파 8개, 식탁 3개, 와인잔 200개 이상, 크리스마스 장식품

18상자가 나오는 식이니 그것을 한집에 다 들여놓을 수는 없는 일이었다. 하긴, 그건 루이즈의 '테이블 집착증'에 비하면 아무 것도 아니었다. 루이즈가 갖고 있는 테이블만 10개였다!

그런 물품들을 처리하는 과정에서 일부는 아예 처분하고, 그래도 포기할 수 없는 물품은 각자의 '개인 공간 물품(Personal Space Item)'으로 분류했다. "그건 절대 안 돼"보다는 "그건 네 개인 공간에 어울리겠는걸"이라는 표현으로 서로의 취향에 맞지 않는 물건을 완곡하게 걸러 낸 것이다.

하지만 이렇게 까다롭게 준비했다고 해도 막상 이사가 시작되니 진정한 드라마가 펼쳐졌다. 루이즈의 집에서만 트럭 10대 분량의 짐이 도착했다. 필요하지 않은 물건은 차고 세일로 팔아 공동 생활비 계좌에 넣고, 팔리지 않은 트럭 3대 분량 물품은 자선단체 중고 판매점에 기부했다.

탄수화물을 먹지 않는 다이어트를 하고 있다고 주장하던 진의 이삿짐에서는 10kg이 넘는 파스타 면이 나오고, 캐런은 안 쓰는 액자 400개와 가방 하나 채울 정도의 펜을 싸들고 왔다. 짐을 줄이고 줄여서 가져왔는데도 그랬다. 누군가에게는 쓰레기가 어떤 이에게는 보물이었다.

이들은 사적인 공간은 각자의 몫으로 두되, 공유 공간은 '전시 특권'을 활용해 한 사람씩 돌아가며 꾸미기로 합의했다. 가끔은 서로에게 일방적인 결정을 할 수 있는 권한도 허용했다. 서로 미적 취향은 달랐지만 이들은 합의와 타협으로 문제를 해결했다.

공동체를 유지하기 위해 법률협약서도 썼다. 어떤 이유에서든 한 사람이 자진해서 공동체를 떠날 경우, 둘이서 한 사람을 떠나보내기로 합의할 경우, 구성원이 사망할 경우, 재정과 관련한 의무를 지키지 못할 경우, 상속자를 위한 유산을 상실할 경우, 한 사람이 떠나 공동체의 재정이 불안정해질 경우, 해소할 수 없는 갈등이 일어날 경우 등 여러 상황을 고려해 사적 이익을 최대한 보호할 수 있는 방법을 찾았다.

이들은 각자 자신을 제외한 나머지 두 사람을 수령인으로 해 생명보험에 가입했다. 한 사람이 사망해 갑자기 1인분의 생활비가 들어오지 않더라도 재정적 비상사태에 처하지 않게 하기 위해서이다. 해소할 수 없는 갈등이 생긴 경우는 전문조정관의 서비스를 받아 문제를 해결하고, 실패하면 법원의 판결을 따르기로 했다. 냉정한 조항이지만 이들은 서로를 얼마나 신뢰하는지에 상관없이 '서로를 전혀 믿지 않는다고 가정하고' 최악의 상황에 대비했다. 그 결과 관계가 더 끈끈해졌다.

공동 생활은 장점이 많았다. 일단 경비가 절약되었다. 가령 난방, 가스비 등의 에너지 요금이 공동 생활 이전에 비해 50%가 절감되었다. 공동 생활 경비를 절약하기 위해 한 번도 시도하지 않은 집안일에 뛰어들었다. 방충망과 덧문을 새로 꾸미고, 테라스의 돌멩이 사이를 자갈로 메우고, 페인트칠을 하거나 보일러 필터를 가는 등의 일이다. 덕분에 함께 살기 이전보다 더 자립적이 되었다.

상대방을 배려해 원래 각자 가지고 있던 습관도 조금씩 고쳤다. 혼자 살 때는 물건을 늘어 놓았지만, 최소한 공동 공간에서는 그렇게 하지 않는 식이다. 갈등을 조정하는 법도 배웠다. 살림을 합치고 가장 심각했던 문제는 바로 화장실 휴지를 거꾸로 걸 것이냐 '제대로' 걸 것이냐였다. 이런 사소한 차이에서 합의가 되지 않는 문제는 투표로 해결했다. 사후 비판은 없었다. 또 중립적인 톤으로 "도와주지 말아줘, 부탁이야"라고 말하는 법도 배웠다.

각자 집안일에서의 우선순위가 다른 것도 장점이었다. 두 명이 간과하는 일은 한 사람의 '사명감에 불타는 여인'이 애정을 갖고 덤벼들었다. 그러니 누가 일을 하네 마네 잔소리할 필요도 없었다. 각자의 기여도는 시간이 지남에 따라 점점 균형이 잡혔으니까.

이들이 가장 중요시한 원칙은 '경계 지키기'였다. 개인 공간에 허락 없이 들어가는 일은 금기였다. 따라서 독립적인 삶이 가능했다. 가족들과 살 때에 비해 감정을 폭발시키거나 갈등을 겪는 일도 훨씬 줄어들었다(세 사람 모두 이혼 전력이 있음을 기억하자).

가족에게 하듯 모든 일을 당연시하지 않고, 좋은 행동을 하기 위해 더 열심히 노력한 덕분이다. 그렇게 10년 간 협동주택에 살면서 이들은 더 행복해졌다. 그러나 무작정 함께 산다고만 해서 행복해지는 것은 당연히 아니다. 적극적으로 문제를 헤쳐나가려는 자세와 더불어 빠질 수 없는 요소는 '유머'이다. 세 사람은 자칫 삐그덕거릴 수 있는 생활에 유머로 기름칠을 했다.

1인 가구 시대에 함께 살아가는 행복

이들의 삶에서 내 인생, 아니 우리 가족의 삶을 비춰 본다.

결혼할 때 나는 어떻게 했던가. 이들처럼 공동 생활을 위해 치열하게 고민하고 협상한 기억이 없다. 혼인신고 한번이면 국가가 정해놓은 법률 안에서 웬만한 게 대충 해결되는 줄만 알았다. 물론 결혼 준비 자체만으로도 번거롭고 귀찮고 바빴다.

그러나 함께 살다 보니 크고 작은 문제들이 계속 생겨났다. 신혼 시절에 가장 불편했던 게 변기 시트 문제였다. 남편이 용변을 보느라 변기 뚜껑을 위로 올려놓은 것을 모르고 잠결에 무심코 앉았다가 그 차갑고 기분 나쁜 느낌에 악 소리를 몇 번이나 냈던가. 조용히 컴플레인 했더니 남편은 "그럼 그냥 내가 앉아서 오줌을 눌게"라고 즉각 양보했다. 내가 예상했던 최고의 답은 "알았어. 시트 내려놓을게"였는데, 그보다 훨씬 더 진도가 나간 답을 내놓아 당황스러웠다. 몇 년이 지난 지금에도 그 기억이 떠오르는 것을 보니 통 큰 양보이긴 했던 듯하다.

신혼 시절 남편은 내외를 한 나머지 자기 빨래와 내 빨래를 섞지 않았다. 각자 알아서 빨자는 남편에 반해, 나는 세탁기를 어차피 돌려야 할 거면 합치는 게 당연히 경제적이라고 주장했다. 자기 빨래를 알아서 빨던 모습은 어느 순간 슬그머니 사라졌다.

하지만 지금까지도 서로 속으로 씩씩거리며 여전히 불만을 품고 있는 부분도 있다. 특히 아이를 낳은 뒤 문제가 커졌다. 둘이서 자연스럽게 집안일을 나누어 하던 것이 '육아'라는 상상을 초월할 노동이 시작되고는 균형이 깨지기 시작한 것이다. 아무리 용을 써도 남편이 아이에게 모유를 먹일 수는 없지 않나. 더욱이 아이 돌보기 위해 친정엄마와 함께 살게 되면서 문제는 더욱 커졌다. 이전에는 쌓아 놓은 설거지 거리를 남편이 밤늦게 천천히 씻었지만, 친정엄마는 사위의 손에 물을 묻히게 하는 게 영 불편하셨던 데다 밤에 떨그럭거리는 소리도 듣기 싫으셔서 "내가 하고 말지"라며 본인이 해치우곤 하셨다. 그럼 엄마만 일을 시키는 것 같아 죄스러운 마음에 내가 나서서 설거지를 도맡게 되는 것이다. 출산한 지 얼마 되지 않아 힘들고, 회사 일을 병행하느라 힘들고, 밤에 아이를 돌보는 것도 모유를 오랫동안 떼지 않았던 내 몫이었으니 코피가 터질 지경이었다.

내가 어릴 때 엄마는 "이제는 세상이 바뀌어 여자라고 해도 못할 것 하나도 없다"며 나를 키우셨다. 그렇게 키운 딸이 일을 소홀히 하는 꼴은 볼 수 없다면서 아이까지 봐주겠다고 나선 엄마가 막상 사위는 백년손님이라는 식으로 나오시니 그 세대의 특성을 이해하지 못할 바는 아님에도 한숨이 나왔다. 결국 딸 고생하는 것을 보다 못한 친정엄마가 밤에 아이를 뺏다시피 자신의 방에 데려가 주무시기 시작했다. 나중에 딸아이가 걷고 말하기 시작하면서 "엄마랑 잘 거야"라며 제 발로 나를 찾아올 때까지 반년 이상이 흘렀다.

함께한 세월이 길어지면서 덜 삐그덕거리게 됐지만, 사실상 친정 엄마께 살림의 대부분을 떠넘긴 것으로 균형점을 찾았다는 게 함정 이다. 만약 장모와 사위, 딸로 구성된 우리 셋도 맨 처음 이들처럼 토 론하고 협상하고 가이드라인을 세웠다면 합의 과정은 힘들더라도 결과적으론 조금 더 행복하지 않았을까.

지금은 안정적인 가정을 꾸리고 살지만 언제든 1인 가구가 될 수 있는 시대를 살고 있다. 그게 아니어도 이들이 조화롭게 살아가는 방식에서 배울 점은 많을 듯하다. 가족이라는 이유로 사적인 영역을 인정하지 않고 감정의 하수구인 양 군다면 집은 행복한 공간이 될 수 없을 테니까. 차라리 애초에 남남이었던 이들처럼 가족 구성원도 각각 독립적 개체이며 언제든 헤어질 수 있는 관계라 생각하는 게 낫지 않을까. 건강한 긴장감 때문에 더 오래 행복하게 공존할 수 있 을지도 모르니 말이다.

이 책은 책꽂이에 꽂아놓는 것만으로도 '건강한 긴장감'을 자아내 는 부수적인 효과가 있었다. 책을 흘끔거리던 남편이 "마흔 뒤에는 누구랑 살려고?"라고 항의조로 물었으니 말이다. 원제는 'Living far better for far less in a cooperative house(협동주택에서 훨씬 적은 비 용으로 훨씬 잘 살기)'이다. 어느새 마흔은 넘어 갔고 여전히 남편과 살 고 있다. 하지만 이 책의 지은이들이 함께 살기 시작한 실제 나이는 50대이다. 기회는 아직 남아 있다.

가족 시스템이 낳은
'관계 중독'

중독 사회

지은이는 '중독적인 관계'는 영원한 부모-자녀 관계와도 같다고 말한다. 각자가 자기 삶을 온전히 책임지는 상황에서는 중독 관계는 깨지기 마련이라고 본다. 중독 관계에 빠진 이들은 서로 성장하지 않고 영원히 의존적으로 사는 길을 택하는 셈이다.

사랑에 중독되지 않아 다행이야

어느 날 큰아이가 물었다.

"엄마는 아빠랑 어떻게 날 낳았어? 두 사람 보면 영 아닌 것 같은데."

이미 초등학생들의 스테디셀러라는 WHY 시리즈 『사춘기와 성』을 마스터한 아이는 '성관계'라는 것을 해야 아기가 생긴다는 지식을 알고 있었다. 유치원생인 둘째는 사랑에 빠진 남녀의 눈에는 하트가 뿅뿅 나타나는 줄 알고 말이다.

남편과 나는 스킨십이 잦은 것도 아니고 사랑한다는 말을 하는 사이도 아니다. 결혼은 했지만 '당신 없이는 못 살아'라는 식의 애정 표현은 전혀 없으니 아이들 입장에서는 의아해할 일이었다. 서로 전화를 걸거나 문자를 보내는 일도 드물다. 꼭 필요한 이야기만 메시지로 주고받는다.

'우리는 국립민속박물관 갔다가 DDP로 향하는 중'(나)

'난 집으로'(남편)

상호 '용건만 간단히'의 끝판왕인데다 남편은 그나마 답도 안 보내는 경우가 8할이었다. 연애를 할 때는 그래도 하루에 한 번 정도는 서로 문자건 전화건 주고받았던 것 같은데 말이다.

2018년 독서 모임에서 '연애의 과학'이라는 앱을 서비스하는 스타트업 스캐터랩 김종윤 대표와 이야기를 나눌 기회가 있었다. 연애의 과학은 연인들이 카톡 대화를 업로드하면 그 내용이나 빈도 등을 인공지능으로 분석해 관계도 보고서를 발행하는 서비스이다. 시점에 따라 자주 쓰는 단어가 어떻게 변화했는지, 하루 평균 주고받은 문자의 수는 어떻게 변화했는지, 애정 표현을 나타내는 단어의 사용 빈도는 어떤지, 둘 중 누가 먼저 말을 더 자주 걸었는지, 카톡을 보낸 뒤 답장을 보낸 시간은 얼마나 걸렸는지 등을 시시콜콜 분석해 둘의 호감도와 친밀도, 궁합과 애착의 유형, 헤어질 확률까지 진단해 준다. 김 대표의 이야기 중에서 인상적이었던 것은 다른 나라와 한국의 분석 기준이 다르다는 점이었다.

"한국 연인들이 주고받는 카톡의 양이 일본의 연인들에 비해 훨씬 많아요. 한 열 배 정도? 어쩌면 그 이상? 한국 기준으로 일본 연인의 애정도를 체크하면 점수가 확 떨어지게 돼요. 그래서 보정이 필요해요. 문화가 확실히 다른 것 같아요."

남편은 카톡을 하지 않기 때문에 '연애의 과학'에 의뢰할 데이터조차 없었다. 만약 우리가 주고받은 문자를 넣어서 인공지능을 돌린다면 '이미 헤어진 사이'라고 나오지 않을까 싶다. 그런데 믿거나 말거나 나는 그런 우리 사이에 무척이나 편안함을 느낀다. 수시로 문자를 보내거나 받을 때까지 전화를 거는 사람이었다면 같이 살 생각을 안 했을 것 같다. 결혼 전 나는 남편이 일하는 도중이나 회식하는 도중에 전화를 걸지 않는 점을 높이 평가했다. 물론 마음 한구석에 아쉬움이야 없었겠나. 하지만 사랑에 중독되지 않아 다행이라고 가슴을 쓸어내리게 만든 책을 만났다. 바로 『중독 사회』(앤 월슨 섀프 지음, 강수돌 옮김, 이상북스)이다.

도서관 서고를 훑다가 제목에 끌려 첫 장을 펼치곤 홀린 듯 끝까지 읽어버렸다. 지은이는 임상심리학 박사이자 심리치유 전문가이다. 알코올 중독 등 각종 중독에 관한 상담과 강연, 저술 활동을 해왔다. 지은이는 알코올 중독자나 그 주변의 '동반 중독자'를 관찰하고 이들을 치유하는 과정에서 발견한 중독의 특성이 사회 시스템에도 그대로 담겨 있다는 것을 '유레카' 하고 깨달았다고 한다.

2016년 한글로 번역 출간됐지만 무려 1987년에 쓰인 책인데 현대 한국의 가족과 사회의 정곡을 찌르는 느낌이었다고 할까. 다만 연구자로서 사회적 현상을 발견하고 명명한다는 데 집중하고 있고, '내가 앞에 쓴 책에 말했지만'이라는 식으로 써 내려가 지은이의 전작을 접하지 않은 이들에게는 그다지 친절하지 않다.

남을 내 뜻대로 통제할 수 있다는 환상

중독은 크게 물질 중독과 과정 중독으로 나뉜다. 물질 중독은 술이나 마약, 니코틴, 카페인, 음식 같은 것에 집착하는 것이다. 반면 돈 모으기 중독, 도박 중독, 섹스 중독, 일 중독, 종교 중독, 걱정 중독 등이 과정 중독에 해당한다. 이를테면 걱정 중독은 걱정거리가 무엇인지 어떻게 해결해야 하는지가 본질이 아니라 걱정하는 과정 그 자체에 중독된 상태이다. 그런 사람은 하나의 걱정이 해결된다 해도 또 다른 걱정을 사서 한다. 나열한 저 목록 외 무엇이라도 중독이라는 단어와 결합할 수 있다.

중독은 여러 가지 부정적 특성을 지닌다. 대표적으로 자기중심성, 통제 환상, 기만, 거짓말, 망각, 의존성, 자기 방어, 남 탓하기, 윤리적 퇴행 등이다. 습관적 알코올 중독자는 술 냄새를 풍기면서도 안 마셨다고 하는 능숙한 거짓말쟁이이다. 또 필름이 끊기는 일(망각)이 잦다. 누군가 비판을 하거나 문제 제기를 하면 인정하지 못하고 자기가 옳다며 억지 주장을 편다. 심각한 알코올 중독자나 마약 중독자들은 술이나 마약을 얻기 위해서라면 훔치거나 거짓말을 하거나, 심하면 살인조차 저지른다. 윤리적 퇴행이 일어나는 것이다.

지은이가 제시한 통제 환상이라는 개념은 특히 흥미롭다. 시작은 자아의 통제이다. 술이나 마약, 야근 등의 중독을 통해 현실을 직시하지 않고 회피할 수 있다고, 자신과 상황을 통제할 수 있다고 믿는 환상에 빠진다. 그러다 타인을 통제하려는 시도로 뻗어 간다.

중독자 주변에서는 통제 환상이 횡행한다. 중독자는 가족을 통제하려 하고, 가족은 중독자를 통제하려 한다. 게다가 서로 통제하고 통제 받는 것을 '사랑'이라고 착각한다. 누군가가 자기를 사랑할 수 있으리라는 믿음, 남의 마음을 바꿀 수 있는 힘이 있다는 망상이 유독 큰 사람들도 있다. 그들은 만약 남의 사랑을 얻는 데 실패하고, 자신을 싫어하거나 증오하게 만드는 데 더 뛰어나다고 생각하면 차라리 그 길을 걷기도 한다. 짝사랑과 집착이 스토킹으로 변화하는 것처럼 말이다.

중독자들은 통제 환상을 충족시키기 위해 일부러 위기를 조장하기도 한다. 아이를 학교에 보내거나 회사에서 간단한 결정을 내리는 과정, 저녁 메뉴를 뭘로 할지와 같은 일상적인 일까지도 패닉 상태라도 되는 듯 드라마틱하게 처리하는 식이다. 이를 사회나 국가로 확대해도 마찬가지이다. 나라 경제는 왜 늘 위기인가에 대한 지은이의 해석도 무릎을 친다.

위기라고 강조하면서 정부나 기업이 뭔가 대책을 내놓으면 대중이 '아, 정부가 뭔가를 하고 있구나' '그 기업이 뭔가를 하고 있구나' 하고 믿게 되기 때문이라고 한다. 이런 관점에서 보자면 언론이야말로 매일 위기를 만들어 내야 대중의 관심을 먹고 살아갈 수 있는 존재 같다. 저널리즘의 속성에서도 중독 사회의 전형적인 특징을 찾을 수 있겠다는 생각이 들었다.

나아가 병적 중독자가 아닌 평범한 개인들 역시 위기 상황을 만들어야 할 필요를 느낄 때가 있다고 한다. 그래야 뭔가 나름의 역할을 하는 듯해서 이 사회에서 뭔가 쓸모 있는 존재라는 느낌을 받을 수 있어서라고 한다.

하지만 일부러 위기까지 만들어 가며 자기 자신은 물론 타인을 통제할 수 있다고 믿어 봐야 그것은 환상에 불과하다. 누구든 세상을 마음대로 통제할 수 있다고 믿는다면 실패하기 십상이라고 지은이는 단언한다. 그 결과로 돌아오는 것은 우울증과 스트레스이고.

성장하지 못하고 의존적인 삶을 산다면

중독은 남의 이야기가 아니다. 지은이는 우리가 어떤 중독에라도 쉽게 빠질 수 있다고 경고한다. 사회 전체가 중독 시스템으로 돌아가고 있어서이다. 중독 사회는, 지은이의 정의에 따르면 온 사회가 마치 알코올 중독자와 그 동반 중독자처럼 돌아가는 사회이다. 중독이 개인에게 통제력을 행사하듯, 중독 사회는 중독이 온 사회에 통제력을 행사한다. 우리가 흔히 '현실이 그렇지'라고 포기하고 순응하는 이 사회의 시스템을 지은이는 '백인 남성 시스템'이라고 명명한다. 세상 만물이 통제 가능하다고 보는 '전지전능'한 신의 얼굴을 한 체계라는 것이다. 하지만 결코 집처럼 편안하지는 않다. 우리는 그 안에서 생존하기 위해 언어와 가치관, 사고방식, 세계관까지 그에 맞게 적응시켜야 해서이다.

핵심은 '백인 남성 시스템'은 곧 '중독 시스템'이라는 것. 우리 사회의 시스템은 시스템 자체를 영속화하기 위해 다양한 중독을 활용하고, 우리를 늘 바쁘게 만들어 잘못된 시스템 자체를 건드릴 마음도 못 갖게 만든다고 지은이는 꼬집는다.

멀쩡해 보이는 가족 안에서도 중독 시스템이 작동할 수 있다. 대표적인 것이 '관계 중독'이다. 서로를 '나의 반쪽'이라 여기고 같이 있어야 비로소 온전한 느낌을 받는 것, 바로 우리가 '진정한 사랑'이라 부르는 게 중독이라고 한다!

30년 전에 나온 책이라 지금보다도 더 보수적인 사회 상황을 반영했겠지만 지은이는 소위 '완전한 결혼'을 남녀 관계의 중독성에 적극 뛰어드는 일이라고 설명한다. 결혼의 공적인 영역에서 여성은 어린이, 남성은 어른이다. 남성은 늘 결정을 내리고 바깥세상의 일을 처리하며 돈을 벌어 온다. 그런데 사적인 영역에서는 역할이 뒤바뀌어 남성은 어린이가 되고 여성은 어른이 된다. 여자는 밥을 차려 주고 옷을 챙겨 주는 등 남성이 육체적, 정서적으로 의존하는 대상이 된다. 여자들이 남편을 두고 "아들이 하나 더 있다"고 말하는 것은 익숙한 풍경이다.

지은이는 '중독적인 관계'는 영원한 부모-자녀 관계와도 같다고 말한다. 각자가 자기 삶을 온전히 책임지는 상황에서는 중독 관계는 깨지기 마련이라고 본다. 중독 관계에 빠진 이들은 서로 성장하지 않고 영원히 의존적으로 사는 길을 택하는 셈이다.

신생아는 속싸개로 단단히 싸서 손발을 움직이지 못하게 한다. 손을 묶어두지 않으면 아이가 자기 손발의 움직임에 놀라기 때문에 속싸개가 오히려 안정감을 준다는 것이다. 연한 살냄새가 나는 이 어린 생명체를 앞에 두고 여러 가지 감정을 느꼈다. 경이로움, 책임감, 사랑 같은 긍정적 감정 위로 불쑥 솟아오르는 묘한 감정이 바로 통제력에 대한 충족감이었다. 내가 젖을 주지 않으면, 똥오줌을 치워 주지 않으면 이 아이는 살 수 없을 것이다. 나에게 절대적으로 의존하는 한 존재. 한 사람의 생명과 삶이 온전히 내 손 안에서 통제된다는 것이 묘한 쾌감과 만족감을 주었다. 그건 놀라운 일이었다. 나는 나에게 그런 욕망이 있는지도 몰랐기 때문이다. 평범한 부모도 절대 반지를 손에 넣은 골룸처럼 아이 앞에서 권력욕을 충족시키는 괴물이 될 수도 있다. 두려운 깨달음이었다.

진정한 치유를 방해하는 동반 중독

부모와 자식이 아니라 성인과 성인의 만남에서도 그 같은 시스템이 작동할 수 있다. 관계 중독에 빠진 이들은 단순히 역할을 분담하는 게 아니라, 상호의존적으로 살아간다. 그 합병증으로 스스로 성찰하지 못하게 된다.

중독자와 결혼이나 사랑으로 맺어져 살아가는 이들은 '동반 중독증'에 빠져 있을 가능성도 높다. 가족 안에서 다른 이들을 돌보는 일에 헌신하면서 자연스레 동반 중독자가 되어 간다. '백의의 천사'로 표상되는 간호사나 의사, 카운슬러 등 남을 돌보는 직업의 종사자 중에 동반 중독자가 많다고 지은이는 지적한다.

'관계 중독'이 신선하게 다가왔다면 '동반 중독증'이라는 개념은 다소 충격적이었다. 믿기 힘든 수치이지만 지은이는 미국 간호사의 83%가 알코올 중독자의 자녀로 나타났다고 주장한다. 동반 중독자로 성장한 이들은 자존감이 낮고, 자신을 다른 사람들에게 중요하고 필요한 존재가 되려 애를 쓰는 경향이 나타난다. 과로를 일삼고 기꺼이 자신을 희생할 각오가 되어 있는 것은 물론이다. 그렇게 성장했으니까.

이들의 헌신 덕분에 중독자들은 동반 중독자에게 의존하게 된다. 동반 중독자들은 설령 술이나 마약에 중독되지는 않더라도 다른 물질 혹은 과정에 대한 강박이나 중독에 빠지기 쉽다. 폭식증 같은 섭식장애, 골초, 카페인 중독 등이다. 또 중독자가 '거짓말'에 능한 이들이라면, 동반 중독자는 뻔한 거짓말에도 잘 속는 사람들이다. 이들은 늘 좋은 사람이라는 인상을 주고 싶어 하기 때문에 분별력이 떨어진다. 동반 중독은 결국 중독과 쌍을 이루는 셈이다. 게다가 사회에서는 동반 중독이 병이라고 보기는커녕 장려해야 할 미덕이라고 보는 경향이 있다. 중독 사회에서는 이 같은 '은밀한 중독'에서 헤어나기 어렵다.

중독에서 벗어나려면 어떻게 해야 할까. 책에 따르면 가장 중요한 덕목은 '정직'이다. 무엇이든 속이거나 숨기지 않고 솔직히 대면해야 한다. 일단 자신이 중독에 빠졌다는 사실을 인정해야 한다. 또 통제환상에 빠졌음을 직시해야 한다. 그럴수록 위기 상황이 실제로는 별 게 아님을 깨닫게 된다는 것이다. 또, 남들이 세운 기준이나 사회의 준거에 맞추는 게 아니라 자신의 삶을 제대로 살아내는 게 중독에서 벗어나는 길이라고 한다.

30년 전 책이라 쇼핑 중독이나 성형 중독, 게임 중독, 스마트폰 중독 같은 사례가 거론되지는 않는다. 그러나 지은이가 짚어낸 중독 사회의 특징은 오늘의 한국 사회에 대입해도 착착 맞아떨어진다. 온갖 중독의 본질은 비슷하기 때문일 터이다.

지은이가 언급한 부분 중 부모로서 와 닿는 지점도 있었다. 그는 청소년의 반항이 정상적인 발달 단계의 일부라는 통념에 의문을 제기한다. 어른들이 통제하려 들지 않는다면 10대들 역시 굳이 반항할 필요가 없지 않느냐는 것이다. 도무지 어쩔 수 없는 일까지 철저히 통제할 수 있다는 환상만 포기한다면, 스트레스도 사라질 것이라 믿는다면서 말이다. 아직 아이들이 청소년으로 성장하지는 않아서 이 가설은 검증해 보지 못했다. 다만 통제하지 않으려 애써 보겠다는 마음은 품게 되었다.

누구나
난민이 될 수 있다

우리 곁의 난민

난민은 단순히 가난해서 남의 나라에 일하러 가는 이들이 아니다. 전쟁이나 인종·정

치·종교 등의 이유로 박해를 받지만 국가가 이를 보호해 주지 않아 다른 나라에 가서

보호를 요청하는 것이다. 국제적으로 이런 이들은 보호해 주자고 약속한 것이 난민

협약이다. 누구나 난민이 될 수 있다. 심정적으로는 인정하고 싶지 않더라도, 이성적

으로는 최악의 상황을 가정할 수 있어야 한다.

우리 곁에 다가온 '다문화'라는 용어

"엄마, 저기 다문화야"

큰아이와 길을 가던 중이었나 보다. 아이가 귓속말로 "엄마, 저기 다문화야 다문화"라고 말했다. 고개를 돌려 보니 검은머리 엄마가 피부색이 다른 남편, 아이와 함께 있었다. 아이의 '다문화'라는 말에 숨은 뜻이 무엇인지 파악하느라 잠시 머뭇거렸다. 다문화 가정 친구를 학교에서 볼 기회는 없었던 모양이라 단순히 교과서에만 배운 것을 실견한 게 신기하고 반가워서 그랬을까, 아니면 뭔가 차별적인 의미를 깔아두고 있었을까. 그 상황에서 어떻게 반응하는 게 바람직한지 판단하기 난감했다. 아이는 그저 피부색이 다른 사람을 '다문화'라고 지칭하는 것 같았다. 학교에서 다문화 이해 교육을 할 텐데, 그것이 오히려 '다문화'를 낙인찍는 역효과를 내는 것은 아닌가 싶었다.

이런 의심을 품은 이가 나 하나만은 아니었다. 2018년 7월 21일 '유엔 인종차별철폐협약 한국심의대응 시민사회 공동사무국'과 서울지방변호사회가 개최한 〈한국사회 인종차별을 말하다〉 보고대회 발제문에서 아시아인권문화연대 이정은 사무국장은 교과서 속의 인종 차별을 지적했다. 예를 들어 초등학교 5학년 1학기 사회 교과서에는 한국 문화를 체험하는 외국인의 모습은 백인으로, 이주 노동자는 유색인으로 표현된다. 또 중학교 1학년 도덕 교과서에는 '다문화 가정 청소년의 사춘기는 어떤 모습일까요?'라는 질문이 나오는데, 이는 오히려 다문화 가정 청소년을 차별하는 질문이라는 것이었다. 다문화라는 용어가 한 사회 내의 다양한 소수 문화를 존중한다는 의미로 쓰이는 게 아니라 이주민 집단을 지칭하는 방식으로 쓰이는 것이다. (연합뉴스 2018년 7월 21일자 '다문화사회 교과서 맞나')

우리 안의 인종 차별이 가장 적나라하게 드러난 사건이 2018년의 난민 쇼크 아닐까. 제주도에 예멘인 561명이 와서 난민 신청 절차를 밟고 있다는 소식이 나라를 뒤흔들었다. 이들을 받아 주지 말라는 청와대 청원 추천이 71만 명에 달했다. 청와대 청원 페이지에 들어가 '난민'이라는 키워드로 검색해 보면 제목이 주르륵 나온다. 극히 드물게 '난민들에게 삶의 터전을 제공하라'는 인도주의적 청원이 있지만 추천 수는 미미하다. 검색되어 나온 청원 제목만 봐도 무시무시하다. '난민, 미세먼지 다 추방하라' '난민은 신안 염전에 보내라' '난민, 제주도 바깥으로 절대 내보내지 마라'

'난민' 대신 '쓰레기'라는 단어를 넣어야 성립할 문장들이 즐비했다. '난민' 자리에 '동성애자'나 '외국인 노동자'를 넣어보면 어떤가. 뭔가 익숙한 느낌이 들지 않나. '여자'를 넣어도 마찬가지이다. 나아가 '한국인'을 넣어보면 어떨까.

난민 반대의 속내를 들여다보자

평소 즐겨 찾는 맘카페에서도 난민 반대 청원을 종용하는 글과, 그에 호응하는 댓글이 넘쳐 났다. 평소 카페 회원들끼리 자발적으로 기금을 모아 불우이웃 돕기를 하고, 오지에 책을 보내는 봉사 활동도 하고, 탄핵 정국에는 촛불집회에 부스를 마련해 따뜻한 차를 제공하는 등의 활동을 해왔던 커뮤니티였다. 그런데 글로벌 약자인 난민에 대해서는 배척하고 배제하는 분위기라는 게 놀라웠다.

'개념 배우'로 통하던 모 배우에게 실망했다는 글도 보였다. 그럼에도 그 배우가 각종 언론 인터뷰에서 자신의 생각을 전달하는 방식은 인상적이었다. 난민을 받아들여야 하는 당위에 대해서만 주장하는 게 아니었다. 그는 한국인들의 난민 반감에 깔린 불안한 마음을 이해하고 있었다. 일단 난민은 먼 나라 이야기라는 것, 일반인들은 정치적 박해나 전쟁 등으로 발생한 난민과 경제적으로 더 잘살기 위해 다른 나라로 향한 이주민을 구분하기도 힘들다는 사실을 인정했다. 또 우리 사회의 불평등과 불안, 취업난, 아이를 낳고 키우기도 힘든 상황에서 난민 이슈가 불거졌기 때문에 국민 먼저 챙기라는 바람을 가질 수 있다고 말했다. 난민을 정치적 이슈로 이용하는 가짜 뉴스는 비난하더라도 난민에 대해 잘 모르는 일반인의 순수한 걱정까지 매도해서는 안 된다는 것이다.

난민 관련 기사를 쓰면 어김없이 악플이 달린다. 그런데 가만히 관찰해 보면 다른 게시물은 없고 관련 주제만 쫓아다니면서 비슷한 악플을 다는 '선수'들이 많다. 《한겨레신문》이 2018년 '가짜 뉴스의 뿌리를 찾아서'라는 탐사 보도를 통해 모 종교 단체가 난민 등의 이슈와 관련한 거짓 정보의 온상이라고 밝히기도 했다. 우리는 어쩌면 선동 글에 호도되어 공포감을 키운 것인지도 모른다.

로힝야 난민부터 리비아 경매 시장 난민까지

돌이켜 보면 나는 그나마 난민에 대한 사전 학습은 조금 된 편이라 남들과 다르게 반응하는 것인지도 모른다. 2017년 국제부에 근무하면서 여러 외신들을 종합해 기사를 쓰곤 했는데, 난민도 주요한 뉴스였다. 글로벌 난민은 근 몇 년 사이에 급증하는 추세였고, 유럽이나 미국 등에서도 중요한 국가적 화두로 떠올랐기 때문이다.

아시아에서는 미얀마의 무슬림 소수민족인 로힝야족 난민이 엄청난 글로벌 이슈로 떠올랐다.

불교 국가인 미얀마는 1982년 이슬람 소수민족인 로힝야족의 시민권을 박탈하고, 수십 년 간 차별해왔다. 로힝야족 무장단체 '아라칸 로힝야 구원군(ARSA)'이 그해 8월 미얀마 경찰초소 습격한 게 계기였다. 이 습격으로 경찰 12명이 살해되었다. 미얀마 정부군은 이를 빌미로 로힝야족 마을 전체를 불태우고 총격을 가하며 성폭행을 저지르고 국경에 지뢰를 매설하는 등 민간인 수백 명을 학살했다. 국제 사회의 여론을 조작하기 위해 로힝야족이 자신들의 마을을 불질렀다는 식의 가짜 뉴스를 내보내기도 했다. 로힝야족 72만 명이 국경을 넘어 방글라데시로 탈출했다. 유엔은 이를 '인종 청소의 교과서'라고 정의했다. 노벨 평화상 수상자로 민주화의 상징이었던 수지 여사는 막상 자국의 인종 청소를 방조 내지 묵인한다는 국제 사회의 비난을 받았다.

그해 11월 CNN은 리비아 수도 트리폴리 외곽 노예 경매 시장에서 난민들이 1인당 45만 원에 팔려나가는 현장을 포착해 보도했다. 난민들에게 돈을 받고 고무보트에 태워 유럽으로 보내던 중개상들이, 유럽 입국이 점차 어려워지자 일꾼으로 팔아넘기는 쪽을 택한 것이다. 현대판 노예시장은 전 세계에 충격을 던졌다.

선진국 중에서는 난민에 앞장서서 문을 열었던 독일의 일간지 《타게슈피겔》은 1993년부터 2017년 5월까지 유럽으로 향하다 숨진 난민 3만 3293명의 명단을 게재하기도 했다. 터키 출신의 예술가 바누 세네토글루(Banu Cennetoglu)가 작업한 목록을 고스란히 소개한 것이다. 이름과 나이, 성별, 고향, 사망 사유 등을 한 줄에 축약했지만 신문 지면 46쪽을 빼곡히 채우는 분량이다.

3만 3293줄 중 몇 줄을 소개하자면 다음과 같다.

"2016년 10월 21일, 무명(17·소년), 소말리아, 네오나치 당원이 독일 튀링겐 슈몰른의 탑에서 뛰어내리라고 강요."

"2016년 7월 25일, 무함마드 산라키(남), 시리아, 자신이 게이라고 밝히는 바람에 납치·강간당한 뒤 이스탄불에서 참수."

"2006년 2월 21일, 무명(임신부), 아프리카, 난민 보트를 타고 프랑스령 마요트 섬으로 향하다 바다에 빠져 익사."

특별한 사망 사유도 있었지만 대부분은 유럽으로 향하는 도중 지중해에 빠져 죽었다. 유럽 본토 상륙에 성공했더라도 이들을 기다리는 것은 참혹한 죽음이었다. 얼어 죽거나 폭력으로 숨지고, 난민 구금 센터에서 목숨을 잃었다.

그에 앞서 난민과는 무관한 듯 보인 한국인들도 누구나 보고 넘어갔을 장면이 있다. 2015년 터키 휴양지 보드룸 해변에서 세 살짜리 남자아이 에이란 쿠르디가 모래에 얼굴을 묻은 채 엎드려 있는 사진이다. 시리아 내전을 피해 유럽으로 가려다 터키 앞바다에서 배가 뒤집혀 숨졌고, 쿠르디의 시신은 해변으로 떠밀려 온 것이다. 아마 소시오패스가 아니라면 그 사진을 보고 슬퍼하지 않고는 배길 수 없었을 것이다. 그런데 아이의 시신이 떠밀려온 곳이 터키가 아니라 우리나라의 해안이었다면 어땠을까. 그때 느낀 감정과 제주의 예멘 난민에 대한 감정은 왜 그렇게 극단적으로 다를까.

'가짜 난민'이라는 프레임

여론을 가만히 살펴보면 예멘 난민이 '가짜 난민'이라는 댓글이 많았다. 고무배에 웅크리고 앉아 목숨 걸고 바다를 건너는 '보트 피플'의 이미지가 난민의 전형적인 것이었던 반면, 이들은 말레이시아에서 무려 '비행기'를 제 돈 내고 타서 무비자로 제주에 들어왔다는 것부터 납득이 되지 않았던 모양이다. 난민의 전형적인 이미지를 만드는 데에 몇 안 되는 기사지만 나도 일정 부분 기여한 것 같아 양심에 찔렸다. 아무래도 좀 더 예외적인 사례, 더 극단적인 사진을 찾아 헤매곤 하는 미디어의 당연한 속성이라고 변명할 수 있으려나 모르겠다.

예멘은 오랫동안 내전에 시달려 왔다. 2015년 이후 중동의 패권 전쟁으로 번지며 민간인을 포함해 수많은 이들이 목숨을 잃었다. 19만 명 넘는 예멘인이 조국에서 탈출했다. 제주도의 561명은 그중 0.3%에도 못 미친다.

불확실한 정보도 예멘 난민에 대한 혐오를 부추겼다. 제주의 예멘 난민이 증가 추세였던 것은 맞지만 더 늘어날 가능성은 이슈가 된 당시에 이미 제거된 상태였다. 법무부는 즉각 제주도 무비자 입국 허가 대상에서 예멘 국민을 제외했기 때문이다. 국제 사회에서는 '님비'로 비판받을 결정이다.

성범죄 공포를 부추기는 '여자나 아이 없이 건장한 남성들만 왔다'는 소문에 대해서도 법무부 난민과 관계자는 "당연히 아니다"라고 답했다. 물론 남성이 확실히 많기는 했다. 남성들이 먼저 건너와 자리를 잡은 뒤 가족을 데리고 오는 문화, 전쟁 징집의 대상이라 남성의 난민 비율이 높다는 해명이 있었지만, 그렇다고 국민들의 공포를 없애지 못한 것 같다.

낯선 땅에서 먹고살 길이 없을 때 구걸하거나 범죄를 저지를 가능성이 더 커질 텐데 정부가 일자리 알선을 해주는 게 과연 잘못된 조치겠느냐는 이야기를 칼럼에 썼더니 "실업자가 넘쳐 나는데 정부는 난민 일자리까지 알선해 준다고?"라는 악플이 달렸다. 정부가 알선한다는 직업이라는 게 한국인들은 기피하는 고기잡이 배 타기류의 일이다. 또 정부는 일손이 필요한 업주들을 한데 모으는 자리를 한두 번 마련한 것일 뿐이다. 알선이라는 단어를 사용한 게 실수였지만 다른 단어를 사용한다고 해서 악플을 피할 수는 없었을 것 같다.

난민 신청자에게 월 138만 원을 준다는 왜곡된 팩트도 퍼져 나갔다. 138만 원은 주거 지원을 받지 않는 5인 이상 가족에게 제공하는 최대치로, 심사를 기다리는 동안 최장 6개월간 지급된다. 생계비를 신청한다고 다 주는 것도 아니다. 2017년에는 785명이 신청해 436명만 돈을 받았다. 총액 8억1700만 원. 1인당 187만 원, 6개월로 나누면 월 31만 원꼴이다.

한국의 난민법이 좋아 예멘인들이 왔다는 정보도 오해이다. 법무부 통계에 따르면 1994년부터 2017년까지 24년 간 난민 신청 3만 2733건 중 난민 지위를 인정해 준 경우는 706건(2.2%)에 그친다. 2017년 한국이 인정해 준 난민은 121명, 한 해 배출된 전 세계 난민의 0.0007%를 품었다. 유엔 기준에 부합하는 난민법을 제정한 것은 사실이지만 그 적용이 워낙 보수적이고 엄격하기 때문이다.

결론적으로 예멘 난민 신청자 중 대부분은 1년짜리 '인도적 체류' 허가를 받았다. 난민의 지위를 인정받은 이는 한 명도 없었다. 임신부·미성년자도 예외는 아니었다. 취업은 할 수 있지만, 교육이나 의료보험 등의 사회보장은 받지 못한다.

한국의 난민 포비아에 대한 외국의 시각

외신 사진 DB에서 난민(Refugee)이라는 키워드로 검색해 보면 그 광경이 기가 막히다. 도시의 다리 아래 같은 곳에 난민 텐트촌이 즐비한 사진을 보면 저런 것이야 말로 '위기(Crisis)'라 할 만하다는 생각이 든다. 이런 현상에 비하자면 '새 발의 피' 격인 한국 사회의 난민 혐오는 외국 언론들의 조롱거리가 되었다.

예를 들어 미국의 매체 《포린 폴리시》는 '한국이 한 줌밖에 안 되는 난민 때문에 미쳐가고 있다'는 기사(2018년 8월 6일자)에 '절망적인 예멘인들에 대항해 페미니스트, 청년, 이슬람포비아가 동맹을 맺었다'는 부제를 달았다.

무슬림의 여성 차별적인 문화에 테러리스트라는 이미지가 뒤섞이며 빚어낸 그림이다. 2018년 한국의 여성들은 더 이상 차별과 여성을 향한 범죄와 폭력을 견디지 못하겠다며 마스크를 쓴 채 거리로 뛰쳐나왔고, 일자리를 구하지 못한 젊은 남성들은 이방인들이 일자리를 빼앗는다며 소위 '외노자'와 경쟁 상대인 여성에게 화살을 돌리는 와중이었다.

물론 미국도 트럼프가 멕시코 이민자를 막겠다고 거대한 장벽을 세운다며 나라를 뒤흔들어 놓고, 반이민행정명령을 내리는 등 입국자와 난민에 대해서도 적대적인 정책을 펼치는 마당이기는 했다. 국제 사회에서 선진국일수록 난민을 많이 수용하는 것은 아니다. 터키, 파키스탄처럼 인접 국가보다 좀 못 사는 나라들에 난민이 집중적으로 몰려든다. 주변 선진국들이 분담금을 주어 가며 그런 나라들에게 난민 수용소를 설치하고 난민들이 그곳에 모여들어 그 나라에서 난민 신청을 하도록 유도하고 있어서이다. 그래도 그들 입장에서는 한국이 호들갑떠는 것으로 보일 법하다. 적어도 그들은 몇백 명이 아니라 몇만, 몇십 만 명을 두고 고민하고 있기 때문이다.

"한국에 난민이 있어요?"

한국의 난민들에 대해 이해하기 위해 집어든 책이 『우리 곁의 난민』(문경란 지음, 서울연구원)이다. '한국의 난민 여성 이야기'라는 부제에서 보듯, 우리나라에 살고 있는 난민 여성 7명의 스토리를 중심으로 난민의 현황과 제도에 대해 풀어낸 책이다.

첫 사례로 나오는 소피아는 미얀마 소수민족인 '친족' 출신이다. 미얀마의 국교는 불교지만 친족은 기독교 신자가 많다. 소피아는 목사가 되기 위해 필리핀에서 신학을 공부했다. 유학 중 만난 나이지리아 출신 남성 목사와 결혼을 했지만 그 때문에 고향에 돌아갈 수 없었다. 미얀마 정부는 소수 민족을 탄압하는 사실이 외부에 알려질까 봐 친족의 주거지에 외국인이 들어가지 못하도록 차단했기 때문이다. 남편의 고향으로 가기도 어려웠다. 나이지리아에서는 무슬림에게 기독교인이 탄압 받았기 때문이다.

그러다 우연히 한국인 목사와 인연이 닿아 온 가족이 한국으로 왔고, 생각지도 못한 난민이 되었다. 이들 가족은 3년의 기다림(한국은 난민 심사가 오래 걸리기로 악명 높은 나라이다) 끝에 난민 인정은 못 받고, 2007년 인도적 체류자가 되었다. 인도적 체류자는 본국에 강제송환되지 않고 한국에 머무를 권리만 가질 뿐이다. 목회 활동을 하기 위해 해외 유학까지 한 부부이지만 남편은 안산의 화학공장에서 일하며 최저임금보다 적은 월급을 받는다. 소피아는 아직은 어린 아들을 키우며 가끔 실리콘 라벨을 붙이거나 봉제공장 아르바이트를 해 푼돈을 보탠다. 건강보험이나 그 밖의 사회보장이 안 되기 때문에 가족 중 누군가가 다치기라도 하면 가정 경제의 뿌리가 흔들릴 판이다.

소피아는 그나마 형편이 나은 사례이다. 피부색이 짙은 이들은 더 심각한 인종 차별을 감내해야 한다. 러시아의 올가는 휴가지에서 만난 나이지리아 남성과 사랑에 빠졌고 아이까지 임신하지만 파트너와 연락이 두절된다. 남자를 닮은 검은 피부의 아들을 낳은 싱글맘으로 러시아에서 살기는 어려운 일이었다. 러시아의 남성들은 그녀와 아들에게 욕설을 하고 폭행을 하는 데 이어 집에 불까지 질렀다. 휴가차 왔던 한국에서 아들을 두고 "예쁘다"는 사람들이 있었던 게 한국으로 옮겨 와 난민 신청을 하게 된 계기였다고 한다.

올가는 아들과 빛도 들지 않는 한 평짜리 작은방에 세 들어 산다. 말이 통하지 않아 속눈썹 연장술이나 레게 머리 땋기, 엑스트라 등 닥치는 대로 아르바이트를 해도 한 달에 50~60만 원을 벌면 다행이다. 1차 난민 심사에서 탈락해 이의 신청 결과를 기다리며 속을 태우고 있다. 한국의 인종 차별도 만만치 않지만 올가는 러시아보다는 한국에서의 삶이 낫다고 한다. 러시아처럼 흑인의 아이를 낳았다고 폭행을 하거나 죽이지는 않기 때문이라고 한다. 그에게 난민 인정은 생존의 문제였다.

눈앞에서 부모가 살해당하고 강간당하는 것을 보고 도망쳐 나온 여성, 난민의 불안정한 삶에다 무슬림 계율에 따른 통제에 남편의 가정폭력까지 삼중고를 겪는 무슬림 여성 등 책장을 넘길수록 더 절망적인 사례가 소개된다. 일곱 명의 사연은 무지개처럼 다양했지만, 누구 하나 삶이 쉽지 않고 가슴 아프다는 것은 공통적이었다.

이들은 자신이 원해서 난민이 된 게 아니라 난민으로 내몰렸고, 투명인간처럼 사회에서 고립된 채 살아가고 있었다. 또 피부색이 짙을수록 차별을 당했다. 이들의 자녀는 한국에서 태어난 경우에도 국적이 없었다. 한국은 속지주의(태어난 지역에 따라 국적을 부여)가 아닌 속인주의(한국 국적인 자가 낳은 자녀에게 국적을 부여)를 원칙으로 하기 때문이다.

한국에서 태어나 한국에서 자라고 한국 학교에서 배우고 한국말을 쓰는 이 아이들을 우리 사회는 투명인간 취급하는 것이다. 그런데 인간적으로, 아이들한테는 그러지 말아야 하지 않을까.

난민 소동에서 드러난 차별과 혐오

유엔난민기구가 그해 6월 19일 세계 난민의 날을 하루 앞두고 발표한 글로벌 동향 보고서에 따르면 2017년 한 해에만 1620만 명, 2초에 한 명씩 집을 잃었다. 분쟁과 박해로 인한 전 세계 강제 이재민은 사상 최고치인 누적 6850만 명, 그중 고국을 떠난 난민은 2540만 명으로 집계되었다.

유엔난민기구가 설립되고 가장 먼저 한 일이 한국전쟁 당시 난민촌을 건설하고 실향민들을 지원한 것이었다고 한다. 실향민은 난민의 다른 이름이다. 우리는 한때 난민을 대거 배출한 전쟁 국가였다. 2017년에만 해도 북한의 핵미사일 도발로 분단 이후 가장 전쟁 가능성이 높았다고 평가될 만큼 한반도에는 긴장이 감돌았다. 2018년 남북 정상회담으로 급속히 평화 모드로 돌아서긴 했지만 말이다. 우리나라에서 전쟁이 나면 모두 고무보트를 타고 바다를 건넜을까? 형편이 된다면 당연히 비행기를 타고 어디론가 도피했을 것이다. 그러다 전쟁이 길어지면 그대로 고향에 돌아가지 못하는 난민이 되는 것이다. 국내총생산(GDP) 세계 12위인 한국의 국민이라고 해서 난민이 안 되는 것은 아니다. 2017년 기준 한국인 난민 및 난민 신청자는 누적 631명, 북한 출신은 1766명이다.

난민은 단순히 가난해서 남의 나라에 일하러 가는 이들이 아니다. 전쟁이나 인종·정치·종교 등의 이유로 박해를 받지만 국가가 이를 보호해 주지 않아 다른 나라에 가서 보호를 요청하는 것이다. 국제적으로 이런 이들은 보호해 주자고 약속한 것이 난민 협약이다. 누구나 난민이 될 수 있다. 심정적으로는 인정하고 싶지 않더라도, 이성적으로는 최악의 상황을 가정할 수 있어야 한다. 사실 나도 이방인이 두렵다. 경험해 보지 못한 낯선 이들에 경계심을 갖는 것은 자연스러운 일이다. 하지만 그들의 입장에서 생각해 보는 연습이 필요하다.

아이가 어릴 때 고양이나 강아지 같은 동물을 보면 "엄마! 무서워!"라며 부산을 떨었다. 그때 나는 이렇게 대꾸하곤 했다. "오히려 고양이가 너를 더 무서워하지 않을까? 고양이보다 네가 훨씬 더 크잖아. 저것 봐, 네가 지나가니까 저렇게 도망가잖아."

적절한 비유는 아니겠지만 우리가 더 두려울까, 난민들이 더 두려울까. 말도 통하지 않고 적대적인 사람과 제도로 꽉 막힌 한국 사회에서 절대적 소수자인 그들이 겪어야 하는 공포는 우리의 막연한 그것보다 더욱 실체적이다. 중국산 가전제품을 쓰고 스페인에서 만든 옷을 입고 중동에서 수입한 원유로 자동차를 달리는 시대이다. 우리 세대에 비해 더욱 국경 없는 '세계 시민'으로 살아갈 자녀들에게 필요한 자격은 영어 능력만은 아닐 것이다. 나와 다른 이, 다른 문화를 이해하고 공감하는 힘을 키워 주려면 우리 안의 차별과 혐오, 민족주의도 들여다봐야겠다.

3

아이와 함께하는
세상 읽기

사랑의 매라는
핑계는 그만

학대당한 자녀는 언젠가는 부모가 자신을 사랑해 주리라는 기대, 또 언젠가는 억눌러

왔던 감정을 털어놓고 부모와 제대로 소통할 수 있으리라는 기대를 안고 살아간다.

하지만 지은이는 비정상적이고 엇나간 잘못된 애착이라 지적한다. 잘못된 애착을 어

릴 때는 당연한 듯 받아들이며 살아간다고 해도 성인이 되면 결국 배우자나 아이들과

의 관계 속에서 고통을 느끼게 된다는 것이다.

폭력의 내성

우리 세대는 폭력적인 분위기에서 교육을 받았다. 초등학교 1학년 종업식 날 조금 들뜬 마음에 책상에 걸터앉았다가 매가 엉덩이에 날아들어 화들짝 놀랐던 것을 시작으로 내 몸에 가해지는 폭력과 체벌에도 익숙해져야 했다. 지난번 성적보다 떨어졌다고 맞고, 내 성적은 올랐어도 '반 평균'이 낮다며 단체로 맞고, 선생님이 제시한 목표를 충족시키지 못해 맞아야 했다. 하지만 그 정도는 약과였다. 성적이 나쁘면서 사소한 일탈까지 하는 아이들은 늘 매타작을 당했다. 부모가 아이를 때리는 것은 당연한 권리였다. 길거리에서 남자가 여자를 때리고 있어도 부부 사이의 일이라며 누구도 말리지 않았던 기억이 생생하다. 뭔가 부당하고 정의롭지 않은데, 누구도 그것을 저지하지 않았다. 폭력을 지켜보는 것도 힘들었지만, 막을 수 없다는 무기력이 더 고통스러웠다.

초등학교 저학년 때 담임 선생님이 "너희들이 말 잘못하면 부모님이 잡혀간다"고 경고인지 위협인지 협박인지 모를 엄포를 놓았다. 1980년대는 그랬다. 군사정권과 사회의 폭력적인 분위기는 아이들에게도 쉽게 전염되었다. 초등학교 2학년 때 부반장 여자아이가 숙제 해 오지 않은 아이의 이마를 교편 끝으로 톡톡 때리다 피가 나게 한 적이 있었다. 뭔가 잘못되었다는 느낌이 들기는 했지만 피해자를 포함해 누구도 문제를 제기하지 않았다. 다만 2학기 반장 선거에서 그 부반장은 표를 얻지 못했을 따름이다.

남자아이들의 일상에는 더 지독하게 폭력이 배어 있었다. 초등학교 6학년 때 학교 운동장 한구석에서는 학년에서 가장 힘센 남자아이가 같은 반 남학생들에게 기합을 주고 엉덩이를 때리는 풍경을 심심찮게 볼 수 있었다. 그들을 말리는 선생님도, 선생님에게 이르는 아이도 없었다. 요즘이라면 경찰이 달려오고 학부모들 간에 소송이 오갈 일이 평범한 일상처럼 펼쳐졌다. 그보다 앞서 태어난 전후 세대의 폭력에 대한 내성은 당연히 더 클 것이다.

다행히 나는 가정에서는 맞지 않고 자라났다. 내가 맞지 않고 자랐듯, 내 아이도 때리지 않고 키울 수 있다고 믿었다. 하지만 가끔, 남편은 유아일 뿐인 큰아이에게 어쩌다 한 번씩 폭력적으로 굴었다.

폭력에 대해 문제 제기를 하면 "잘못하면 맞을 수도 있는 거지. 그래야 잘못을 고칠 거 아냐. 또 어떻게 늘 좋게만 지내? 싸우기도 하고 잘 지낼 때도 있는 거야"라는 식으로 자신의 행동을 정당화했다. 나는 "그런 논리라면 회사에서 잘못하는 부하 직원도 때려야 하는 것 아냐? 마누라는 왜 안 때리지? 내가 그렇게 완벽해? 자기보다 약한 상대만 때리는 것은 비겁한 일 아닌가?"라고 따졌다. 남편은 그런 주제의 대화는 회피하려 했다.

어린 시절의 체벌이 삶에 미치는 영향

그런 남편에게 내민 책이 『폭력의 기억, 사랑을 잃어버린 사람들』

(앨리스 밀러 지음, 신홍민 옮김, 양철북)이었다. 부제는 '어린 시절의 체벌과 학대가 이후의 삶에 미치는 영향에 대한 보고서'이다. 제목만 보고서라도 좀 반성했으면 하는 뜻을 담아 건넸다.

이 책은 과거에 내가 알던 어느 중년 남성의 심리를 분석해 보고 싶어 챙겨놓았던 것이다. 그분은 부하 직원들이 합리적인 의견 제시를 하는 것도 '항명'이라 여겨 발끈하고, 회식 자리에 어쩔 수 없이 빠지는 것도 자신을 무시하는 행동이라 여겨 화를 내곤 했다. 임신한 여직원 옆에서 아무런 거리낌 없이 담배를 피우는 등 약자를 배려하는 태도라고는 찾아보기 힘들었다. 도무지 이해가 되지 않는 일련의 감정적이고 폭력적 행동에 대한 힌트를 자녀 교육관에서 얻을 수 있었다. 그분은 자식은 때려가며 키워야 한다는 것을 하늘이 두 쪽 나도 지켜야 할 소신이라는 듯 당당하게 이야기했다. 물론 당신도 죽어라 맞고 자랐다고 한다. 그런 훈육 덕에 자신이 이만큼 자라났고, 아이들도 그만큼 키워 냈다고 믿고 있었다.

책에 따르면 이는 어린 시절 폭력에 노출된 이들이 흔히 갖는 태도이다. 어려서부터 자신의 감정을 억압하고 부정하는 법을 배울 수밖에 없었기 때문이다. 아이는 부모의 사랑에 절대적으로 매달린다. 그 부모가 사랑을 베풀건 베풀지 않건 마찬가지이다. 어린 아이는 부모가 자신에게 폭력을 휘두르거나 비합리적인 행동을 해도 그것이 정상적인 일이라 받아들인다. 게다가 부모가 저지르는 학대는 '교육' 혹은 '훈육'이라는 이름 아래에서 합리화된다. 하지만 지은이는 남들이 어떤 이름으로 부르건 간에 그것은 '학대'라고 규정한다. 학대당한 자녀는 언젠가는 부모가 자신을 사랑해 주리라는 기대, 또 언젠가는 억눌러 왔던 감정을 털어놓고 부모와 제대로 소통할 수 있으리라는 기대를 안고 살아간다. 하지만 지은이는 비정상적이고 엇나간 잘못된 애착이라 지적한다. 잘못된 애착을 어릴 때는 당연한 듯 받아들이며 살아간다고 해도 성인이 되면 결국 배우자나 아이들과의 관계 속에서 고통을 느끼게 된다는 것이다.

폭력에 대물림되는 속성이 있다는 것은 지금은 상식과 같은 이야기이다. 하지만 지은이가 1920년대 생임을 감안한다면 매우 시대를 앞서 나간 주장을 펼쳤으리라는 것을 짐작할 수 있다.

지은이 앨리스 밀러(1923~2010년)는 20여 년 간 정신과 의사로 생활하다 1979년 이후 국내에도 번역된 『사랑의 매는 없다』(앨리스 밀러 지음, 신홍민 옮김, 양철북) 등의 집필 활동에 전념했다. 그는 일련의 저술에서 우울증을 비롯한 여러 가지 질환의 원인이 어린 시절의 체벌, 무시, 냉대, 굴욕, 학대와 같은 경험에 있다고 일관되게 주장한다. 그런 주장은 어린 시절 부모에게 학대당한 자신의 경험, 또 상담자로서 만난 숱한 임상사례들로부터 도출한 것이다.

지은이의 부모는 조부모의 뜻에 따르느라 마음에도 없는 결혼을 하고, 원치 않는 아이를 낳았다. 조부모는 아들을 원했지만 지은이는 딸로 태어났다. 그 딸은 부모를 행복하게 해주기 위해 수십 년 간 모든 능력을 쏟아 부으며 노력했지만 돌아오는 것은 고통뿐이었다.

어머니에게 자신의 생각을 말하는 것은 물론 울음도 용납되지 않았다. 어머니는 늘 자기가 옳다고 여겼다. 그런 절망 때문에 폭력과 학대를 집요하게 연구했던 모양이다.

아이에게 사과하는 법을 배우라

부모가 자녀를 대할 때, "내가 제일 잘 알아"라는 생각을 품기는 쉬운 일이다. 그것을 말이나 행동으로 표현하는 것도 그리 어렵지는 않다. 부모도 틀릴 수 있다. 하지만 아이 앞에서 과오를 인정하기는 쉽지 않다. 나는 성인이 된 후에야 내가 누군가에게 "미안해"라는 말을 하기 무척 어려워한다는 것을 깨달았다. 통 크게 사과하는 법을 배우지 못했던 것이다.

고맙다는 말, 미안하다는 말을 잘 못하는 것은 한국인의 특성이라고도 한다. 말로 하지 않아도 마음을 알겠거니 하는 '이심전심'의 사회여서인가 싶다. Thank you와 I'm sorry, 이 간단한 두 문장을 자연스럽게 말하기까지 의식적인 연습과 노력이 필요했다.

아이에게 잘못을 하고도 사과하지 않는 것은 일종의 정서 학대 아닐까. 하물며 물리적인 폭력이나 폭언은 얼마나 상처를 남기겠는가. 지은이는 폭력의 전염이 그저 조부모가 부모에게, 부모가 자식에게 대를 이어 물려주는 가족 내의 문제에 그치지 않는다고 주장한다. 히틀러 같은 독재자나 사담 후세인 같은 인물들도 어린 시절 지독하게 학대당했기에 어린 시절의 고통을 잊기 위해 과대망상에 빠져들고, 무한한 권력을 꿈꾸었다는 것이다.

가령 사담 후세인은 의붓아버지에게 노예나 다를 바 없이 학대를 당했는데, 무자비하게 매를 맞은 것은 물론이요 열 살이 될 때까지 학교도 가지 못하고 양떼를 돌봐야 했다고 한다. 후세인은 권력과 폭력으로 자신의 존엄성을 지키려 했지만 마지막 순간 고향 근처의, 은신처라 하기에는 초라한 공간에 몸을 숨겼다. 지은이는 이 같은 행동이 '탈출구가 없었던 그의 어린 시절이 반영'된 무의식적 행동이라 분석한다.

폭력의 기억은 몸에 새겨진다

독재자의 폭력은 다수 대중, 혹은 다른 민족을 향한다. 독재자가 되지 못한 일반인은 배우자나 자녀에게 폭력을 휘두른다. 반면 화살을 남에게 돌리지 못하는 성격의 소유자는 스스로를 파괴하거나 병에 걸려 고통을 당한다는 게 지은이의 주장 중 핵심적인 부분이다. 어린 시절 당한 폭력 때문에 우울증과 정신 질환은 물론 각종 심인성 질환에 걸리거나 마약 등에 의존하게 된다는 것이다. 지은이는 나아가 쉽게 자살하거나 제 명에 죽지 못한다는 주장을 펼친다. 폭력의 기억은 의식이 아닌 몸에 새겨져 언젠가는 제 목소리를 낸다는 것이다.

책에는 샌디에이고의 한 연구팀이 평균 연령 57세에 해당하는 1만 7000명을 조사한 결과 어린 시절 학대를 받은 사람이 폭력을 경험하지 않고 자란 사람보다 중병에 걸릴 확률이 몇 배나 높게 나왔다는 자료도 인용되어 있다.

책의 상당 부분에 할애된 사례는 도스토옙스키, 안톤 체호프, 카프카, 니체, 랭보 등 걸출한 문호들이다. 그는 이들의 작품과 전기 등의 자료를 통해 모두가 어린 시절 부모로부터 극심한 고통을 받았다고 분석한다. 하지만 이들은 그런 사실을 깨닫지 못했거니와, 문학작품 속에서 오히려 부모를 철저히 이상화하는 방식으로 어린 시절의 상처를 의식에서 지워 버렸다고 지적한다. 그리하여 병을 얻거나 요절하거나 비참하게 삶을 마감했다는 것이다.

지은이가 이런 폭력의 사슬, 혹은 자신을 괴롭히는 질병에서 벗어나는 해결책으로 제시하는 방법은 약간 충격적이다. 그는 부모에게 감사하는 마음과 죄책감을 내려놓으라고 한다. 또한 '네 부모를 공경하라'는 계명에서도 놓여나라고 한다. '네 부모를 공경하라'는 류의 '도덕'이 옛날부터 어른의 편에 서서 아이를 억압해 왔기 때문이라는 것이다.

효를 강조한 동양뿐 아니라 서양에서도 이름만 다를 뿐 자녀가 부모를 공경하고 복종해야 한다는 사상이 팽배했던 모양이다. '네 부모를 공경하라'는 십계명 중 다섯 번째 계명이다.

언젠가는 부모에게 사랑받을 수 있으리라는 기대, 부모와 솔직하게 억눌렀던 감정을 주고받는 날이 오리라는 희망도 버리라고 한다. 자신에게 부모를 사랑하지 않을 권리가 있음을 깨달아야 한다고 말한다. 다른 심리학자들이 말하는 "부모와 화해하세요. 용서하면 미움에서 벗어납니다"라는 말은 잊어버리라는 것이다.

어린 시절 학대 받은 이의 몸에는 부모에게 반항하면 처벌받을 것이라는 불안이 잠재해 있다. '다섯 번째 계명'은 그런 불안을 부추긴다. 하지만 어린 시절의 일들이 학대였다는 것, 그로 인한 불안이 자신에게 있다는 점을 의식하게 되면 불안이 해소되기 시작한다는 게 전문가로서 그가 갖고 있는 확신이다.

사랑의 매인가 학대인가

어린이에 대한 학대를 우리는 '사랑의 매'라는 이름으로 오랫동안 합리화 해왔다. 지금은 분위기가 많이 달라졌지만 몇 년 전만 해도 '미국 사람들은 자기 아이를 때려도 경찰에 잡혀간다더라. 말세다'라는 이야기들이 스스럼없이 오갔다. 지금도 체벌 금지가 교권을 추락시킨다며 지금까진 문제없이 자라던 아이들이 '체벌 금지' 때문에 비뚤어질 것처럼 호들갑이다. 지은이는 부모의 학대뿐 아니라 '교육'이라는 이름으로 가해지는 학교 차원의 폭력도 심각한 문제라고 지적한다. 하지만 0세부터 아이의 인생을 좌우하는 부모가 가장 중요한 열쇠를 쥐고 있음은 틀림없다.

지은이는 1986년 아동 보호와 인권에 기여한 공로를 인정받아 야
누슈 코르차크 상을 받았다(야누슈 코르차크는 소아과 의사이자 철학자로 평
생을 폴란드의 가난하고 버려진 아이들을 돌보는 데 헌신했다. 그는 1942년 자신이
돌보던 유대인 고아 200명과 함께 트레블링카의 가스실에서 죽는다. 구명 운동을
통해 목숨을 구할 수 있었지만 아이들의 손을 잡고 트레블링카 행 열차를 향해 걸어
갔다. 훗날 '천사들의 행진'이라 불린 이 장면은 영화와 연극으로도 만들어졌다).

지은이의 주장이 강하게 들어간 책들은 대체로 읽기가 편하지는
않다. 그래도 폭력에 대한 고민을 해본 적이 있다면, 책이 전달하는
메시지를 한번쯤 들여다볼 만하다.

다시 우리 집 이야기로 돌아가 보자.

책을 건넸지만 남편의 행동에는 큰 변화가 없었다. 그러던 어느
날, 내가 늦게 퇴근하느라 집에 없는 사이에 아이는 아빠에게 크게
당하고 울다 잠들었다고 한다. 성격이 좋은 딸은 새로운 태양이 떠
오르자 언제 그랬냐는 듯 아빠를 스스럼없이 대했다. 며칠 뒤, 아이
와 놀다 우연히 종이를 엮어 만든 얇은 그림책을 발견했다.

"이거 무슨 내용이야? 엄마한테 좀 가르쳐 줘."

"싫어. 이건 엄마가 보는 거 아니야."

책장을 넘기니 사나운 표정을 한 빨간 얼굴의 사냥꾼이 긴 칼로
날아가는 새의 목을 찔러 핏방울이 떨어지는 장면이 나왔다. 아이는
책을 뺏으며 말했다.

"거 봐. 무서운 거라서 엄마가 보면 안 된다니까."

"사냥꾼이 새를 칼로 찌른 거야?"

"사냥꾼 아니야. 아빠가 변한 거야."

"사냥꾼이 아니라 아빠구나."

"응. 그런데 왜 머리를 길게 그린 줄 알아?"

"글쎄."

"내가 실수한 거야."

"그랬구나. 그럼 마지막에 이건 달이야? 아니면 해야?"

"그건 달이야. 밤에 눈이 오는 거야."

"새가 칼에 찔려서 피 흘리며 날고 있는 거구나."

"아니야. 칼에 찔려서 땅에 떨어져 죽은 거야. 거 봐, 이건 엄마가 보는 책 아니라니까. 무서운 거야."

그러면서 내 손에서 책을 빼앗아 책장 높은 곳에 올려놓았다. 나보다 키가 더 작은 것도 잊었다는 듯이 말이다.

아이 앞에서는 아무렇지 않은 척했지만 가슴이 아려왔다. 아이는 그림을 그려가며 상처를 치유하고 있었던 것이다. 딸아이 몰래 남편에게 『피 흘리는 새』 그림책을 가져다 보여 주었다. 남편은 "새를 참잘 그렸네"라며 딴 소리를 했다.

남편이 『폭력의 기억, 사랑을 잃어버린 사람들』은 읽지 않았던 것같다. 하지만 딸이 그린 〈피 흘리는 새〉는 곧장 아빠의 행동을 바꿔놓았다. 그리고 가정의 평화가 찾아왔다.

아쉬움도 있었다. 아이에게서 더 이상 〈피 흘리는 새〉와 같은 작품이 나오지 않았던 것이다. 역시 예술혼은 상처에서 피어나는 모양이었다. 그로부터 몇 해 지나자 아이는 유아기의 어두운 기억을 까맣게 잊어버렸다.

친환경에도
정답이 있다면?

거의 모든 것의 탄소 발자국

탄소 발자국은 어떤 물체나 행위가 지구 온난화에 미치는 영향을 설명하는 방법의 하
나로 이산화탄소, 메탄, 아산화질소 등의 온실가스를 이산화탄소를 기준으로 환산해
그 영향의 정도를 표시한 것이다. 책은 지구의 온난화는 인간이 초래한 문제이며, 탄
소 발자국을 줄여 나가는 게 기후 변화를 막는데 도움이 된다고 말하고 있다.

무엇이 더 친환경적인가

귀차니스트인 나는 밑면이 넓은 2.5리터들이 밀폐용기 통째 요구르트 제조기에 올려놓고 홈메이드 요거트를 만들곤 했다. 완성된 요거트를 한 국자 듬뿍 떠내자 내용물이 빈 공간으로 쏠리면서 금이 생겼다. 갈라진 요거트를 본 큰아이가 말했다.

"북극 땅 같아. 사람들이 전기를 많이 써서 북극 얼음이 녹아서 갈라지는 거야."

며칠 뒤 자동차를 타고 대형 마트로 가는 길에 아이는 또 말했다.

"빨리 주차장에 도착했으면 좋겠는데. 자동차 매연 때문에 지구가 더워져서 북극이 녹는 거잖아. 북극곰 집도 없어지고."

유치원에서 환경에 대해 배운 모양인지 아이의 입에서는 계속 녹아내리는 북극에 대한 염려가 쏟아져 나왔다. 딸아이를 보면 『내가 정말 알아야 할 모든 것은 유치원에서 배웠다』(로버트 풀검 지음, 최정인 옮김, RHK)라는 책의 제목처럼 유치원 교육이 정말 대단하다고 느낀다. 물론 유치원 교육에는 빈틈도 많다. 목적지까지 이동 거리는 정해져 있는데도 빨리 도착하면 매연을 덜 내뿜으리라 생각하는 것을 보면 말이다.

그러나 어떤 것이 환경을 덜 해치는 행동인지 잘 알지 못하는 점은 성인인 나나 유치원생인 딸이나 크게 차이 날 게 없지 않을까. 가령 공공 화장실에서 환경을 위해 종이 타월 대신 핸드 드라이어를 사용하라는 안내문을 볼 때, 나는 과연 후자가 더 친환경적인 게 확실한지 알 수 없어 고개를 갸웃거리곤 했다.

그러다 도서관에서 만난 책이 『거의 모든 것의 탄소 발자국』(마이크 버너스리 지음, 노태복 옮김, 도요새)이다. 『거의 모든 것의 역사』(빌 브라이슨 지음, 이덕환 옮김, 까치)의 지은이 빌 브라이슨이 "요 근래 이보다 더 재밌고 유용하고 열정적인 책을 읽은 기억이 있던가!"라는 추천사를 썼다. 빌 브라이슨이 재미있다고 말했다면 정말 재미있겠군, 하고 읽기 시작했다. 결론적으로 빌 브라이슨의 말은 옳았다.

탄소 발자국의 정의

먼저 이해를 돕기 위해 탄소 발자국의 정의부터 짚고 넘어가자.

탄소 발자국은 어떤 물체나 행위가 지구 온난화에 미치는 영향을 설명하는 방법의 하나로 이산화탄소, 메탄, 아산화질소 등의 온실가스를 이산화탄소를 기준으로 환산해 그 영향의 정도를 표시한 것이다. 책은 지구의 온난화는 인간이 초래한 문제이며, 탄소 발자국을 줄여 나가는 게 기후 변화를 막는데 도움이 된다는 것을 전제로 삼고 있다.

또 그가 계산한 탄소 발자국은 직접 배출과 간접 배출을 모두 포함한 수치이다. 가령 상품의 제조 과정과 운송 과정에서 발생한 직접 배출 외에도 제품 원료의 채굴과 처리 과정에서 나오는 탄소 등을 포괄적으로 따진 것이다.

지은이가 영국에 살고 있으므로 한국에서는 이 책에서 제시한 것과 정확히 맞아 떨어지지 않을 것이다. 하지만 큰 틀에서 가이드라인으로 삼기에는 문제가 없다.

일단 화장실의 종이 타월과 핸드 드라이어가 맞붙으면 누가 이길까. 재생지로 만든 종이 타월 한 장에 탄소 발자국 10g, 고효율의 다이슨 에어블레이드는 3g이 든다. 열을 뿜는 보통의 핸드 드라이어는 20g으로 종이 타월의 두 배이다. 하지만 종이 타월을 두세 장 팍팍 뽑아 쓰면 승자는 핸드 드라이어이다. 물론 지구를 아끼는 가장 좋은 방법은 자연 바람에 저절로 마르도록 내버려두는 것이지만.

또 하나의 반전은 종이 쇼핑백이다. 재생지로 만든 얇은 쇼핑백은 12g, 브랜드 매장에서 주는 고급스런 쇼핑백은 80g을 배출한다. 반면 비닐봉지는 아주 얇은 것이 3g, 일반적인 슈퍼마켓 비닐이 10g, 재사용 가능한 두꺼운 비닐이 50g의 탄소 발자국을 남긴다. 지은이는 종이가 비닐보다 친환경적이라는 상식은 잘못된 것이라고 꼬집는다. 특히 종이 쇼핑백을 재활용하지 않고 매립하면 썩으면서 온실가스를 내뿜는다는 것이다. 매립된 종이 1kg당 약 500g의 온실가스가 나온다고 한다.

그렇다고 비닐이 그렇게 나은 선택 같지는 않다. 비닐은 태우면 탄소에다 독성물질까지 내뿜어서이다. 매립하면 썩지 않아 탄소 문제에서는 비교적 자유로운 대신 수천 년 간 분해되지 않고 동물의 뱃속에 들어가거나 물고기를 죽이고 환경을 더럽힌다니, 장바구니를 좀 더 애용해야겠다.

생분해성 플라스틱도 친환경적이라는 인식과는 다르게 재난을 불러올 가능성이 높다고 한다. 매립지에 버리면 썩어서 메탄을 배출하고, 재활용 쓰레기로 배출하면 종류가 다른 여러 플라스틱의 재활용을 망칠 위험이 커서이다. 퇴비가 될 수도 있다지만 실은 다른 쓰레기 더미의 분해 과정을 늦추는 화학물질을 배출한다니, '에코'라는 녹색 글씨에 안심할 수는 없는 모양이다.

쓰레기를 줄여라

소고기나 유제품은 탄소 배출량이 많은 음식이다. 소는 되새김질로 메탄을 방출하는 탓에 다른 동물에 비해 기후 변화에 두 배나 영향을 미친다. 동물보다는 곡물이나 채소를 먹는 게 탄소 발자국을 덜 남기는 방법이다.

과일 중에는 바나나가 '착한' 편이라고 한다. 온실 없이 야외에서 자라고, 저장성이 높아 선박으로 운송하며 포장도 거의 없이 다발째 팔아서 개당 80g만 배출할 뿐이다. 항공 운송은 같은 거리의 선박 운송에 비해 100배에 달하는 탄소 발자국을 남긴다니 '항공 직송' 상품을 살 때는 조금 더 망설여야겠다. 지은이는 다만 바나나 경작지를 얻기 위해 삼림을 개간하는 부작용은 고려해야 한다고 귀띔해준다. 하지만 가장 나쁜 선택은 먹지 않아 썩도록 내팽개치는 일이다. 지은이는 "색이 바래가는 바나나가 있다면, 케이크나 스무디에 넣어 먹으면 좋다"는 팁도 적었다. 이 책을 웃으며 가볍게 읽을 수 있는 까닭이다. 아무튼 적당히 사서 쓰레기를 줄이는 습관은 지구 환경을 위해서도 필요하다.

빨래는 알려진 대로 자주 하기보다는 한꺼번에 모아서 세탁기로 찬물에 돌리는 게 좋고, 설거지는 손으로 일일이 씻는 것보다 하루치를 모아 식기세척기를 쓰는 게 탄소 발자국이라는 관점에서도 훨씬 효율적이다.

하지만 종이 타월이 나은지, 핸드 드라이어가 나은지 따위를 고민해 봐야 런던 - 홍콩 왕복 비행을 한 번 하면 게임은 한 방에 끝난다. 이코노미석이 3.4t, 일등석은 13.5t의 탄소 발자국을 남긴다. 새 자동차 한 대를 뽑아도 마찬가지이다. 시트로엥 C1 기본 사양 기준으로 6t, 랜드로버 디스커버리 최고 사양은 탄소 발자국이 무려 35t에 달한다. 즉 지갑을 열면 열수록 탄소 배출량도 많아지는 셈이다.

참고로 추천사를 쓴 안병옥 기후변화행동연구소장의 글에 따르면 2009년 기준 한국인 1인당 탄소 배출량은 10.9t이다. 독일(9.3t), 일본(8.6t), 영국(8.4t)보다 높다. 우리보다 GDP가 두세 배 높은 나라들보다 더 많은 이산화탄소를 내뿜으며 산다는 뜻이다. 게다가 이 수치는 '직접' 배출량만 포함되어 있으므로 간접 배출까지 고려하는 지은이 식 계산에 따르면 그보다 훨씬 높을 것이라는 답이 나온다.

개인이 탄소 배출량을 최대치로 하는 방법은 공교롭게도 출산이다. 이 모든 것이 인간이 저지른 일이기 때문이다. 앞 챕터『우리는 왜 아이를 갖는가』에서도 비슷한 맥락으로 언급하고 넘어간 부분인데, 이 책에서 비교적 정확한 가이드라인을 찾을 수 있었다. 지은이의 계산에 따르면 선진국에서 태어나는 평균적인 아이 한 명당 평생 373t의 탄소 발자국을 남긴다. 탄소에 대한 의식이 있는 아이는 100t, 환경에 대한 별다른 의식이 없이 고탄소 생활을 하는 아이는 무려 2000t을 배출한다.

유치원에서 환경 교육을 받은 우리 큰아이는 평균치보다는 좀 적게 배출하지 않을까 기대해 본다. 자린고비들이 모여 사는 우리 집은 같은 아파트 단지 평균 관리비의 절반 정도만 나오는 저탄소 가정이기도 하다. 가령 음식물 쓰레기 처리비로 한 달에 300~500원쯤 부담한다. 종량제 이전에는 가구당 1500원씩 부과되던 것이다. 우리 가족은 종량제 이후 음식물 쓰레기 처리기를 사는 대신 '인간 음식물 쓰레기 처리기'가 되는 편을 택했다. 그래서 우리 가족이 남들 보다 메탄을 더 많이 내뿜어 소처럼 기후 변화에 더 악영향을 미치지는 않을까 좀 불안하기는 하다.

디지털 시대의 친환경적 삶

인쇄매체 종사자로서, 디지털 정보 시대가 종이 시대에 비해 얼마나 친환경인가는 필자의 특별한 관심사인지라 지면을 낭비해 가며

(탄소 배출량을 늘려가며) 추가로 정리해 본다.

우선 문자 메시지 한 건 보내는데 0.014g, 열어보지 않고 지우는 스팸 메일 한 통 0.3g, 보통의 이메일이 4g, 첨부파일이 달린 메일은 50g이라고 한다. 전력 효율이 낮은 컴퓨터로 웹 검색을 한 번 하는 데는 4.5g이 든다.

신문 한 부에 드는 탄소 발자국은 영국 일간지《가디언》을 재활용하는 것을 전제로 계산하면 0.82kg이다. 고급 종이로 만든 주간지를 재활용하지 않고 매립할 경우는 무려 4.1kg의 탄소 발자국을 남긴다. 신문사 사무실과 기자들의 취재 활동 자체는 제외한 수치이다.

내가 몸담고 있는《중앙일보》는 2009년부터 다른 대판(가로 323㎜, 세로 470㎜) 신문에 비해 크기가 작은 베를리너판(가로 323㎜, 세로 470㎜)으로 전환했으므로 그나마 탄소 발자국을 덜 남기지 않을까 싶다.《가디언》도 베를리너판형이다.

지은이는 종이 신문 대신 온라인으로 보길 권장한다. 온라인으로 매일 1시간씩 주 5회 본다면 이산화탄소를 0.15kg쯤 배출하는 데 그친다는 것이다. 하지만 동영상이나 특수효과 등이 가미된 새로운 형태의 온라인 기사를 작성하는 데 드는 탄소 발자국을 고려한다면 이야기가 또 달라지지 않을까.

전 세계 데이터 센터가 배출하는 이산화탄소량은 2010년 기준 한 해 1억 3000만t에 달한다. 전 세계 탄소 발자국의 0.25%에 달하는 양이다. 지은이는 2020년이면 데이터 센터의 탄소 발자국이 2~3배로 늘어날 것으로 추정한다. 이런 추세라면 디지털 정보가 전체 탄소 발자국에서 인쇄 및 종이 기반 발행물이 차지하는 비율인 1%(영국 기준)를 넘어설 날이 그리 머지않아 보인다.

지금 여러분이 읽고 있는 이 책 한 권은 아마 탄소 배출량이 1kg쯤 될 것 같다. 일반적인 책 기준이다. 만약 재생지로 만든 페이퍼백이고, 반품 없이 모두 팔린다면 400g만 배출하게 된다. 두꺼운 비재생지로 만든 책이고, 재활용률이 절반에 그친다면 권당 2kg의 탄소 발자국을 남긴다.

페이퍼백 책 한 권은 일반적인 TV 한 대를 12시간 동안 보는 것만큼의 이산화탄소를 배출하니, 독서는 상대적으로 저탄소 활동인 셈이다. 게다가 중고로 팔거나 기증해서 닳도록 나누어 보면 그 효율은 더 올라갈 것이다. 마지막으로 폐지로 재활용되면 환경에 미치는 영향은 다소 미미해지지 않을까.

지금 쓰는 이 책이 반품 없이 초판 매진되고, 가급적 오랫동안 살아남기를 기도해 본다. 우리 딸이 염려하는 북극을 위해서.

바비 인형과
변신 로봇

디 아마존스

온라인 백과 등에 따르면 아마존의 어원이 '유방이 없는'이라고 되어 있다. 아마존 여

전사들이 활을 쏠 때 걸리적거릴까 봐 오른쪽 유방을 잘라 냈다는 전설은 가장 큰 오

해라고 한다. 그 근거가 전무하며 오래전에 이미 반박되었음에도 수천 년 간 이어져

왔다고 한다. 지은이는 전 세계의 고고학적 발견을 따라가다 보면 아마존이 단순한

신화도, 상상도 아니라고 말한다.

21세기의 딸들에게 가르치는 성 역할

큰딸에 이어 둘째가 여자로 태어나는 순간, 나는 안도의 한숨을 쉬었다. 물론 아들이어도 딸, 아들 골고루이니 나쁠 것은 없지만 같은 성별이면 어른이 된 후에도 저희들끼리 서로 교류하고 교감하기 더 좋겠다는 생각에서였다. 자녀의 성별을 물어보는 이들은 딸만 둘이라는 말을 들으면 열에 아홉은 긍정적인 반응을 보인다. 어르신들도 "요즘은 딸이 좋다"는 덕담을 보탠다. 그런데 정말 딸이 좋을까. 부모야 딸이 자라 자신들을 잘 챙겨 주리라 믿으니 좋다고 볼 수 있겠지만, 딸 입장에서도 여자로 태어난 게 좋은 일일까.

큰아이가 여섯 살 때였다.

"남자는 칼싸움 좋아하고 여자는 공주놀이 좋아하지, 그치?"

"여자는 '내가 핑크색 할 거야', '아냐, 내가 핑크색 할 거야' 하면서 싸우는 거지, 그치?"

"남자는 의사고 여자는 간호사야, 그치?"

아이가 늘어 놓은 여러 가지 남녀의 차이에 대해 "아, 그렇구나" 하며 응대하던 나는 직업에 대한 편견이 드러난 문장에서만큼은 장황하게 반론을 제기했다.

"아냐. 여자가 의사를 하기도 하고 남자가 간호사를 하기도 해. 우리 동네 병원 의사 선생님도 여자였잖아."

그러자 딸아이가 반박했다.

"간호사는 다 여자잖아."

아이가 가 본 병원의 간호사는 100% 여자였다.

"물론 간호사는 여자가 많긴 하지. 하지만 아주 큰 병원에 가면 남자 간호사들도 있어. 남자라서, 아니면 여자라서 못 하는 일은 없어."

네 살 때 축구선수를 꿈꾸던(축구는 안 하면서) 녀석은 다섯 살 무렵부터 남녀의 차이에 대해 어렴풋이 인식하기 시작했다. 유치원에서 남자와 여자가 노는 모습이 다르다는 것을 유심히 관찰하면서 딴에 남자와 여자의 정의를 내린 모양이었다. 그 모습에서 30년 전의 내 모습을 떠올렸다.

약 30년 전, 엄마는 내게 이렇게 말씀하셨다.

"세상이 바뀌었다. 너희 때는 여자라서 못할 일은 없을 것이다."

학습 능력은 뛰어난 편이었지만 사회성과 상황 판단력은 많이 떨어졌던 나는 불행히도 엄마가 말씀하신 그 문장을 이렇게 받아들였다. '지금은 여자라서 못하는 게 많다.'

서울은 좀 달랐을지도 모르겠다. 하지만 20~30년 전 지방 소도시에서는 성 역할에 대한 이상한 편견이 있었다. 선생님이 장래 희망을 조사하면 남자아이들의 8할은 과학자가 되고 싶다고 번쩍 손을 들었다. 우습게도 나는 여자는 과학자가 될 수 없다고 생각했다. 퀴리 부인과 같은 극히 예외적인 경우를 제외하곤 아인슈타인이든 발명왕 에디슨이든 전부 남자였으니까.

과학자라는 꿈을 향해 덤벼드는 수많은 남자아이들을 보며 저건 저들, 즉 남자들에게 맞는 꿈이라고 생각했다. 그 모든 남자아이들보다 내가 과학을 더 잘했음에도 불구하고 '남자가 수학이랑 과학을 잘한다'는 편견은 당연한 듯 내 고정관념으로 자리잡았다.

"네 꿈은 뭐냐"고 묻는 선생님 앞에서 쭈뼛거리다 "의사가 되고 싶다"고 하자 한 남자아이가 "여자는 시집만 잘 가면 돼"라고 면박을 주었다. 아이들은 와 하고 웃었다.

별달리 대꾸할 말을 못 찾고 그냥 자리에 앉은 게 두고두고 분했다. 사실은 의사가 되고 싶다는 게 내 꿈인지 엄마의 꿈인지 헷갈렸기 때문에 더 자신이 없었던 것인지도 모른다. 아무튼 선생님은 그 녀석을 혼내주지도 않고 빙그레 웃기만 했다. 내 꿈의 굴욕이었다. 서울 올림픽이 열리던 1988년의 일이었다.

그런데 무려 수십 년이 지난 이 천지개벽한 시대에 딸아이가 여자는 간호사, 남자는 의사라고 나누어 말하니 기가 막힐 수밖에 없지 않겠나.

아무튼 세상이 바뀐 것은 맞는데, 아들보다 딸 둔 부모들이 더 신나 하는 것도 사실인 듯한데, 그럼에도 불구하고 왜 21세기의 딸에게서 20세기의 사고방식이 흘러나왔을까.

딸의 편견을 깨기 위해 어떻게 해야 하나 고민하던 찰나, 아이는 무슨 바람이 들었는지 로봇을 생일 선물로 사 달라고 했다. 아, 내가 남자아이들에게는 흔하디흔한 자동차나 로봇, 총검 따위를 딸에게 사준 적이 없다는 것을 깨달았다. 나도 알고 보면 편견 덩어리에다 성차별적으로 아이를 키웠던 것이다.

고고학 발굴로 드러난 고대의 여전사

우리는 흔히 사냥과 전투는 남성의 일이고, 선사 시대부터 여성은 채집 활동을 하며 일상을 꾸려 왔다고 믿는다. 하지만 현대인들의 상식을 뒤흔드는 고고학적 발굴 소식이 잇따라 나왔다. 2017년 여름, 멕시코 수도인 멕시코시티 도심 아스텍 유적에서 소름 끼치는 유적이 공개되었다. 무려 675개가 넘는 인간의 두개골이 층층이 쌓인 지름 6m 원통형 해골탑, '촘판틀리'이다.

16세기 스페인 식민 정복자들이 자신들을 두려움에 떨게 만든 이 촘판틀리를 기록에 남기면서 아스텍 문명의 인신 공양 전설은 널리 알려지게 되었다. 그런데 발굴에 참여한 고고학자들은 당황했다고 한다. 아스텍 사람들을 비롯한 고대 중남미인들은 태양신을 기쁘게 하기 위해 정기적으로 사람, 주로 전사를 학살해 머리를 전시했다고 알려져 있었다. 하지만 분석 결과 남성뿐 아니라 여성, 어린이의 두개골까지 뒤섞여 있었던 것이다. 고대에는 여성과 아이들조차 전쟁에 참여해 포로가 된 것일까. 아니면 전사라기보다는 노예로서 인신 공양의 제물이 되었을까.

장검과 긴 창, 방패, 은제 투구 그리고 제물로 함께 묻힌 값비싼 말 두 마리. 10세기 바이킹 전사의 전형적인 무덤으로 알려졌던 스웨덴 비르카 섬의 Bj581호 봉분의 부장품이다. 1880년대에 비르카 마을에서 처음으로 발견된 이 무덤은 지체 높은 바이킹 전사 장례의 전형으로 자리잡았다. 그런데 알고 보니 무덤의 주인공은 키가

170cm쯤 되는 30대 여성이라는 사실이 발굴 140년 만에 밝혀졌다. 이 같은 결과를 담은 논문 「유전체학으로 확인된 여성 바이킹 전사」가 2017년 9월 《아메리칸 신체인류학 저널》에 게재되었다.

앉은 자세로 묻힌 무덤 주인의 무릎에는 정교한 보드 게임 세트가 놓여 있었다. 바이킹 전사의 전술과 전략을 시험하기 위해 사용하는 도구로, 무덤 주인이 강력한 군사 지도자임을 암시하는 유물이다. 스톡홀름 웁살라 대학교 샬럿 헤든 스티나존슨 교수를 비롯한 연구진은 이 무덤의 주인공이 여성일 가능성이 크다고 봤다. 골반뼈의 모양 등 골격 구조를 자세히 들여다보면 여성이라고 충분히 의심을 품을 만했지만, 그동안 학계에서는 전사니까 당연히 남성이라고 여겼다.

연구진은 무덤 주인의 송곳니와 왼쪽 위팔뼈에서 DAN를 추출해 염기 서열을 분석했다. 방사성 동위 원소 분석도 동원했고. 그 결과 X염색체는 발견됐지만 Y염색체는 나타나지 않았다. 스티나존슨 교수는 현지 언론 인터뷰에서 "전투 경험 없이 높은 군사적 지위에 오를 수는 없다. 무덤의 주인공이 전투에 참여했다고 믿는 게 합리적"이라고 말했다.

앞서 2017년 7월에는 영국의 대표적인 바이킹선 무덤의 주인이 여성일 가능성이 있다는 조사 결과가 나왔다. 바이킹들은 배를 관으로 써서 죽은 이를 매장하는 풍습이 있었다. 2011년 스코틀랜드 서부 지방에서 발굴된 1000년 전 바이킹선 무덤에서는 치아 두 개와 도끼날, 큰 칼, 고리가 달린 핀, 망치와 집게, 청동으로 된 술잔 등이 함께 나온 바 있다. 무덤 주인은 지위가 높은 바이킹으로 추정되었다. 그런데 치아의 동위원소 분석 결과가 스코틀랜드 루이스 섬에서 발굴된 여성의 그것과 비슷하게 나타났다. 사람의 조직이라곤 치아 두 개뿐이라 단정 짓긴 어렵지만 무덤 주인이 여자일 가능성이 커진 셈이다.

아마존은 현실이다

강인한 여성의 근원은 더 오래전으로 거슬러 올라간다. 아마존스(Amazones 혹은 Amazons)는 그리스 로마 신화에 등장하는 여전사로만 이루어진 전설적 부족이다. 남자아이가 태어나면 죽이고 여아만 길렀고, 사냥과 전쟁을 즐겼다고 한다. 무서운 그녀들은 단순히 신화 속 상상의 존재일까.

과학사 연구자 에이드리엔 메이어(Adrienne Mayor)가 2014년 출간한 『디 아마존스(The Amazons: Lives and Legends of Warrior Women across the Ancient World by Adrienne Mayor, Princeton University Press)』는 이 분야에선 손꼽히는 책이다. 한국에 번역되진 않았지만, 영국《인디펜던트》지의 북리뷰와《가디언》의 칼럼, 프린스턴 대학교 출판부의 책 소개 페이지에 핵심이 담겨 있어 대강의 내용을 파악할 수 있었다.

온라인 백과 등에 따르면 아마존의 어원이 '유방이 없는'이라고 되어 있다. 아마존 여전사들이 활을 쏠 때 걸리적거릴까 봐 오른쪽 유방을 잘라 냈다는 전설은 큰 오해라고 한다. 그 근거가 전무하며 오래전에 이미 반박되었음에도 수천 년 간 이어져 왔다고 한다.

지은이는 전 세계의 고고학적 발견을 따라가다 보면 아마존이 단순한 신화도 상상도 아니라고 말한다. 문학과 전설뿐 아니라 회화·조각·동전·뼈·무기·의복·화석 등의 고고학적 증거를 연결해 아마존을 현실로 끌어낼 수 있다는 것이다. 또 비단 그리스만이 아니라 유목민이 거쳐 간 고대 이집트, 페르시아, 인도, 중앙아시아와 중국 등에서도 비슷한 이야기나 흔적이 남아 있다.

바이킹이나 스키타이족 같은 유목민들은 남녀 모두가 사냥꾼이자 전사였다. 불가리아와 몽골 지역에 걸쳐 전투 상흔을 입은 여성의 유골이 엄청나게 나왔고. 어떤 고대 공동묘지에서 무기류가 부장된 무덤의 37%가 여성의 것으로 확인되기도 했다. 다만 이렇게 유골 분석으로 성별을 판단할 수 있게 된 최근의 일이다. 기술이 발달되기 전까지는 위에서 소개한 바이킹 여전사 사례처럼 전투는 당연히 남성의 몫이었으리라는 편견이 역사를 왜곡시켰다는 것이다.

물론 아마존이 단순히 무서운 여인의 이미지로만 소비된 것은 아니다. 키스하거나 죽일 수도 있는 위험한 여성, 치렁치렁 늘어지는 튜닉 대신 딱 붙는 레깅스를 입고 술잔을 엎은 것 같은 스포츠 브라 스타일의 갑옷을 착용한 여전사는 예나 지금이나 남성들에게도 소름끼치게 매혹적인 이미지였다는 것이다. 가령 로마 네로 황제는 여행을 갈 때는 '유크네몬'이라는 이름의 아마존 여전사 청동 조각상을 꼭 지참했다고 한다.

흥미롭게도 어린 소녀들의 무덤 속에서 흙으로 구운 아마존 여전사 인형이 많이 발견되었다. 강인한 여전사는 요즘의 바비 인형 뺨치는 소녀들의 장난감이자 롤 모델이었을지 모른다. 이 이야기는 '인간은 원래 그래'라는 생각도 편견일 수 있다는 깨달음을 주었다.

SNS에서 영국 BBC가 했던 성 역할의 사회화와 관련한 간단한 실험 영상이 한동안 떠돌았다. 비슷한 개월수 남아와 여아의 옷을 바꿔 입힌 뒤 어른들이 아이들과 어떻게 상호작용하는지 관찰하는 실험이었다. 사람들은 여자 옷을 입은 남아에게는 "예쁘지" "착하다"와 같은 말을 하고, 인형을 돌보는 놀이를 하도록 격려했다. 반면 남자 옷을 입은 여아에게는 로봇, 자동차 등의 놀잇감을 주고 "용감하네" "씩씩하다"는 등의 말을 건넸다. 나중에 남녀가 바뀌었다는 말을 들은 어른들은 모두 당황했다. 그들은 평소 아이들을 성차별적으로 대하지 않았다고 믿어왔기 때문이다.

아이가 여섯 살이던 그해, 아이의 바람대로 저렴한 변신 로봇 한 쌍을 사서 안겨줬다. 딸은 몇 번 변신 놀이를 하는 듯했다. 나는 오랜만에 성평등한 양육을 한 것 같아 만족스러웠다. 그리고 얼마 뒤 놀이 공간을 둘러보았다. 변신 로봇은 손수건을 덮고 나란히 누워 얌전히 잠을 자고 있었다. 봉제인형과 동급 취급을 받은 것이다. 나는 남편과 함께 '로봇의 굴욕'이라며 아이 몰래 킥킥거렸다.

그로부터 또 몇 년이 흘렀고, 아이는 더 씩씩해졌다. 나는 그 뒤로도 로봇이나 자동차를 사주지는 않았다. 내 양육 태도가 많이 바뀌진 않았을 듯하지만 아이는 고맙게도 편견 없는 꿈을 꾸는 듯 보였다.

가장 처음 '꿈'에 대한 개념이 생겼을 때 아이는 축구선수가 되고 싶다고 했다. 이어 친구들을 따라 신생아를 돌보는 간호사로 잠깐 꿈을 바꿨다가 이내 화가가 되기로 했다. 오랫동안 화가를 꿈꾸던 녀석은 장수풍뎅이와 사슴벌레를 키우며 곤충학자로 갈아탔다. 최근에는 기계공학자로 전향했다. 적어도 내가 어릴 때는 생각지 못한 목록이다. 그 자유로운 환승에 내 가슴이 뻥 뚫리는 느낌이었다.

그런데 엊그제 집에 와보니 아이가 유치원 시절의 작품첩을 꺼내 놓고 있었다. 짧은 머리에 운동복을 입고 축구화를 신은 자화상을 들여다보는 게 아닌가. 축구화를 신은 발 부분에는 말풍선을 그려 '가장 잘하는 운동은 축구'라고 적어 놓았다. 아마 축구선수를 꿈꾸었던 시절의 그림이었나보다. 하지만 아이는 실제로 축구를 한 적은 없다. 축구화와 축구공도 사준 적 없다. 또래 남자아이들은 방과 후나 주말마다 축구 클럽을 전전했을 그 나이에 말이다. 축구화를 신은 자화상을 보노라니 아이가 축구를 정말로 하고 싶다는 욕망을 그림으로 표현한 것일지도 모른다는 생각이 번뜩 들었다. 4~5년이 지난 이제서야 말이다. 축구선수가 되겠다는 아이의 꿈을 나는 여자라는 이유로 그저 재미있는 해프닝 정도로 흘린 것은 아니었을까. 체화된 성 역할의 고정관념에서 벗어나기가 이렇게 어려운 일이었다.

아이의 학교 생활에서
중요한 것은 따로 있다

초등 1학년의 사생활

이 책은 초등 1학년 아이들이 1년 간 살아가면서 겪는 온갖 사건과 사고, 에피소드를 생생하게 보여 준다. 24명의 아이들이 서툴게 사회 생활에 적응해 가는 것을 보면 부모들의 공부 걱정은 아이들의 학교 생활에서는 차라리 중요한 문제도 아니겠다 싶다. 처음 입학해 쉬는 시간 10분 만에 화장실에 다녀오는 미션을 해결하는 첫 번째 에피소드부터 그렇다.

육아 휴직, 멀고도 먼 이야기

우리 회사에서 육아 휴직을 쓴 '선구자'가 나온 뒤에 나는 첫아이를 가졌다. 물론 그 '선구자' 선배는 육아 휴직 덕분에 조직에서 흉을 보이는 대상이 됐고, 결국 육아를 이유로 퇴사했다. 겨우 2000년대 초중반의 일인데도 지금과는 사뭇 분위기가 달랐다.

나는 첫아이를 낳은 2008년에는 출산 휴가만 딱 쓰고 회사에 복귀했다. 나도 나름 X세대였는데……. '무관심·무정형·기존 질서 부정 등을 특징으로 하는 1965년~1976년 사이에 출생한 신세대'라는 그룹에서도 가장 젊은 1976년 생임에도 육아 휴직을 감히 덜컥 쓸 생각은 하지 못했다.

그리고 둘째를 낳기까지 4년이라는 시간이 흘렀다. 그 사이에 회사 후배들이 용감하게 육아 휴직을 쓰기 시작했다. X세대들은 일에 매달려 결혼을 늦추고 출산을 늦추다 '골드미스'라 명명되거나 노산의 길을 걷는데 반해 바로 아랫세대들은 현명하게도 경쟁력과 체력이 받쳐 주는 20대에 일찌감치 결혼을 해 아이를 낳는 듯했다. 물론 좁은 바운더리에서 관찰한 결과이긴 하지만.

저출산이 국가적 재앙이라는 어젠다가 형성된 시기였고, 후배들 덕분에 둘째를 낳을 때는 육아 휴직을 써도 비난을 받지는 않을 분위기가 조성되어 있었다. 그런데 둘째 출산 휴가에 붙여 육아 휴직을 쓰려고 계획하던 나에게 조금 더 일찍 아이를 키워 본 선배들은 이렇게 권했다.

"큰애 학교 입학하면 육아 휴직이 더 필요할 걸. 신생아 때는 차라리 아무나 키워 줘도 괜찮아. 먹고 씻기고 입히는 거니까. 그런데 학교에 들어가면 엄마밖에 케어를 못 하는 부분이 있거든."

생후 첫 3년이 엄마 손길이 가장 필요한 시기라는, 기존에 내가 알던 상식이 일순 와장창 무너졌다. 도대체 학교가 무엇이길래. 이리저리 수소문해 보니 초등학교 1학년은 모든 엄마에게 엄청난 허들이었다. 온라인 육아 커뮤니티에서도 아이 학교 입학하고 나서 결국 직장을 그만두었다는 고백이 줄줄이 올라 있었다. 육아 휴직 전략에도 변화가 필요했다.

큰아이는 2008년 생인데, 이 해에 출생한 아이들은 나름대로 혜택을 받았다. 육아 휴직이 제도화 됐고, 처음에는 출산 휴가에 붙여서 생후 1년 이내에 쓰게 되어 있었던 휴직 시기도 차츰 늘어났다. 그래서 둘째를 낳고 한 6개월간 나는 큰아이를 위한 육아 휴직을 신청했다. 큰아이가 초등학교에 입학할 때는 둘째 몫으로 육아 휴직을 신청하면 되리라는 계산이었다. 그런데 그 뒤로 또 제도가 바뀌어 2008년 생은 초등학교 1학년까지 육아 휴직을 두 번에 나눠 쓸 수 있게 되었다.

주 양육자와 애착이 형성되는 결정적인 시기인 0~3세, 또 아이가 초등학교에 들어가는 시기는 육아 휴직을 쓰는 적기가 아닐 수 없다. 어쨌거나 큰아이가 초등학교에 입학할 때는 남은 육아 휴직을 사용하리라 마음먹고 있었다.

아이는 어떻게 학교에 적응할까

하지만 인생은 역시 계획대로 굴러가는 게 아니었다. 큰아이 입학을 앞두고 예기치 않은 인사가 났다. 만 15년 간 평기자로 일했는데 갑자기 팀장이라는 직책이 부여된 것이다. 휴직은커녕 휴가도 쓰기 힘든 상황에 직장에서 내 앞가림만 하는 것으로도 '멘붕'이었다. 그 와중에 큰아이 취학통지서가 날아왔다. 기뻐할 일인데도 마치 군대 영장을 받아든 듯한 느낌이 들었다. "초등학교 입학하면 엄마 역할이 정말 중요하다"는 수많은 선배 맘들의 조언은 초보 학부모를 겁먹이기 충분했기 때문일 터이다.

초등학교 오리엔테이션 자료를 친정엄마가 대신 받아오셨는데, 「초등 생활 가이드북」이라는 소책자에 실린 입학 준비 체크리스트가 무려 30개에 달했다. 스스로 옷을 입고 벗고, 밥을 먹는다 등의 목록은 당연하다고 생각했지만 의외의 리스트도 있었다.

'줄넘기를 할 수 있다' '어린이가 대체로 순종적이다' '가족 이외의 사람이 행하는 훈육에 대해서도 호의적이다' 등이다. 줄넘기는 일단 한 번도 시켜본 적이 없었다. 일부 유치원은 7세반은 초등 대비용으로 스피치, 줄넘기, 알림장 쓰기 등을 가르친다는 이야기를 듣긴 했지만 큰아이가 다니던 곳에서는 그런 교육은 하지 않았다. 목록을 체크해 '부족한 면을 지속적으로 지도하라'는 문구를 보며 뒷목을 잡았다. '이래서 줄넘기 과외를 한다는 말이 나오는구나'라는 생각도 했다. '부모'가 아닌 '학부모'가 되기 시작한다는, 초등학교의 공포가 현실로 다가온 것이다.

하지만 아이의 학교 생활을 신경 쓰고 엄마 네트워크를 만들 여력이 있기는커녕, 회사 생활만으로도 기운이 쪽쪽 빨리고 있었다. 아이의 성장에도 결정적 시기라지만, 나의 회사 생활 역시 '결정적 시기'였다. 휴직계를 내고 휘리릭 도망갈 수는 없었다. 그런 고민에 빠져 있던 내게 실질적으로 도움이 된 책이 바로 초등학교 교사 생활 17년 간 절반 넘는 기간 동안 1학년 담임을 했다는 현직 교사가 쓴 『초등 1학년의 사생활』(김지나 지음, 한울림)이었다. 24명의 아이들로 구성된 1학년 2반의 1년 간의 에피소드가 담긴 책이다.

엄마에게 떠넘기는 것은 그만!

"나 오늘 집에 가서 엄마한테 말하고 학교 끊을 거야!"

준비물을 안 가져와 선생님께 혼나고 씩씩거리던 민정이가 야무지게 말했다. 민정이는 1학년 2반에서 키가 가장 작은 아이이다. 유치원 다닐 때 까지만 해도 '귀엽다'는 칭찬을 들었지, 작은 체구가 핸디캡이 될 줄은 몰랐다. 초등학생이 되니 가방과 신주머니를 혼자 드는 것도 버거웠고, 준비물 챙기는 일도 힘들었다. 게다가 달리기는 늘 꼴찌였다. 그런 민정이가 1학년을 마칠 무렵, 입학할 동생들에게 도움이 될 말을 생각해 보라는 선생님의 말을 듣곤 이렇게 종알거렸다.

"학교는 절대로 끊을 수 없다는 걸 아마 유치원생들은 모를 거야."

민정이는 하루하루 달라졌다. 자기 자리를 자꾸 침범하는 짝꿍 몰래 책상 위에 살짝 풀칠을 해놓아 공책이 쩍 달라붙게 골탕을 먹일 줄도 알았다. 마냥 지지해 주고 감싸 주는 엄마의 말과는 다른, 정글 같은 현실에 적당히 타협하는 노하우도 지니게 되었다. 선생님은 일기장을 검사하면서 민정이의 비밀 병기가 '책 읽기를 잘하는 것'이라는 것을 알아챘다.

민정이의 일기장은 엄마도 읽을 수 있다. 하지만 민정이가 짝꿍을 골탕 먹이려고 책상에 풀칠을 했다는 것은 엄마도 모르는 아이만의 사생활이다. 매의 눈을 한 담임 선생님은 엄마도 모르는 아이들의 성격과 세세한 변화를 간파해 낸다.

이 책에는 작지만 야무진 민정이, 공주로 군림하는 아라, 발달장애가 있는 승호, 지혜로운 승아, 아는 게 많아 학교 공부가 시시한 동규, 상에 목말라하는 은지, 궂은일을 도맡아 하는 영은이, 허풍쟁이 가람이, 힘으로 아이들을 제압하는 무영이 등 1학년 2반 24명의 아이들이 등장한다. 지은이가 1학년 담임을 맡으며 만났던 수많은 대표 유형의 아이들을 뽑아 모아 놓은 가상의 학급이다. 픽션이지만 논픽션 같은 느낌이 나는 까닭이다.

예비 초등학생 학부모를 위해 초등 교사가 지은 책은 적지 않다. 대부분 '편식하는 아이 어떻게 해야 하나' '입학 전 한글 공부는 얼마나 시켜야 하나' 등의 궁금증을 풀어준다. 그것이 보통의 부모들이 가장 궁금해 하는 문제인 것도 사실이다.

반면 이 책은 초등 1학년 아이들이 1년 간 살아가면서 겪는 온갖 사건과 사고, 에피소드를 생생하게 보여 준다. 24명의 아이들이 서툴게 사회 생활에 적응해 가는 모습을 보면 부모들의 공부 걱정은 아이들의 학교 생활에서는 차라리 중요한 문제도 아니겠다 싶다. 처음 입학해 쉬는 시간 10분 만에 화장실에 다녀오는 미션을 해결하는 첫 번째 에피소드부터 그렇다. 민성이가 오줌을 참다 참다 쉬는 시간을 기다려 화장실로 달려가 줄을 섰는데, 슬그머니 옆에 새로운 줄이 생기는 난감한 일이 벌어진 것이다. 배짱이 두둑한 아이라면 수업 시간에 손을 들고 화장실에 다녀오고, 눈치 빠른 아이들은 쉬는 시간 종이 울리자마자 총알처럼 튀어 가겠지만 그도 저도 아닌 아이들은 단지 화장실 하나 때문에라도 학교 생활이 막막해진다.

우리 아이는 어떤 모습일까. 화장실에 가는 것을 어려워하진 않을까, 민성이 같은 일을 당할 때는 어떻게 대처할까……. 책 속에 나오는 아이들의 캐릭터에 일일이 우리 아이의 모습을 겹쳐 보게 된다. 우리 아이는 어떤 쪽에 가까운 캐릭터일지 상상해 보는 것이다. 이왕이면 긍정적인 유형으로 학교 생활을 했으면 하는 바람은 이 책을 읽을 누구나 품게 될 것 같다. 그렇게 하려면 부모는 어떻게 도와야 할지, 그 답도 책에서는 제시한다.

1학년 2반에서는 '엄마가'라는 말은 금지 단어이다. 숙제나 준비물 챙기기 등 스스로 해야 할 일을 엄마에게 떠넘기는 것을 막기 위해서이다. 놓친 준비물을 챙겨 들고 교실로 달려가는 엄마들의 행동은 아이의 성장을 방해하는 일이라고 지은이는 단호하게 말한다. 우유 곽 열기, 젓가락질하기, 단추 잠그기, 바지 지퍼 올리기 등 1학년이 스스로 할 줄 알아야 하는 일은 이러한 에피소드를 보여 주는 과정에서 자연스럽게 등장한다.

사교육으로는 가르칠 수 없는 것이 있다

어른도 집에서의 모습과 밖에서의 모습이 똑같지 않듯, 아이들 역시 집에서와 학교에서의 모습이 다를 수 있다. 집에서 보는 아이의 모습은 어쩌면 빙산의 일각일 지도 모른다. 집에서는 예쁘고 똑똑한 공주님이지만, 학교에서는 아이들을 자기 패거리로 끌어들여 권력을 휘두를 줄 어떻게 알겠는가. 또 친구들 사이에서 일어난 일을 엄마에게 잘 알려줘 주변 엄마들에게 똑똑하다는 칭찬을 받은 아이가 막상 친구들 사이에서는 고자질쟁이로 찍혀 고립될 위험이 크다는 것도 말이다.

문제가 생겼을 때 부모들이 흔히 하는 말, "우리 애는 그런 애가 아니에요"는 비록 아이가 어릴지라도 공허한 믿음일 수 있다는 것 역시 이 책을 읽다 보면 드는 생각이다. 내 손아귀에서 벗어나 자신만의 세상을 구축해 나가고 있는 아이를 '다 안다'고 여기는 것, 내가 통제할 수 있다고 믿는 것이 오히려 문제가 될 수도 있겠다 싶다.

그 와중에 현명하고 바른 심성으로 선생님을 감동시키는 아이들도 여럿 등장한다. 결국 선생님과 친구들에게 사랑받는 것은 남을 배려하고 협동할 줄 아는 아이, 자기 노력으로 어려움을 헤쳐 가는 내면이 단단한 아이들임을 알 수 있다. 아이들은 하나의 작은 정글인 교실에서 살아가는 방법을 찾기 위해 나름의 무기를 동원해 고군분투한다. 이는 부모가 대신 해주거나 사교육으로 가르칠 수 없는 성장의 과제라는 것이 이 책의 가장 큰 메시지로 다가온다.

결국 나는 큰아이가 1학년으로 1년을 보내는 동안 입학식, 첫 공개 수업을 빼고는 담임 선생님을 뵌 적이 없었다. 나는 나대로 힘들게 회사 생활을 하는 동안, 아이는 아이대로 힘들게 학교 생활에 적응했을 것이다. 첫 한 달은 지루해하고 힘들어 하는 기색이 보였다. 하지만 시간이 지날수록 아이는 학교에 가는 것을 즐거워했다. 아침마다 너무 일찍 등교하려고 해 그걸 붙잡느라 진땀을 흘리기도 했다.

1학년에 적응한 비결은 사교육과 선행 학습을 전혀 하지 않은 게 아닐까 싶다. 담임 선생님은 교과서를 집에 가져가지 않고 학교에 두게 하셨다. 흔히 숙제로 내준다는 '익힘책'까지도 학교에 두고 수업 중에 다 풀게 하는 스타일이었다. 학습을 챙겨 주는 선생님이었기에 별도로 학원에 보내거나 숙제를 챙기지 않아도 아이는 수업만으로도 차근차근 따라갈 수 있었던 듯하다. 또, 새로운 것을 배운다는 생각에 수업에 흥미를 가졌던 것 같다.

나는 사교육을 받아서는 아니었지만, 다섯 살 때 한글을 떼고 일곱 살 때는 초등 2학년 수학 문제집을 풀었다. 그 당시에는 흔치 않은 일이었다. 하지만 내가 기억하는 초등 1학년 1년은 암흑기였다. 새로 나온 단어를 다섯 줄씩 쓰는 게 기본적인 숙제였는데, 다 아는 글자를 쓰는 게 싫어서 글씨는 날아갈 듯했다. 새롭게 배우는 게 하나도 없고, 선생님은 무섭고, 학교는 끔찍하게 재미가 없었다. 그렇게 1년을 정체된 상태로 보내면서 입학 전 미리 익혀 놓았던 구구단 따위도 다 잊어버렸다. 모든 것을 잊고 나니 2학년부터는 오히려 학교 생활이 재미있어지기 시작했다. 그런 기억 때문에 오히려 내 아이는 가급적 한글도 늦게 깨우치길 바랐다. 다행히 나보다는 늦은 6세 후반쯤에 아이는 한글을 읽기 시작했다.

학교 방과 후 수업과 돌봄 교실도 잘 활용했다. 정규 수업이 끝나면 돌봄 교실에 가서 간식도 먹고, 아이가 좋아하는 각종 만들기 방과 후 수업과 돌봄 교실 전용 프로그램인 요가나 줄넘기도 하고, 친구들, 언니 오빠들과 놀면서 오후 시간을 보냈다. 방학 때도 돌봄 교실은 요긴했다. 돌봄 교실은 방학 없이 진행되기 때문이다. 한 달에 간식비 4~5만원 정도만 내면 주어지는 혜택이니 얼마나 감사한 일인지 모른다.

돌봄 교실에 다니는 아이들 중에도 학원에 안 가는 것은 우리 아이가 유일한 듯했다. 하다못해 태권도 학원도 안 보냈으니 말이다. 학원에 가지 않겠다는 아이의 주관이 너무나 뚜렷했기에 시도조차 못 해본 것이기도 하지만, 학부모 입장에서도 엄청난 에너지를 더는 일이었다. 어떤 과목을 시킬지, 그렇다며 어떤 곳으로 보낼지 정보를 수집하고 답사하고 판단하는 게 보통 일이 아니기 때문이다. 학원을 깨끗이 포기하고 오로지 학교 안에서 모든 것을 해결하니 아이도 쉽게 적응하고 나 역시 골치 아플 일이 없었던 셈이다. 이 책의 교훈에 힘 입어 내가 세운 1학년의 목표는 '적응'이었고, 아이는 충분히 잘 해주었다.

어머님,
이게 진짜 공부예요

공부중독

이 책의 핵심은 사회 역시 '공부'를 방패막이 겸 무기로 쓴다는 것이었다. 청년들에게 "너희는 아직 준비가 덜 됐어. 공부가 더 필요해. 그러니 일자리는 줄 수 없어." 혹은 "이 정도만 받아도 충분해. 너희는 배우는 과정이니까"라며 청년을 주변으로 밀어내거나 열정 페이를 정당화하는 방편으로 삼는다고 지은이들은 분석한다. 사회적 자원을 고루 분배하지 못할 때 위정자가 가장 손쉽게 불만을 잠재우는 방법이 책임을 개인의 몫으로 돌리는 것이라고 말이다.

학교 밖에서 크는 아이들

고3, 공부하기 딱 좋을 나이이다. 하지만 고3이 공부만 한다는 것역시 옛날이야기이다. 2015년 하반기 'TONG'이라는 온라인 매체를 만들어 청소년 기자단을 운영했다. 그렇게 1년이 지나자 고3에대한 생각이 달라졌다. 그때 만난 청소년들 중에서도 눈에 띄는 친구들이 있었는데, 그 활동의 영역이 상상 이상이었던 것이다.

김중황(서울 반포고) 씨는 고3에 인터뷰 전문 페이스북 페이지 '라이프 인사이드(Life Inside)'를 개설했다. 한국에서 사랑받는 프랑스작가 베르나르 베르베르부터 청계천 헌책방 사장까지 다양한 사람들의 인터뷰를 한글과 영문으로 전했다. 일러스트레이터와 사진작가를 섭외해 제작한 캘린더와 엽서를 소셜 펀딩으로 판매하는 프로젝트를 진행해 수익금 30여 만 원을 유니세프에 기부하기도 했다.

이은송(전북 고창여고) 씨는 고3 여름, 유네스코생물권보전지역인전북 고창 만돌 앞바다에서 날아올랐다. 일명 '무중력 사진'이라 불리는 '점프 샷'으로 유명한 작가가 고창에 내려온다는 소식을 듣고SNS로 연락해 모델을 자청한 것이다. 사진 속에서는 중력을 거스르는 듯 가볍게 날아오르지만 한 컷을 얻기 위해 섭씨 33도의 공기와강렬한 햇볕을 온몸으로 받으며 뛰고 뛰고 또 뛰어야 했다. 부산에서 열린 국제미용올림픽기능경기대회 고등부에 출전한 친구를 위해 판타지 메이크업 모델이 되기도 했다. 영화 〈아바타〉를 연상시키는 두꺼운 화장에 깃털로 장식한 오브제를 짊어지고 고생한 끝에 은

상을 수상했다. 수행평가도 아니고, 내신에 반영되는 것도 아닌데 말이다.

서울국제학교를 졸업한 안현선 씨는 고3이던 2015년 7월 5일 독일 본 유네스코 단체협의장 건물 앞에 있었다. 하시마 섬의 유네스코 세계유산 등재 여부가 결정되던 날이었다. 일본이 근대 산업 시설임을 내세워 등재를 추진하던 참이었다. 그는 이날 재독 한인단체에서 전달받은 전단지를 각국 대표단에 나누어 주었다. 태평양전쟁 중 하시마 섬의 다카시마 탄광, 하시마 탄광, 야하타 제철소 등에서 5만 7900여 명의 조선인이 강제 징용되어 고초를 겪었다는 내용이 담겨 있었다. 국내 NGO 단체에서 강제징용 피해자에 대한 동영상을 영어로 번역하는 봉사를 하면서 실태를 알게 되었고, 조금이나마 도움이 되고자 달려간 자리였다.

대신 계획해 두었던 미국 대학 투어를 포기했다. 그 경험을 기사로 써 세상에 알렸다. 그는 "많은 사람이 '좋아요'를 누르고 공유하는 모습을 보면서 내 생각이 사람들에게 영향을 끼칠 수 있다는 희망을 갖게 되었다"고 말했다.

인천 미추홀외고를 나온 안별이 씨는 고3 때 페이스북에서 문학·미술·사진 등의 예술작품을 올리는 예술 큐레이션 페이지를 운영했다. 청소년 문학예술지《BTL》의 PR 매니저로도 활동했다. 학교 안에서도 공부 외 활동에 열심이었다. 학교 홍보 애플리케이션을 기획하기도 했고, 교내 행사에 필요한 달력과 리플릿 등의 디자인, 행사 사진 촬영도 도맡았다.

전북 군산여고 출신인 권다은 씨는 고3 때 TONG기자단을 비롯해 고교 동아리 엑스포를 기획하는 등의 활동을 하고 연탄 봉사 등 봉사 활동 스태프로도 꾸준히 참여했다.

이런 활동이 대입에도 도움이 될까. 이미 대학에 진학한 친구들은 음으로 양으로 이러한 활동에 도움을 받은 게 사실이었다. 안별이 씨가 다니는 서강대 아트테크놀로지학과는 포트폴리오에 학교 안팎의 모든 활동을 기록할 수 있었다. 안현선 씨의 학교 밖 활동은 미국 대학 합격에도 도움이 되었다. 원서에 적은 내용이 대부분 활동을 통해 배운 것이었기 때문이다. 또 우리나라처럼 학교 밖 비교과 활동을 기재하지 못하게 하는 규제가 없어서이다. 권다은 씨는 봉사 활동이 활발했던 덕에 생활기록부를 꽤 튼실하게 만들 수 있었다. 다른 분야는 몰라도 봉사만큼은 해외봉사를 제외하고는 학교 안팎을 가리지 않고 자유롭게 생활기록부에 올릴 수 있었기 때문이다.

하지만 이들의 활동이 모두 대입에 연결되는 것은 아니다. 김중황 씨는 비교과 활동을 중시하는 학생부종합전형 대신 논술전형으로 대입을 준비했다. 다양한 학교 외부 활동까지 보는 전형은 거의 사라진 상태라 저런 일을 하려면 열정이 필요하다는 것이다.

이은송 씨의 꿈은 모델도 아나운서도 아닌 세무사이다. 하지만 소위 '전공 적합성'과 관계없는 시간을 아깝게 생각한 적은 없다. 그는 1, 2학년 때는 학생부에 기재될 수 있는 활동에 시간을 썼지만 3학년이 되어선 오히려 여가시간을 활용하게 되었다고 설명했다. 그러면서 반문했다. "공부만 하기에는 10대의 시간이 아깝지 않나요?"

대입을 위한 공부가 전부는 아니다

이 친구들의 이야기를 2016년 9월 《중앙일보》 '청춘 리포트'에 소개했다. 기존에 2030 위주로 돌아갔던 지면에 10대의 이야기를 전하겠다는 취지에서 얻은 첫 지면이었다. 기사가 나온 뒤 인터뷰이는 모두들 기뻐했다. 하지만 그 기쁨도 잠시, 악플이 줄줄이 달리기 시작했다.

"학종(학생부종합전형) 특이해 보이려고 스펙 쌓았네." "집안에 돈이 있어야 저런 것도 하지." "출신학교 보니까 전부다 금수저인데 무슨 X소리야." "공부 포기하고 하고 싶은 일 하는 애들 기산줄 알았네. 쳇."

그런데 이 악플에 대한 인터뷰이들의 반응을 보며 나는 새로운 사실을 또 알게 되었다. 안별이 씨가 나온 미추홀외고는 흔히 말하는 비싼 사립 특목고가 아닌 공립학교였다는 것. 나는 공립 외고라는 게 있는지도 몰랐다. 또, 고창여고 이은송 씨는 핸드폰도 잘 안 터지는 동네에 살고 있다는 것. 김중황 씨가 한 수많은 활동 중 생기부에 기록되는 내용은 없다는 것. 짐작은 하고 있었지만 이 친구는 어차피 대학 가려고 하는 활동이 아니니 상관없다고 생각하고 있다는 것 등등.

사실 나도 처음에는 고3들이 기자'질'을 한다고 나서는 데에 적잖이 당황했다. 기사를 받으면서도 '이래도 되나' 걱정하기도 했다. 고3이 왜 공부 안 하고 기사를 쓰느냐고 몇 번을 물어보았다. 재미있으니까, 의미 있으니까, 하고 싶으니까, 내 삶의 만족을 위해, 등의 답이 돌아왔다.

그 대답 앞에서 저런 질문을 던진 내가 부끄러워지는 것이었다. 나는 고3 때는 대입을 위해서만 살았으니까. 대입이 먼저니까. 대입과 직접 관계가 없는 수업 시간에는 짜증이 온 몸으로 밀려왔다. 간혹 이렇게 소모적인 대입 시험 준비 대신, 진짜 공부를 하고 싶다는 열망이 솟을 때는 성적표에 찍힌 점수도, 내신 1등급도, 나의 수능 모의고사 최고 기록 숫자도 허무했다. 그러나 이내 머리를 흔들어 잡생각을 털어냈다. 하지만 스무 살 이후 필설로 다 할 수 없는 여러 가지 '개고생'을 했는데, 그 근본적인 이유는 당시 스타일대로의 대입을 위한 공부는 진짜 공부가 아니어서라는 게 좀 성숙해져서 내린 결론이었다. 막상 인생을 살아가는 실전에서 대입 공부는 도움이 안 됐던 것이다.

이쯤에서 사회학자 엄기호와 정신과전문의 하지현의 대담집 『공부중독』(엄기호·하지현 지음, 위고)을 펼쳐든다. 이들은 대한민국 전체가 '공부중독' 사회라고 진단한다.

공부가 무슨 잘못을 저질렀기에 이들은 화살을 돌리는 것일까. 가만히 생각해 보면 21세기 대한민국에서 태어나는 인간은 엄마 뱃속에서 그 씨앗이 영그는 시기부터 공부의 세례를 받는다. 마음만 먹으면 뱃속에서부터 얼마든지 상품화된 태교동화 태교음악으로 시작하는 별도의 '관리'를 받을 수 있다. 그렇게 공부의 세상과 접속하기 시작한 아이들은 시력을 발달 단계별로 흑백 모빌에서 컬러 모빌로 넘어가고, 촉감책 등 성장 단계별 교구로 관리되는 수순을 밟는다. 어린이집, 놀이학교 혹은 유치원 등의 기관으로 가면 더욱 차근차근 '공부'를 하게 된다. 영어유치원에 보내느냐, 아니면 일유를 보내되 영유 오후반을 등록하느냐, 그간 영어 가르친 게 도루묵이 될지 모르니 영어 수업 노하우가 있는 사립 초등학교를 보내야 하느냐 등 '공부'와 관련한 수많은 결정이 부모를 기다린다.

학교에 들어가면 본격적인 레이스가 시작된다. 좋은 대학에 들어가느냐 마느냐는 초등 4학년이면 이미 결정된다는 이야기에 모두 불안해진다. 집안 기둥뿌리가 뽑힐 지경이어도 아이 교육비는 대야 한다며 발을 동동 구르는 부모를 찾기는 그리 어려운 일도 아니다. 실제로 청소년 기자단이라는 인연으로 만난 10대 아이들의 상당수는 사교육이 10대의 인생을 좌우한다는 증언을 해주었다. 학원은 기본 옵션으로 여겨지는 탓에, 사교육 없이 혼자 공부한 친구들이 학교에서 얼마나 고려되지 못하는 지를 말이다. 게다가 저렇게 기자단이라도 한 친구들은 특별한 아이들이다. 하지만 '아무래도 공부에 방해가 될 것 같다'며 기자단에 선발되고도 활동을 포기한 친구들은 빙산의 일각, 아예 공부 말고는 시도조차 하지 않은 아이들이 빙산의 몸통이랄까.

거기서 끝이 아니다. 아주 어린 나이부터 학습을 시작해 스물이 되고 서른이 되어도 '공부 중'임을 만능 방패막이로 내세우는 게 용인되는 사회라고 지은이 엄기호와 하지현은 지적한다. 실컷 대학까지 보내놓았더니 고시 낭인으로 10년을 버린다거나, 취업은 안 하고 해외 유학을 가겠다고 선언한다거나, 아직 공부를 더 해야 한다며 박사 과정에 등록하는 자식 때문에 뒷목 잡으면서도 어쩔 수 없이 자녀의 독립을 유예하는 것은 새삼스러운 일도 아니다.

부모 입장에서는 얼마나 속이 탈까. 사교육비로 왕창 쏟아 부은 데다 청년 실업은 날로 늘어가고, 백수 혹은 공부하는 자식을 뒷받침해 주어야 하니 사오정(사십오세 정년), 오륙도(50~60대에도 회사에 남아 있으면 도둑)라는 자조 속에서 노후 준비는 제대로 하지 못해 끔찍한 100세 시대를 기다려야 한다.

세상 공부에 나선 아이들

그런데 이 책의 핵심은 사회 역시 '공부'를 방패막이 겸 무기로 쓴다는 것이었다. 청년들에게 "너희는 아직 준비가 덜 됐어. 공부가 더 필요해. 그러니 일자리는 줄 수 없어." 혹은 "이 정도만 받아도 충분해. 너희는 배우는 과정이니까"라며 청년을 주변으로 밀어내거나 열정 페이를 정당화하는 방편으로 삼는다고 지은이들은 분석한다. 일자리가 넉넉하면 문제가 없지만, 그렇지 못해서 사회적 자원을 고루 분배하지 못할 때 위정자가 가장 손쉽게 불만을 잠재우는 방법이 바로 책임을 개인의 몫으로 돌리는 것이라고 말이다. 사실 이제는 인턴 등의 채용을 진행하는 상황에서 '내가 쓸 사람'을 고르다 보면 지금의 청년들에게 대학 간판이 예전만큼 효용성이 높은지도 의문이 든다. 나더러 같이 일할 사람을 뽑으라면 학교 공부에 집중하기 위해 기자단 활동을 포기했던 친구보다는, 그럼에도 불구하고 현실과 맞닥뜨린 친구들을 선택할 것이기 때문이다.

그런데 왜 부모는 오직 공부에 투자하는가. 공부 잘해서 대학만 잘 가면 취직도 쉽게 하고 내 집도 마련할 수 있었던 486 세대의 성공 신화가 그 자녀들을 공부에만 집중하게 몰아넣는다는 게 이 두 지은이의 분석이다.

그 자녀들은 공부에 시간을 투자하느라 막상 사람과 사람 사이에서 필요한 관계의 근육은 쇠퇴하고, 핵심만 딱 짚어주는 학원식 효율적인 공부에만 익숙해 그 지식을 자기 것으로 익히는 일은 소홀해지는 부작용을 온 인생으로 받아내는데도 말이다.

그러니 '공부중'이라며 책상 앞에만 앉아 있는 게 아니라 학교 밖에서 활동하는 아이들은 얼마나 적극적으로 세상을 살아가는 것인가. 심지어 모두가 공부하라는 압력을 전방위로 가하는 고3 시절에. 악플러의 위험 부담, 혹은 "어린 것들이 공부는 안 하고……"라는 어른들의 쯧쯧 하는 시선에 대한 부담이 있었음에도 이 아이들을 소개하는 작업으로 첫 청춘 리포트를 시작한 이유는, 이런 아이들이 있으니 얼마나 다행이냐고 전하고 싶어서였다.

이들은 운 좋게 내가 만난 일부일 뿐이고, 더 많은 안별이, 권다은, 이은송, 안현선, 김중황 들이 세상에 있을 것이라 생각하면 무척 안심이 된다. 그리고 내 아이도 책상에만 갇히지 않고 세상을 적극적으로 경험하며 커 갔으면 한다. 그게 진짜 공부니까.

달라진 생체시계,
늘 피곤한 현대인

수면의 약속

흔히 "에디슨은 하루 네 시간 밖에 잠을 안 잤다" "일찍 일어나는 새가 벌레를 많이 잡

는다"면서 잠을 줄이는 것을 근면의 상징으로 받아들인다. 또 잠이 부족해도 약간의

낮잠으로 보충하면 해결된다고 믿기도 한다. 하지만 이 수면 장애 전문가는 모자란

잠은 쉽게 탕감되지 않고 '수면 빚'으로 차곡차곡 쌓인다고 말한다.

청소년의 심각한 수면 부족

2014년 11월 3일, 조희연 서울시교육감이 "2015년부터 '9시 등교'를 시행한다"고 발표했다. 전국 지자체 중 경기도가 가장 먼저 9시 등교를 시행하면서 맞붙었던 논란이 슬그머니 재연되었다.

당시 나는 《소년중앙 위클리》라는 10대용 주간 신문을 만들고 있었다. 《소년중앙》의 초등 및 중학생 학생기자와 독자들에게 9시 등교에 대한 의견을 물어보았다. 일단 찬성과 반대가 7대 3 정도였다. 찬성하는 아이들은 "아침 등굣길에 계절의 변화를 볼 수 있게 되었다" "잠을 더 잘 수 있고 엄마와 대화하는 시간이 늘었다"는 등의 이유를 긍정적인 화법으로 표현했다. 반대하는 아이들은 크게 두 부류로 나뉘었다. 아침 독서나, 수업 전 예습 및 복습 할 시간을 빼앗긴다는 식의 전형적인 모범생과가 하나요, "하교가 늦어져서 학원 갔다 오면 10시가 넘는다"거나 "쉬는 시간이 더 줄었다"며 불만을 표출하는 과가 나머지 하나이다. 그런데 후자의 글에서는 아이들이 받는 '스트레스'가 고스란히 느껴졌다. 9시 등교를 시행하는 이유는 여러 가지가 있겠지만 청소년들의 수면권 보장이 가장 큰 이유로 거론되곤 한다. 어쩌면 저 아이들의 스트레스 가득한 문장도 수면 부족 탓 아닐까.

『수면의 약속』(윌리엄 C. 디멘트 지음, 김태 옮김, 넥서스)은 1999년 출간되어 2007년 국내에 번역되었다. 오래된 책이지만 1970년 미국 스탠포드 대학에 세계 최초로 수면장애센터를 설립한 권위 있는 의학자 윌리엄 C. 디멘트의 저서라 믿을 만하다. 이 책을 번역한 김태 씨는 정신건강의학과 전문의이다. 앞서 『나는 이렇게 113kg을 뺐다』(닉 이판티디스 지음, 김태 옮김, 넥서스)라는 미국인 의사의 다이어트 성공담을 번역했다. 그 책을 내가 《중앙일보》 서평에 소개한 데 대한 감사의 메일을 그가 보내오고, 오래지 않아 번역되어 나온 이 책을 선물로 받았다.

그의 앞선 역서는 유머로 충만한 책이었다. 고도 비만인 의사가 주인공이다. 수년 간 몸무게도 재지 않던 그가 다이어트를 결심하고서야 저울 하나로는 자신의 체중을 잴 수 없다는 현실을 알게 된다. 저울 두 개를 나란히 갖다 놓고 하나에 한 발씩 올리기 전에, 마지막으로 오줌을 눈다. 조금이라도 몸무게를 줄이기 위해서이다. 이런 에피소드로 가득한 동시에 다이어트에 대한 의학적 지식까지 주는 흥미로운 책이었다.

반면 『수면의 약속』은 차분하고 진지한데다 주제에도 그리 관심이 가지 않아 책장에 고이 모셔두었더랬다. 그러다 9시 등교가 이슈가 되면서 비로소 다시 열어보았다. 주옥같은 내용이 담긴 책을 몰라보고 몇 년을 방치했다니.

모자란 잠은 '수면 빚'으로 적립된다

흔히 "에디슨은 하루 네 시간 밖에 잠을 안 잤다" "일찍 일어나는 새가 벌레를 많이 잡는다"면서 잠을 줄이는 것을 근면의 상징으로 받아들인다. 또 잠이 부족해도 약간의 낮잠으로 보충하면 해결된다고 믿기도 한다. 하지만 이 수면 장애 전문가는 모자란 잠은 쉽게 탕감되지 않고 '수면 빚'으로 차곡차곡 쌓인다고 말한다. 운전대를 잡고 있다가 순식간에 잠들어 온 가족이 생명을 잃고, 잠이 부족한 항공기 조종사들이 수백 명의 목숨을 위협할 수 있다고 경고한다.

가령 1995년 일어났던 유조선 엑슨호의 좌초 사고는 선장이 술을 마셨을 것이라는 일반인들의 기억과 달리 미 국립교통안전위원회의 최종 보고서에는 '수면 부족과 수면 빚이 사고의 직접 원인'이라 명시돼 있다고 한다. 심지어 우주선 챌린저호의 폭발 사고도 NASA 책임자들의 심각한 수면 부족이 불러온 실수라고 인적분과위원회의 최종보고서는 결론을 내렸다.

주말 여행을 계획했다고 하자. 오랜만의 나들이라 막히는 시간을 피해 새벽같이 서두른다. 주중에 쌓인 '수면 빚'에다, 부지런 떤 만큼의 빚이 더해진다. 이렇게 운전자가 수면이 부족한 상태에서 가족 여행을 갈 경우 자칫하면 소설 같은 일이 벌어질 수 있다. 지은이는 눈이 깜빡 하는 그 짧은 순간이면 도로의 중앙분리대를 들이받거나 반대편에서 오는 차와 정면 충돌하기에 충분한 시간이라고 경고한다.

문제는 사람들이 자신의 의지와 관계없이 언제든 깜빡 잠들 정도로 수면 부족이라는 사실을 인지하지 못하거나 애써 무시한다는 것이다. 여러 사람들을 놓고 수면 실험을 해 보면, 자기가 실험 도중 잠들었다는 사실 자체를 아예 모른다고 한다. 졸음 때문에 눈꺼풀이 내려와 눈을 뜨고 있을 수 없는 느낌은 졸음의 마지막 단계라는 점만 기억해도 인간의 평균 수명은 올라갈지 모른다. 눈이 자꾸 감긴다면 즉시 졸음쉼터로 피해 눈을 붙여야 하는 것이다. 이 책으로 인해 지금까지 단 한 번도 새벽같이 주말 나들이 길을 나서본 적 없는, 아이에게 '나무늘보'라 불리는 남편에게 감사한 마음을 갖게 되었다.

현대인의 망가진 생체시계

그런데 수면 빚이 정확히 어떤 것일까. 주말에 오랜만에 실컷 잤는데도 계속 졸리면 우리는 흔히 지나치게 많이 자서 그렇다고 생각한다. 하지만 지은이는 하룻밤 정도 더 잤다고 우리가 갖고 있는 수면 빚을 다 갚을 수는 없다고 한다.

1950년대 미 메릴랜드 주 베데스다 해군병원에서는 독특한 실험이 진행되었다. 해군 지원자들을 캄캄한 방에 일주일 간 가두어 놓고 뇌파를 기록한 것이다. 실험자들은 첫날 평균 16시간을 잤고, 마지막 날이 되어서야 평균 8시간을 잤다. 하루 평균 8시간을 빼고 일주일간 실험자들이 추가로 잔 시간은 총 25시간이었다. 그것이 수면 빚의 총량이었던 셈이다.

1970년대 미 국립보건원에서도 비슷한 실험을 했다. 처음에는 하루 평균 12시간씩 자던 실험자들이 4주차에 접어들자 규칙적으로 수면을 취하기 시작했다. 안정적인 수면 시간은 1인당 7.5~9시간으로 달랐다. 단, 약간의 수면 빚은 숙면을 취하는데 도움이 된다는 결과도 얻었다. 사실 후자의 실험은 수면 연구가 아니었다. 햇빛에 노출되는 시간이 짧을수록 우울감이 증가한다는 가설을 입증하려 시작한 실험이지만 아이러니하게도 실험자들은 시간이 갈수록 기분이 좋아지고 활동력이 개선되었다. 이들에게 햇빛보다 필요한 것은 잠이었던 셈이다. 그나마 다행하게도 수면 빚이 무한대로 쌓이지는 않는다고 한다.

사실 나는 수면 빚에 대한 지식이 없는 상태에서도 수면 부족에 시달리는 사람들을 수없이 확인할 수 있었다. 이야기를 나누는 도중에 끊임없이 눈을 부릅뜨며 눈꺼풀을 끌어올리려 애쓰곤 하는 회사 워킹맘 후배, 가끔 집에 놀러 와서 머리를 어딘가에 기대기만 하면 곧장 잠이 드는 시동생 등. 사실 나도 20대 때는 휴가만 되면 몸살로 앓아누운 전력이 있다. 하루에 공식적으로 잠잘 수 있는 시간이 3~4시간에 불과했던 수습기자 시절에는 회사에 회의하러 들어가서 꾸벅꾸벅 조는 바람에 지청구를 듣기도 했고, 수습 동기들이 내 옆구리를 찌르며 잠을 깨우기도 했다. 지금 생각하면 졸지 않은 동기들에 비해 내가 요령이 없었거나, 절대 필요 수면량이 많았던 듯하다.

현대인은 아이부터 어른까지 수면 부족에 시달릴 수밖에 없는 환경에 처해 있다. 남북한의 경제력을 비교할 때 흔히 밤에 찍은 위성 사진을 비교하곤 한다. 불야성인 남한과, 상대적으로 암흑천지인 북한의 밤 사진은 저들과 우리의 경제력 격차를 말해 주는 상징적인 이미지이다.

하지만 연구에 따르면 180럭스의 빛만으로도 생체시계는 재조정 받을 수 있다고 한다. 책에서는 3미터 앞에 100와트짜리 전구가 하나 켜져 있으면 190럭스라고 설명한다. 조도에 대해 좀 더 뒤져보니 서울시에서 2014년 2월부터 버스에서 야간 독서를 할 수 있도록 형광등을 LED전구로 바꾸고 밝기는 160~200럭스에 맞춘다는 기사가 검색되어 나온다.

바꿔 말하면 책을 읽기 좋다 싶은 정도의 조명이면 생체시계가 망가질 수 있다는 것이다. 흔들리는 버스에서조차도 책을 읽을 수 있도록 배려(!)하는 환경에서 우리는 살고 있다. 현대인은 자연적인 생체리듬과는 너무도 다른 패턴으로 하루를 보내고 있다. 전등, 밤새도록 방영하는 텔레비전, 교대 근무 등 현대인들의 삶을 구성하는 요소 하나하나가 생체시계를 망가뜨리고 있는 격이다.

절대 수면량을 확보하라

특히 유의할 부분은 어린이와 10대의 수면에 대한 이해이다. 갓난아기를 돌보는 부모는 금세 알게 된다. 젖 투정보다 무서운 게 잠 투정이라는 사실을. 배고파 우는 것보다 졸려서 막무가내로 울고 보채는 아이를 달래기가 100배는 힘들다. 그러나 아이에게 '학습'을 시켜야 하는 게 아닌가 하는 생각이 드는 시기가 되면 그때의 기억을 잊어버린다. 아이들이 졸릴 때 역설적으로 더 왕성히 활동하는 특성을 알아채지 못하기도 한다. 취학 전의 어린이들은 30분 정도만 늦게 재워도 그 효과는 민감하고 유해하게 나타난다. 지은이는 주의력 결핍 과잉행동 장애 진단을 받은 아이들 역시 그저 잠을 충분히 자지 못해 나타나는 일시적인 현상인 경우가 많다고 말한다.

어린이는 잠을 자지 않겠다고 버티다가도 일단 잠들면 열 시간 정도 내리 푹 잔다. 하지만 10대가 되면서 조금씩 변화한다. 사춘기가 되면 성장호르몬, 테스토스테론, 여포자극호르몬, 황체형성호르몬 등이 수면 중에 생산되고 분비되는데, 이러한 변화는 수면 리듬도 바꾼다. 지은이는 10대는 그들만의 생체리듬이 있고, 이들에게 어른의 수면량을 강제로 적용시킨다면 역효과를 일으킬 수 있다고 경고한다. 학업은 물론 행동에도 문제를 일으킬 수 있다는 것이다.

연구에 따르면 대개 10대는 저녁 시간에 가장 컨디션이 좋다. 생물학적으로 어른보다 한 시간 정도 늦게 잠이 오고 늦게 일어나는 올빼미형으로 바뀌어서이다. 더 놀라운 것은 10대들에게 필요한 절대 수면량이다. 연구 이전에는 모두가 10대들이 어린 아이들보다 잠을 적게 필요로 한다고 생각했다. 그러나 실제로는 13~15세가 되어도 어렸을 때와 똑같이 오래 잠을 자야 한다는 결과가 나왔다.

즉, 중학생도 하루 10시간은 자야 한다는 것이다. 하지만 한국청소년정책연구원의 2013년 자료에 따르면 우리나라 초등학생의 평균 수면 시간은 8시간 19분이다. 중학생은 7시간 12분, 고등학생은 5시간 27분에 그친다. 아이들은 수업 시간에 꾸벅꾸벅 조는 것만으로는 탕감되지 않는 '수면 빚'을 떠안고 사는 셈이다. 책에는 청소년 수면 연구를 진행한 미네소타 대학의 왈스트롬의 연구가 실려 있다. 그는 수면 부족이 학습 능력에 영향을 준다는 것을 입증했다. 또 수면 부족은 교통사고, 마약 복용, 폭력성과 공격성, 만성 수면 장애 등을 증가시키는 것으로 나타났다.

이 연구 결과를 바탕으로 등교 시간을 오전 7시 20분에서 8시 30분으로 늦춘 미국의 이다이나 고교는 학생들의 집중력 향상과 행동 문제 감소라는 두 마리 토끼를 잡았다고 한다. 아홉 시 등교도 수면이라는 차원에서는 찬성할 만한 셈이다. 하지만 아홉 시 등교로 간신히 확보한 20분~1시간을 잠에 활용하는 아이들을 보며 마음 편할 부모가 얼마나 많을지 의문스럽다.

사실 나도 아이를 일찍 재우는 게 쉬운 일은 아니다. 퇴근한 엄마를 붙잡고 조금이라도 더 떠들고 놀고 싶어 하는 아이들의 욕망에 마음이 약해지기 때문이다.

큰아이가 어린이집에 다니던 네 살 때 가장 문제가 심각했다. 어린이집에서 낮잠을 자고 와서인지 밤 열한 시에나 잠드는 일이 빈번했다. 그러다 유치원에 진학한 다섯 살부터 수면 문제는 해결되었다. 유치원에서는 낮잠을 자지 않으니 일찍 자고 일찍 일어나는 습관이 저절로 든 것이다. 큰아이는 다섯 살 때는 오후 여덟 시 반, 여섯 살 때는 아홉 시, 일곱 살 마지막 무렵엔 아홉 시 반에 잠이 들었다. 언니 따라 수면 시간이 열 시 이후로 늦어진 작은아이가 조금 염려되긴 한다. 하지만 신체 활동이 많은 날은 조금 더 일찍 잠을 청하고, 필요할 때는 몰아서 늦잠도 자고, 깨우지 않아도 스스로 일어나니 수면 부족은 아니리라 믿는다.

동네에서 초등학교 2학년짜리의 것으로 추정되는 메모를 발견했다. 메모에는 아이가 하루 동안 해야 할 일이 한 시간 단위로 적혀 있었다. 각종 학원과 숙제, 공부할 것 등을 마치면 오후 10시가 넘는다. 그 계획표 끝에는 'ㅜㅜㅜ'가 적혀 있었다.

한번은 사진 모델로 초등학교 1학년 생을 섭외한 적이 있었다. 이름난 사립 초등학교에 다니던 그 아이는 사진을 찍는 내내 의자고 바닥이고 아무데나 드러누우려 했다. 말을 안 들을 뿐더러 표정도 좋지 않아서 사진기자를 비롯한 스태프들이 모두 진땀을 흘렸다. 그 아이의 엄마만 무엇이 문제인지 모르는 듯 가만히 웃고만 있었다. 혹시라도 다시 만날 기회가 있다면 꼭 말해 주고 싶다. 아이 잠 좀 재우세요, 제발.

스스로 생각하고, 만들고,
공유하는 경험

메이커스

특허나 비밀 유지가 아니라 '공유'의 정신이 메이커의 생태계를 돌아가게 한다는 것도 특징이다. 누군가가 올려 둔 아이디어를 발전시키고, 발전시킨 것을 공유해 또 다른 누군가가 결함을 찾아내게 하는 식이다. 대신 혼자 비밀리에 개발할 때보다 훨씬 빠르고, 싸고, 우수한 성과를 낼 수 있다. 개방과 공유, 기술의 민주화가 생산의 지형을 바꿔 놓은 것이다.

인간과 인공지능의 세기의 대결

나는 바둑을 둘 줄 모른다. 기껏해야 오목에서나 몇 수 앞서 내다볼 줄 안다. 아예 도전해 볼 엄두도 내지 못했던, 경우의 수가 무한대라는 바둑에서 알파고가 세계 최고수급 이세돌 9단을 이겼다. 인간대 인공지능의 '세기의 대결'이라 불린 2016년의 이 사건으로 충격을 받은 사람은 비단 나 하나만은 아니었을 것이다. 최고수 인간이평생을 조련하고 쌓아 온 것은 무엇이었나. 아니, 바둑은 농경 시대부터 시작됐으리라 하고, 심지어 요순시절에도 바둑이 시작되었다는 설도 있는데, 수천 년을 이어 오며 쌓아온 인간의 노하우라는 것이 2014년 생 세 살짜리 알파고 앞에서 무너졌다는 사건은 큰 충격이 아닐 수 없었다.

파고는 바둑에서 인간이 '미지의 영역'으로 남겨두었던 중원마저도 계산에 넣었다. 이세돌보다 하수들과 수많은 대국을 하며 스스로공부하고 익힌 데다 빅 데이터를 활용해 최고수를 뛰어넘는 판단력을 갖게 된 것이다. 게다가 지치지도 않고, 두려움도 없다. 프로 바둑10단, '알 사범'이라는 별칭까지 얻으며 바둑의 교과서를 새로 써내려간 인공지능 앞에서 이제 인간들은 어떤 선택을 해야 하나. 구글은 '인간이 만든 알파고, 결국 인간이 인간을 이긴 것'이라고 강조하지만 말이다.

물론 새삼스런 일이 아닐 수도 있다. 기계와 컴퓨터는 인간이 해오지 못하던 것들을 척척 해왔다. 도서관에서 발품을 팔아 하나하나

정보를 수집하던 시대에서, 지금은 검색어 하나만 입력하면 방대한 웹사이트에서 관련 정보를, 그것도 연관성 높은 순서대로 착착 긁어 모아 순식간에 갖다 바치는 시대로 바뀌었다. '심심이'에서 시작해 시리(Siri)로, 이제는 시리를 능가하는 수준으로 진화된 '내 손 안의 AI'는 인간의 심부름을 하는 비서 역할에 가까웠다. 알파고는, 이제 는 바둑 외에서도 그 판도가 바뀌리라는 강력한 메시지이자 증거 아 닐까 싶었던 것이다. 한국에서 한국의 바둑기사와 대전이 벌어졌기 에 한국 언론이나 대중들이 더 유난하게 반응하는 것일 수도 있지 만, 더 근본적인 원인은 한국 사회와 한국인의 삶의 방식에 있었던 게 아닌가 하는 생각이 든다.

알파고가 두 번째 승리를 거두던 날, 전국 단위의 고교 학력평가 가 시행되었다. 전국의 고교생들은 저마다 긴장하며 한 문제 한 문 제 풀었을 것이다. 3월 '학평'의 성적이 수능까지 간다는 속설도 있 다니 더더욱 그랬을 것이다. 괜한 궁금증에 모의고사 문제지를 들여 다보았다. 고3 국어 과목의 경우 총 45문항. 모두 5지선다 객관식이 다. 총 16쪽까지 이어지는 시험지는 문제와 지문, 보기 등까지 띄어 쓰기 포함 4만 925자이다. 200자 원고지 205매 분량의 글을 읽어야 한다.

스마트폰의 스톱워치를 켜고 1분간 몇 자를 읽을 수 있나 가늠해 보았다. 십수 년 기자로 살아온 내가 정상적인 속도로 읽었을 때 대 강 1000자. 즉, 저 시험지에 담긴 모든 글자를 쉼 없이 읽는 데에만

41분이 걸린다. 나머지 39분은 답이 무엇인지 생각하고, 틀린 것은 없는지 검산하고, OMR 카드에 옮겨 적는 데 써야 한다는 계산이다.

1~3번 문제는 ○○동 마을 도서관의 운영과 관련된 토의 내용 일부를 보고 답을 찾는 형식이었다. 토의가 어떻게 이루어지고 있는지를 이렇게 글자로 풀어서 정답을 찾는 시험 문제로 만들어낸 출제자들이 참으로 창의적이라는 생각이 들었다. 달리 말하면, 이런 것까지 문제로 내는구나, 라는 뜻에서이다. 실제로 토론을 해보고 토론의 과정을 잘 이해하는 것이 교육의 목적이 되어야 할 텐데, 그것을 시험지로 옮겨 객관식 문제로 만든다니 말이다.

전국의 고교생이 같은 시간에 각자 자리에 앉아 분초를 다투며 같은 문제를 풀었다. 누가누가 더 잘하나 줄 세우는 것이 단 하나의 목적인 시험이다. 이런 시험을 잘 보기 위해서는 시험 보는 훈련이 필수적이다. 인공지능이 인간을 닮아가는 동안, 인간은 기계가 되어가기 위해 기를 쓰는 셈이다.

알파고의 승리는 질문을 던지는 듯했다. 수능 성적 1점, 2점을 올리기 위해 기를 쓰는 인간의 노력이 무슨 의미가 있느냐고. 그래봐야 인공지능이 그런 문제들은 더 척척 잘 풀지 않겠느냐고. 왜 기계가 더 잘할 일을 인간이 청춘을 바쳐 기를 쓰고 하고 있냐고. 나아가 이듬해 세계 1위라는 중국의 커제 9단과 알파고의 대결은 이세돌의 대국처럼 밀고 당기는 긴장감도 없이 일방적인 기계의 승리로 끝났다. 커제는 울었다.

인간수명 100세 시대라는데, 아직 반도 못 살았는데 세상이 이렇게 급변하면 어떻게 하나 싶다. 하지만 내 인생은 글렀다 쳐도, 내 아이는 좀 달라야 할 것 아닌가. 달라진 시대를 대비하기 위해 어떤 교육을 시켜야 하는지를 고민하지 않은 부모가 있을까. 교육의 핵심은 AI나 로봇이 대체하지 못하는 인간으로 키워 내는 것이어야 할 터이다.

미래지향적 교육에 대한 고민

현재까지 전 세계 곳곳에서 드러난 미래지향적 교육에는 여러 가지 형태가 있다. 각자의 수준과 진로 및 관심사에 맞춰 태블릿 PC 등의 기기를 통해 커리큘럼이 제공되는 '개인화 교육', 문제 해결력을 높이는 '프로젝트 수업', 우주의 탄생부터 인간의 역사까지 거시적인 그림으로 바라보는 '빅 히스토리', 교육 과정으로 편입되는 '코딩 교육' 등이다. 청소년 매체를 만드는 동안 이러한 분야에 대해서는 직간접적으로 접할 기회가 많았다.

《소년중앙》을 만들던 우리 팀은 그중에서도 한동안 코딩에 꽂혔다. 2014년부터 코딩 만화를 연재해 아이들이 만화를 보면서 스크래치라는 프로그램으로 블록 코딩을 배울 수 있게 했다. 하지만 코딩에서 프로그래밍 자체를 배우는 것보다 중요한 것은 컴퓨팅 사고력을 습득하는 일이었다. 지켜보면 볼수록 컴퓨팅 사고력은 결국 수학적 사고력의 다른 이름 아닌가 하는 결론에 이르렀다. 사고방식을 습득하는 게 중요할 뿐이지, 어려서부터 코딩을 열심히 한다고 아이들의 인생이 달라질 것 같지는 않았다.

그다음으로 옮겨간 것은 메이커 교육이었다. 2016~2017년 《중앙일보》 키즈 팀장을 맡은 동안 동료가 기획해 메이커교육실천협회와 《소년중앙》이 함께 진행한 '영 메이커 프로젝트' 덕분에 메이커 교육의 세계를 접할 수 있었다. 메이커는 무언가를 만드는 사람이라고 한다. 프로젝트를 기획한 동료는 메이커가 세상을 바꾼다고 열변을 토하는데, 심정적으로는 그의 판단을 신뢰하지만 머리로는 잘 이해가 되지 않았다. 그래서 프로젝트에 우리 아이를 참가시켜 어떤 것인지 확인해 보기로 했다.

전국에서 초·중학생 150명, 고등학교 동아리 30팀을 모았다. 그에 앞서 메이커 교육의 멘토가 될 자원봉사자를 모집해 교육을 했는데, 무려 100명이 자원해 워크숍에 참여했다. 프로젝트는 16주간 토요일마다 3시간씩 아이들과 지지고 볶아야 한다는 윤곽이 확정된 뒤에는 최종적으로 50명이 남았다. 메이커 교육이 아이들을 변화시키리라는 신념과 사명을 갖지 않고는 황금 같은 토요일을 넉 달간 희생할 수 있을까. 자원봉사자들이 모이는 것 자체가 놀라웠다.

실제 프로젝트는 전국 10곳의 거점 메이커 스페이스에서 진행되었다. 메이커 스페이스는 대개는 3D프린터와 레이저 커터, 각종 제작 도구가 마련된 곳이다. 알고 보니 메이커 스페이스가 전국 여러 곳에 구축되어 있었다. 기계 사용법에 대한 교육만 받으면 대개는 재료까지도 무료로 쓸 수 있는 곳도 많았다.

우리 아이는 원체 만들기를 좋아했다. 다만 손쉽게 접할 수 있는 클레이를 활용한 미니어처 만들기에 국한되어 있었다. 아이가 미니어처에 빠진 이유는 여러 가지였겠지만, 자린고비 부모를 만난 탓에 비싼 클레이를 아끼기 위해서였을 공산이 크다. 그런 아이에게 재료를 마음껏 쓸 수 있다고 했더니 눈에서 빛이 났다.

뭘 만들지 고민하던 녀석은 포켓몬볼과 몬스터를 만들기로 했다. 내가 한창 포켓몬고 게임에 빠져 있었을 때라 아이도 주말에 함께 게임을 즐기며 캐릭터에 빠져들었던 것이다. 손톱만한 몬스터볼과 몬스터들만 만들던 녀석은 16주간 폼보드를 자르고 붙이고 갈아 내는 작업을 했다. 도넛 링 같은 모양으로 폼보드를 자르되 그 지름이 조금씩 다르게 만들어 층층이 쌓아 구형으로 만들어 올리는 작업이었다.

겉면을 커터칼로 깎고, 사포로 갈아 최대한 매끈하게 만들다가 지쳐 클레이를 표면에 씌워 완성했다. 결과적으론 볼링공만한 포켓몬볼을 열면, 그 안에서 미니 선풍기가 돌아가는 '포켓몬볼 선풍기'가 탄생했다. 사실상 16주×3시간＝48시간을 들여 '삽질'을 한 셈이다. 스마트폰으로 클릭 몇 번만 하면 선풍기쯤이야 얼마든 손쉽게 살 수 있는 세상 아닌가.

뭔가 대단한 작품을 만든 것은 아니지만, 그 과정에서 평소 해본

적 없는 납땜과 삽질도 해가며 창작품이라는 것이 클릭 한 번으로 도깨비 방망이처럼 뚝딱 나오는 무엇이 아니라는 사실을 체감했다는 것만으로도 가치 있는 일이 아니었나 싶다.

더불어 아이와 함께 무언가를 만들 기회도 뒤따랐다. 《소년중앙》과 IBM이 '영 메이커 모여라'라는 이름의 프로젝트를 시작하면서이다. 매주 하나씩 메이킹 미션이 나오면, 이를 완수한 뒤 페이스북 커뮤니티에 인증샷을 올려 공유하는 작업이었다.

물레방아 만들기, 로봇 팔 만들기, 태양열로 계란 익히기, 케이블카 만들기 등의 미션이 하나씩 나왔다. 아이와 나는 미션을 해결하기 위해 함께 고민하고 의논했다. 가급적 재활용 재료, 집에 있는 것들을 활용해 하나씩 풀어나갔다. 유튜브에서 비슷한 작품이 있나 검색해 보고, 끌리는 것은 따라 만들기도 했다. 매 주말마다 미션을 해결하기 위해 아이와 무언가를 만들었다. 로봇 팔을 만드느라고 일주일 내내 퇴근 후에는 아이와 전동공구까지 붙들고 뚝딱거리기도 했다.

그 과정에서 결정적으로 내 안에 있던 '메이커 본능'을 발견할 수 있었다. 어린 시절 과학 잡지를 보면서도 재료가 없어서 실제로 만들지는 못하고, 머릿속으로 상상만 했던 기억이 떠올랐다. 아직도 기억나는 게 나무젓가락 헬리콥터이다. 나무젓가락에 단단한 고무줄을 감아 헬리콥터를 날릴 수 있다는 사진과 과정샷을 보면서도 집에 그런 재료조차 없어서 만들 수가 없었다. 지금처럼 재활용 재료가 넘치는 시대가 아니어서이다.

한데 지금은 사방에 재료가 넘치고, 없는 재료는 온라인 쇼핑으로 금세 구할 수 있고, 누군가 제작 과정을 올려놓은 영상을 참고할 수도 있으니 정말 좋은 세상이다 싶었다. 그리고 프로젝트에 참여한 다른 아이와 부모들의 결과물을 보면서 우리는 미처 생각하지 못한 참신한 아이디어에 감탄하며 자극을 받아 갔다. 아이와 대화가 늘고, 부지불식간에 모녀 관계도 좋아지는 부수적인 효과도 얻을 수 있었다.

'영 메이커 프로젝트'와 '영 메이커 모여라' 미션의 결과물을 공유하는 '영메이커 페어 서울'도 열렸다. 우리 아이도 테이블 하나에 작품을 올려놓고 손님을 맞았다. 다른 메이커들의 작품을 구경하느라 자기 테이블은 비워 둔 채 하루를 보냈다. 동물을 좋아하는 우리 아이는 다른 영 메이커가 만든 달걀 부화기와 그렇게 태어난 병아리 옆을 떠날 줄 몰랐다. 영 메이커들이 만든 흥미로운 작품은 많았다. 서랍 속이 보이는 투명한 책상같은 실용적인 것부터 누나와 동생이 함께 만든 컴퓨터 게임, 로봇 거미, LED 조명이 달린 운동화까지 다양했다. 우리 아이도 간간이 작품을 칭찬해 주는 손님들을 만나면서 자신감이 붙은 것 같았다.

즐거운 하루를 보내고 영메이커 후기 자료집을 펼쳐들었다. 우리 아이가 참여했던 지역의 멘토들이 쓴 글에 눈이 갔다. 그런데 그중 해외에서 온 몬테소리 교육 전문가가 쓴 내용이 충격적이었다. 그가 처음 메이커 교실에 왔을 때, 아이들이 의욕이 없고 대신 해달라고 부탁하고, 뭘 해야 할지도 모르고, 부정적으로만 반응하는 경우가 대다수라 한국 제도 교육과 부모로부터 받은 교육에 큰 문제가 있는 게 아닌가 하는 걱정이 들었다는 것이다. 이곳에 모인 아이들이 평균보다 더 '잘 교육받은' 아이들이라는 게 더 충격적이라고 했다. 소위 '소외계층' 아동들을 모아놓은 것도 아니고, 교육에 관심이 높은 부모들이 좋은 기회라고 생각해 기를 써서 주말마다 데려다 놓는데, 그렇게 모으고 보니 '무기력한' 아이들이 많았다는 것이다. 그는 아이들은 아무리 어려도 누가 해주길 원하기 보다는 스스로 하겠다고 나서는 본성이 있는데, 그것을 다 잃어버린 아이들이었다고 지적했다. 한국 교육에 큰 문제가 있는 게 아닌가 생각했다고도 적었다. 물론 메이커 교육 과정에서 희망을 보았다는 긍정적인 내용으로 마무리되긴 하지만 우리 아이도 저 무기력한 아이 중 하나는 아니었을까, 돌아보는 계기가 되었다.

직접 생각하고 만들어 내는 경험

그 이후에 메이커에 대해 좀 더 잘 알아보고 싶어서 집어든 책이 『메이커스』(크리스 앤더슨 지음, 윤태경 옮김, RHK)이다. DIY 문화를 주축으로 무언가를 직접 만들겠다고 덤벼드는 사람들이 메이커이다. 상점에 물건이 수만 개 있어도 내 마음에 쏙 드는 한 가지는 찾지 못해 아쉬운 순간, 직접 만들 수 있다면 좋겠다는 생각이 떠오르지 않겠는가. 메이커는 이를 실행에 옮긴다. 과거에는 개인이 제품을 만드는 것은 무척 어려웠다. 생산 수단을 갖고 있지 않아서이다. 기업의 3대 요소는 자본, 노동과 생산수단이라고 한다. 하지만 소위 4차 산업혁명 시대에는 이렇게 견고하던 요소가 뒤흔들린다고 『메이커스』의 지은이 크리스 앤더슨은 짚어준다. 오픈 소스 기반으로 제품을 설계한 뒤 3D 프린터를 활용해 프로토타입을 손쉽게 제작할 수 있고, 이를 제작 대행을 해주는 공장에 주문하면 끝이다.

특허나 비밀 유지가 아니라 '공유'의 정신이 메이커의 생태계를 돌아가게 한다는 것도 특징이다. 누군가가 올려 둔 아이디어를 발전시키고, 발전시킨 것을 공유해 또 다른 누군가가 결함을 찾아내게 하는 식이다. 대신 혼자 비밀리에 개발할 때보다 훨씬 빠르고, 싸고, 우수한 성과를 낼 수 있다. 개방과 공유, 기술의 민주화가 생산의 지형을 바꿔 놓은 것이다.

크리스 앤더슨은 그 자신이 메이커이자 기업가이다. 그가 DIY드론 사이트를 개설했을 때 멕시코의 19세 청년이 닌텐도 컨트롤러에서 추출한 가속도계와 아두이노를 활용해 RC 헬리콥터 자동조종 장치를 만들었다는 글과 인증샷, 영상을 올렸다. 커뮤니티 회원들은 열광했다. 지은이는 이 글을 보기 전까지는 아두이노에 대해 잘 몰랐지만, 이를 계기로 관심을 갖게 되었다고 한다. 아두이노는 오픈 소스 기반의 작은 기판 같은 것이다. 아두이노를 활용하면 프로그래밍한 것을 사물에 연결시켜 누구나 손쉽게 로봇 같은 물체를 제어할 수 있다.

지은이는 이후 19세 청년과 함께 몇 가지 프로젝트를 진행하다 결국 항공 로봇 회사를 차리기로 했다. 이 청년은 대학에 가지 않았지만 동업자가 되는 데에는 아무 문제가 없었다. 졸업장 없이도 능력을 입증했기 때문이다. 자기소개서나 이력서를 쓸 필요도 없었다. 그리고 20대 초반에 수백만 달러 규모 기업인 3D로보틱스 CEO가 되었다. 도널드 트럼프 대통령이 멕시코 이민자들을 막겠다고 장벽까지 짓는 마당에, 이 멕시코 청년은 미국 영주권도 얻을 수 있었다. 메이커였기 때문이다.

한 사람의 능력을 입증하기 위해 졸업장과 자격증, 시험 성적표를 내미는 시대는 저물어 가는지도 모른다. 우리 세대에도 성적표나 학벌은 그 사람이 그만한 성적을 낼 수 있는 지능과 성실성을 갖추었음을 보여 주는 증거일 뿐이지 해당 업무를 얼마나 잘 해낼지에 대한 바로미터는 될 수 없었다. 우리 때 일은 배우면서 하는 것이었지만, 오늘날의 기업은 하나부터 열까지 가르쳐서 사람을 키워 내는 비용을 투자할 생각이 없다. 이는 인턴을 전전하며 스펙을 쌓고 열정 페이를 감내하는 청년들의 부담으로 돌아온다.

"일단 대학부터 가고 나서 하고 싶은 거 해"라는 말은 미래를 살아갈 아이들에게는 잘못된 지침일 수 있다. 하고 싶은 것을 찾아서 몰입하는 경험, 직접 생각하고 만들어 내는 경험을 하도록 도와주는 것이 오늘날의 바람직한 부모상 아닐까.

아이는 요즘 곤충에 빠져 사슴벌레를 키우고 있다. 아이는 사슴벌레가 알을 낳으면 블로그를 하겠다고 선언했다. 블로그에다 자신의 경험을 공유할 수 있다는 것을 메이커 활동을 하면서 멘토 선생님에게 들었다고 한다. 블로그를 개설하는 법, 사진을 등록하고 글을 입력하는 법을 알려주자 아이는 몇 시간 끙끙거려 글을 써냈다. 사슴벌레의 알을 채취한 기쁨을 담아 누군가에게 자신이 얻은 정보와 경험으로 도움을 주리라는 마음가짐으로 블로그를 운영하는 것이다. 컴퓨터로 유튜브 영상만 볼 줄 알던 녀석이 말이다. 메이커 활동을 통해 배운 공유의 정신이 미디어를 긍정적으로 활용하는 교육으로 저절로 확장된 사례랄까(곤충 블로그는 쓰다 말았다는 것은 함정이다). 또, 아이가 무언가를 사 달라고 하면 나는 일단 주변에서 구해 보거나 만들어 보라고 한다. 아이가 메이커가 되니 가정 경제도 한결 나아진다. 그러니 나는 이 책을 읽는 모든 독자들에게 메이커가 되길, 아이를 메이커로 키우길 권한다.

그들은
여성을 노린다

범죄 프로파일러인 지은이가 쓴 이 책은 사실상 여성 독자를 대상으로 한다. 여성을

대상으로 한 범죄가 그만큼 많고, 여성들이 범죄 취약하기 때문이다. 그는 이를 '공격

전위'라는 말로 풀이한다. 어떤 상황에 좌절하거나 누군가에게 도발을 당한 사람이 사

건 당사자에게는 대항하지 못하고 자기보다 약한 제3자에게 화풀이를 하는 현상이다.

대한민국에서 여자로 산다는 것

열 살 무렵의 일이다. 길거리에서 중년의 남자가 여자 머리채를 잡고 때리는데 아무도 말리지 않았다. 모두가 남의 가정사이니 어쩔 수 없다며 애써 외면하는 듯한 표정이었다. '북어와 여자는 3일에 한 번씩 패야 한다'는 말이 대수롭지 않게 오가던 시절이었다. 버스를 타고 지나가다 그 장면을 목격했는데, 아직 그 여성의 당혹스런 표정이 잊히지 않는다. 아픈 게 문제가 아니라 창피한 게 더 아프겠구나, 어린 마음에 생각했다.

열일곱 살 무렵의 일이다. 40분에 한 대씩 오는 버스를 놓쳐 평소보다 한 타임 늦은 시간대에 만원 버스를 탔다. 기사 아저씨는 출입구 계단까지 학생들을 꽉꽉 눌러 태웠다. 사람과 사람이 완전히 붙다시피 압축이 된 상태로 손잡이를 잡고 버티고 있는데, 엉덩이에서 뭔가 스물스물 기어가는 징그러운 느낌이 들었다. 나도 모르게 가방을 멘 채 뒤로 온 몸을 날려 퍽퍽 쳐냈다. 고개를 돌려 주변을 살펴보니 엉덩이에 손을 댈 위치에 있는 용의자는 딱 한 명. 까까머리 중학생이었다.

"머리에 피도 안 마른 녀석이 웃기고 있어 정말."

이를 악물고 낮은 목소리로 말했지만 그다음에는 뭘 해야 할지 생각나지 않았다. 버스에서 내릴 때 녀석 이름표를 확인하고 학교에 알려야 하나 어쩌나를 혼자 열심히 궁리하고 있는데, 다음 정류장에서 문이 열리자마자 용의자는 튀어 버렸다. "야! 어디 가!"라며 그 아이의 가방을 잡았지만 그만 놓치고 말았다.

스무 살 무렵의 일이다. 학교 앞 자취방으로 가는 길이었다. 좁은 골목길이긴 하나 밤늦도록 사람이 많이 다니는 지름길로 평소처럼 걸어가고 있었다. 뿌연 가로등을 지나치는 찰나, 곰만한 덩치의 사내가 뒤에서 와락 덤벼들어 한 팔로는 목을 감싸고 나머지 한손으론 입을 막았다. '악' 소리가 저절로 나왔으나 이미 입은 막힌 상태였다. 찝찔한 사내의 손가락이 혀에 닿았다. 입을 더 벌리지도 닫지도 못한 상태로 눈을 치뜨고 올려다보니 마스크와 안경을 착용한 채 아마도 식은땀을 흘리고 있었을 사내 얼굴이 보였다.

공포를 감각하는 것 말고는 모든 두뇌 기능이 중단된 듯한 상태로 얼마간 흘렀는데, 순식간에 사내가 사라졌다. 이내 다른 남자 행인의 발자국 소리가 들렸다. 아주 짧은 순간이지만 나를 구원해 준 것과 다름없는 저 남자 행인에게 집까지 바래다주실 수 있느냐고 부탁해야 하나, 아니야, 저 남자는 나쁜 사람이 아니라는 것을 어떻게 장담하나, 이런 따위의 생각이 머리를 스쳐갔다. 그런 고민의 속도보다는 다리가 빨랐는지 나는 이미 집으로 달려가고 있었다. 사람이 많이 다니는 골목길이라는 것을 모르고 습격했구나, 그렇다면 저 사내는 어디서부터 나를 뒤쫓아 왔나. 더 오싹해졌다.

사건 당시 무릎까지 오는 청 반바지에 평범한 박스티를 입고 있었다. 중증도 근시라 두꺼운 안경을 썼으며 작달막한 키에 수험생 시절 키워 둔 무다리까지 장착했던 나는 외모에 대한 자부심은 없었고

대낮에 길거리에서 남자가 수작을 걸어오는 소위 '헌팅' 같은 일을 당한 경험도 당연히 없었는데, 왜?! 영화에서는 미녀만 피해를 입던데 왜 나 같은 평민에게 그런 일이 생겼을까.

이후 넓은 길로만 다니기 시작했는데, 문제는 넓은 길에는 오히려 인적이 드물었다는 것이다. 하루는 승용차 한 대가 내 옆에 서더니 운전자가 갑자기 차에서 내렸다. 하얀 와이셔츠 차림의 사내는 곧장 괴상망측한 소리를 내기 시작했다. 셔츠가 늘어져 다행스럽게도 중요한 부분을 보진 못했지만 아랫도리에 아무것도 입지 않은 게 분명했다. 그리 야심한 밤도 아니었다. 여고 시절에나 봤던 노출증 환자를 성인이 되어 만나다니 내 팔자야, 하며 또 집으로 뛰어갔다. 요즘 여고생들은 그런 사람을 만나면 스마트폰 카메라를 들이댄다는데, 우리 세대는 그런 용기를 배우지도 못했거니와, 그것도 무리가 여럿일 때나 가능한 얘기일 것이다. 경찰에 신고도 하지 않았으니 이렇게 통계에 잡히지 않는 폭력적 경험이 얼마나 많겠는가.

대한민국을 들끓게 한 범죄

2016년 5월 대한민국은 들끓었다. 일명 '강남역 살인 사건'. 조현병을 앓았던 30대 남성이 남녀공용 화장실에 숨어 있다가 여자가 들어오기만을 기다려 20대 여성을 무참하게 살해한 사건이다. "여자가 싫어서" 그랬다는 그의 발언으로 여성 혐오 범죄냐 아니냐를 두고 거리에서, SNS에서 충돌이 빚어졌다. 원인이 여혐이건 아니건, 여성들에게 내재화된 공포의 뇌관을 건드리는 사건임은 분명했다. 나도 이런 경험이 있다, 나도 그랬다라는 온갖 경험담이 일상에서, SNS에서 쏟아져 나왔다.

나 역시 동료 여기자가 쓴 칼럼을 보고 깜짝 놀랐다. 내가 앞서 스무 살 무렵에 겪었던 일과 너무나 흡사한 경험이 그 글 안에 들어 있었기 때문이다. '왜 나한테 이런 일이'라고 생각했던 수많은 일들이 적잖은 여성들이 공통적으로 경험한 것이라니 놀라울 따름이었다. 사실 골목길에서 습격을 당했던 그 순간에는 죽음의 공포가 엄습했다.

온라인상에서는 살인율을 두고 논란이 오갔다. 우리나라의 인구당 살인율이 선진국에 비해 높게 나오는 이유는 살인 통계에 실제로 살인을 저지른 '살인기수'뿐 아니라 살인미수, 방조, 음모, 예비 등까지 포함되기 때문일 뿐 안전한 나라라는 것이다. 그래서 경찰청 범죄 통계 데이터를 뒤졌다.

우리나라에서 살인기수와 살인미수 등을 합해 실제로 죽이려고 드는 사람에 의해 피해를 입은 이의 숫자는 2012~2014년 3년 간 한 해 평균 943명이다. 그중 여성의 비율은 41.4%에 달한다. 실제로 살해된 피해자의 수는 한 해 평균 374명. 그중 과반수(52.5%)가 여성이었다. 인구의 절반이 여성이니 그 정도 비율은 정상적인 게 아니냐고 생각한다면 오산이다.

『이웃집 살인마』(데이비드 버스 지음, 홍승효 옮김, 사이언스북스)에 따르면 살해 피해자 중 캐나다는 74%가 남성(2004~2008, 캐나다 통계청), 미국은 77.4%가 남성(2010, FBI)이었다. 이들 나라에서는 살인을 저지르는 것도 8할이 남성이지만, 살해당하는 것도 7~8할이 남성인 셈이다.

미국과 달리 총기 소지가 불가능한 우리나라에서는 상대적으로 맨손 방어력이 뛰어난 남성이 살인자가 덤벼드는 상황에서도 실제로 살해되지 않고 더 많이 살아남은 셈이다. 그러니 최종 피해자는 과도할 정도로 여성이 더 많은 것이다.

여자에게 화풀이하는 범죄 환경

범죄 피해를 막을 방법은 없을까. 그럴 때 필요한 책이 『대한민국에서 범죄 피해자가 되지 않는 법』(배상훈 지음, 스노우폭스북스)이다. 범죄 프로파일러인 지은이가 쓴 이 책은 사실상 여성 독자를 대상으로 한다. 여성을 대상으로 한 범죄가 그만큼 많고, 여성들이 범죄 취약하기 때문이다.

그는 이를 '공격 전위'라는 말로 풀이한다. 어떤 상황에 좌절하거나 누군가에게 도발을 당한 사람이 사건 당사자에게는 대항하지 못하고 자기보다 약한 제3자에게 화풀이를 하는 현상이다. "특히 한국처럼 성격차가 크고, 성에 대한 독점이 과도하게 일어나는 사회에서는 어린이나 노인보다는 여성이 사회적 스트레스 해소의 주요 대상이 되고 있다"고 그는 말한다.

책을 보고 나면 세상 믿을 게 없어진다. 방범창이라는 것들이 허술하기 짝이 없어 남자 힘으로 그냥 구부릴 수 있는 것도 태반이고, 나사나 못 몇 개로 고정해 그것만 돌려 빼면 통째 제거되는 것도 많다고 한다. 높은 층에 산다고 해서 안심할 일도 아니다. 아파트 배관을 타고 15층까지 기어 올라간 범인도 있을 정도로 맨손 벽타기 '달인'은 많다.

여자들만 사는 경우라면 택배를 집 대신 직장으로 수령하는 게 안전하다. 누군가 집을 훔쳐보는 낌새가 있다면 휴대폰 동영상으로 찍어 증거를 남긴다. 집 앞에는 가급적 CCTV를 설치하는 것도 좋다. 스마트폰에서 '성범죄자 알림e' 어플을 다운받아 내가 사는 곳 주변의 성범죄자 신상을 확인하는 것도 필수.

집에서 일어날 수 있는 범죄를 피하는 가장 좋은 방법은 안전한 주거지에 사는 것이겠지만 그만큼 치러야 할 비용은 비싸다. 지은이는 차선책으로 '안전한 습관'을 들이라고 권한다. 가스 배관에는 '가시 철침'을 설치해 범죄자들이 기어오르지 못하게 하고, 창문은 꼭 닫고 다닌다. 출입문 비밀번호를 누를 때는 손으로 가려 남들이 보지 못하게 하는 습관을 들여야 한다.

비상용 호각이나 스마트폰의 112 범죄신고 어플도 필수이다. 밤 늦은 시간에 낯선 사람과 단 둘이 엘리베이터를 탈 상황은 피하고, 엘리베이터 안에서는 상대가 시야에 들어오도록 비스듬히 서야 한다. 인적이 드문 길에서 이어폰을 끼고 음악을 들으며 걷는 행동은 위험하다. 감각이 차단되어 범죄에 노출되기 쉬워서이다. 택시에서도 이어폰을 끼거나 잠들지 않도록 유의한다.

지하철 성추행을 피하려면 일단 만원 버스나 지하철은 타지 않는 게 좋다고 한다. 여자들은 더 부지런해야 한단 말인가 싶다. 부득이 혼잡한 지하철을 탈 경우 맨 앞이나 맨 뒷칸을 이용하라는 지침은 꿀팁이다. 성추행범들은 맨 앞이나 뒤 칸에서는 한 방향만으로 이동할 수 있기 때문에 범행이 발각될 경우 도피하기 곤란하다고 판단한다는 것이다.

강남역 화장실 사건 이후 공포의 공간이 된 공중화장실은 어떨까. 일단 수상한 낌새가 들면 들어가지 말아야 한다.

_____ 여성들의 경우 화장실 이용 시 옷소매가 스치는 등 자연스럽게 약간의 소음이 발생합니다. 때문에 이용 칸 문이 닫혀 있는데 아무 소리도 들리지 않는다면 수상한 상황일 수 있습니다. 이때는 가급적 바로 들어가지 말고 충분한 시간을 가지고 문 앞에 서서 기다렸다가 들어가거나, 다른 여성이 오면 같이 들어가는 등의 행동을 취하는 편이 안전합니다. 화장실의 이용 칸이 여러 칸인 경우, 출입구와 가장 가까운 칸을 사용하는 것이 좋습니다. 위험 상황에 즉각 반응하여 탈출할 수 있어야 하기 때문입니다. 세면대에서 손을 씻을 때에도 자신의 등 뒤를 거울로 확인하며 안전에 유의하는 것이 좋습니다.(179쪽)

여성을 위협하는 가정폭력

결혼한 여성들도 남편이 있다고 해서 범죄로부터 자유로운 것은 아니다. 사회적 계층이 높고 고학력인 가정에서 가정폭력이 벌어질 가능성이 낮으리라는 통념과 달리 직종과 교육 정도와는 무관하다고 한다.

여성들의 생명을 가장 흔히 위협하는 존재가 남편이나 연인이라는 것은 아이러니하지만 팩트이다. 『이웃집 살인마』에 따르면 미국 오하이오주 데이턴에서 5년 간 발생한 여성 살해 사건에 대한 연구에서 범인의 19%는 남편, 8%는 남자 친구, 17%는 소원하게 지내는 남편, 8%는 전 남자 친구로 나타났다. 가해자 52%가 사랑하는, 혹은 사랑했던 남자인 셈이다. 한국의 살인 범죄 역시 가해자와 피해자가 친족, 애인, 지인, 직장 동료 등인 경우가 10건 중 7건 이상이고, 타인은 26%에 그쳤다(대검찰청 범죄분석, 2015).

반면 남성은 겨우 3%가 연인 사이였던 여성의 손에 죽었다. 미국 FBI 데이터베이스에 따르면 1976년부터 1994년까지 여성이 저지른 살인 사건의 43%가 남편이나 전남편, 애인, 전 애인을 살해한 것이었다. 성적, 육체적. 심리적으로 학대하는 남편이나 애인에게서 벗어나기 위해 살인을 궁리하는 경우가 많았다고 한다.

진화심리학자인 『이웃집 살인마』의 지은이는 남성이 아내나 애인을 학대하는 것은 그들을 놓치지 않으려는 생존 전략이라고 분석한다. 여성의 자존감을 떨어뜨려서 '이 남자에게서 벗어나도 나 같은 여자는 다른 남자를 만날 수 없을' 것이라 믿게 만드는 수법이다.

배상훈 프로파일러의 분석도 비슷하다. 그는 책에서 28가지 데이트 폭력의 유형을 제시하는데, 신체적으로 폭력을 행사하는 것 외에도 광범위한 데이트 폭력이 있다고 말한다. 크게는 연인의 인간관계를 통제하려는 행위, 의심이나 집착을 하는 행동, 비물리적인 폭력을 행사하는 것, 금전을 갈취하는 것, 신체적 폭력을 행사하는 것 등으로 나뉜다. 예를 들어 "지금 어디야? 누구랑 있어?"라고 항상 확인하는 것은 관심이 아니라 통제 욕구일 수 있다. 휴대폰 잠금 비밀번호나 패턴을 알려 달라고 집요하게 요구하는 것, 전화를 못 받는 상황을 용납하지 못하는 것, 욕을 하는 것, 자존심을 무너뜨릴 만큼 비난을 하거나 책임을 전가하는 것도 데이트 폭력이다. 데이트 폭력은 결혼을 한다고 해서 사라지는 게 아니라 가정 폭력으로 이어지게 마련이다. 게다가 아내에 대한 가정폭력은 아이들에게로 이어지며 악순환을 낳는다.

폭력이나 폭언은 시간이 흐를수록 강도가 세지기 때문에 초반에 강하게 반응해야 한다고 지은이는 조언한다. 여성 긴급전화 1366, 긴급한 경우 112 신고를 잊지 말아야 한다. 행여 '애들 아빠'(남편)를 전과자로 만들까봐 폭력을 견딜 필요는 없다고 한다. 피해자가 원한다면 형사처벌 대신 접근 제한이나 친권 제한 등 전과 기록이 남지 않는 가정보호 사건으로 처리할 수도 있어서이다.

책으로 크는 엄마

인터넷 포털의 육아 카페에는 지금 이 순간에도 '컴앞 대기중'이라는 말머리를 단 게시글이 오르고 있을 것이다. 주변에 도와주는 사람도 없고, 아이를 낳고 키우면서 부딪히는 온갖 복잡한 문제는 가득하니 인터넷으로 연결된 동지들에게 매달리는 것이다. 나와 같은 고민을 다른 엄마들도 하고 있다는 것을 확인하고 안도의 한숨을 쉴 수 있고, 실제로 필요한 답을 얻기도 한다. 하지만 하나의 질문에 하나의 답, 수많은 질문들이 제각각 부유하는 인터넷 세상에서 근본적인 질문에 대한 답을 얻거나 큰 그림을 그리기는 쉽지 않다.

자녀에게 책 읽히기를 거부하는 엄마는 아마 없을 것이다. 하지만 소싯적 책 좀 읽던 사람이라도 엄마가 되는 순간 자신의 독서 목록은 희미해져 버리기 십상이다. 책보다 자극적인 스마트폰이라는 놀잇감 덕분이기도 하다.

신문사 경력 중 절반가량인 9년 반을 문화부에서 근무했고, 서평란에 리뷰를 쓴 책만 300권에 달하는 나도 그리 나은 형편은 아니었다. 둘째를 낳고 잠시 육아 휴직을 하는 동안 노골적인 육아서 외에는 거의 읽지 않고 있는 자신을 발견했다. 아이에게는 매일 그림책을 몇권, 몇십 권씩도 입안이 마르도록 읽어 주면서, 막상 나는 책을 멀리하는 게 문득 부끄러워졌다. 그래서 다시 책을 들었다.

임신, 출산, 육아 ─. 단 두 글자로 압축된 짧은 단어들이지만 그 과정은 예기치 못한 질문 거리가 수시로 떠오르는 지난한 지뢰밭 길이다. 엄마가 되는 순간 임신했을 때는 뭘 먹고 뭘 먹지 말아야 하는가, 태교를 어떻게 해야 하는가, 아이는 어떻게 낳아야 하는가, 산후조리는 어떻게 해야 하는가 등 풀어야 할 문제는 산적하다. 같은 말을 자꾸 반복해 엄청나게 두껍지만 안 볼 수도 없는 『삐뽀삐뽀 119』류의 책을 책장에 꽂아두고, 월령별 발달 상황과 육아법을 가르쳐주는 책을 뒤져보게 된다.

나는 거기서 딱 반 걸음 더 나아갔다. 조금 더 근본적인 독서의 단계로 접어드는 것이다. '내가 왜 이런 길을 선택했을까'를 돌아보며 심리학 서적을 뒤적이고, 아이를 대하는 방법이 너무나 다른 배우자를 째려보다 남녀의 차이를 다룬 책을 찾아보는 식이다. 어른들과 다른 육아 방식에 대해 고민하다 보면 부모 세대에 대한 이해와 공감을 열어 주는 책의 도움이 필요하다. 시댁이 아니라 친정엄마에게 도움을 받는다 해도 문제가 없는 것은 아니다. 육아 방식을 놓고 크고 작게 부딪히면서 자기 안에 숨어 있던 상처 받은 어린 자아와 직면하기 때문이다.

워킹맘으로 아이를 낳은 뒤 회사에서 전투력이 추락하는 것을 느끼게 된다. 이 슬럼프를 극복하는 과정에서도 책을 펼치면 그나마 위로가 되었다. 전업맘은 다른 방식으로 미래에 대한 불안에 맞서 싸우고, 중심을 잡기 위해 책을 펼칠 것이다.

일단 거기까지이다. 딱 반 걸음이다. 그보다 더 나아가지는 못했다. 책을 그리 많이 읽거나 깊이 읽는 것도 아니면서 책에 대한 책을 내니 부끄럽다. 그저 책에 진 빚을 조금이나마 갚아볼 요량으로 쓴 독후감이다. 좋은 책은 더 잘 기억하고 싶어 정리한 작업이기도 하다. 좋은 책을 내고, 인용을 허락해 준 분들께 가장 먼저 감사 말씀을 드린다.

오래 기다려 준 편집자에겐 미안하고 고맙다는 말을, 가족들에게는 사랑한다는 말을 지면을 빌려 전한다.

좋은 책은 혼자 읽지 않는다

1판 1쇄 발행 2019년 1월 2일

지은이	이경희
펴낸이	이영희
펴낸곳	도서출판 이랑
주소	서울시 마포구 독막로 10(합정동 373-4 성지빌딩), 608호
전화	02-326-5535
팩스	02-326-5536
이메일	yirang55@naver.com
블로그	http://blog.naver.com/yirang55
등록	2009년 8월 4일 제313-2010-354호

"이 도서는 한국출판문화산업진흥원의 출판콘텐츠 창작 자금 지원 사업의 일환으로 국민체육 진흥기금을 지원받아 제작되었습니다."

ISBN 978-89-98746-47-6   03800

「이 도서의 국립중앙도서관 출판예정도서목록(CIP)은 서지정보유통지원시스템 홈페이지(http://seoji.nl.go.kr)와 국가자료공동목록시스템(http://www.nl.go.kr/kolisnet)에서 이용하실 수 있습니다. (CIP제어번호: CIP2018034866)」